职业教育大数据技术专业系列教材

大数据环境搭建技术

李国燕　宋海鹰　贺甲宁　肖海文

田红玉　覃　凯　张晓玲　王晶晶　编　著

机械工业出版社

本书按照大数据开发流程，系统介绍了大数据项目开发时所需的环境搭建技术，包括环境搭建准备、协调组件与核心组件配置、数据存储组件配置、数据处理组件配置、数据分析组件配置以及其他组件配置，并通过实际操作案例详细直观地介绍了具体实现过程。本书通俗易懂、结构清晰，内容层层递进，理论与实践相结合，通过大量实战案例，引导读者逐步深入学习，从而全面掌握大数据环境搭建的相关技术。

本书可作为各类职业院校大数据技术等相关专业的教材，也可作为大数据爱好者及相关技术人员的参考用书。

本书配有电子课件等教学资源，教师可登录机械工业出版社教育服务网（www.cmpedu.com）注册后免费下载，或联系编辑（010-88379807）咨询。

图书在版编目（CIP）数据

大数据环境搭建技术 / 李国燕等编著． —北京：机械工业出版社，2022.5
职业教育大数据技术专业系列教材
ISBN 978-7-111-70418-8

Ⅰ．①大… Ⅱ．①李… Ⅲ．①数据管理—职业教育—教材 Ⅳ．① TP274

中国版本图书馆 CIP 数据核字（2022）第 048562 号

机械工业出版社（北京市百万庄大街 22 号 邮政编码 100037）
策划编辑：李绍坤　　　　　　责任编辑：李绍坤　张星瑶
责任校对：郑　婕　张　薇　　封面设计：鞠　杨
责任印制：李　昂

北京捷迅佳彩印刷有限公司印刷

2022 年 6 月第 1 版第 1 次印刷
184mm×260mm・14.5 印张・298 千字
标准书号：ISBN 978-7-111-70418-8
定价：49.80 元

电话服务　　　　　　　　　　网络服务
客服电话：010-88361066　　机　工　官　网：www.cmpbook.com
　　　　　010-88379833　　机　工　官　博：weibo.com/cmp1952
　　　　　010-68326294　　金　书　网：www.golden-book.com
封底无防伪标均为盗版　机工教育服务网：www.cmpedu.com

前 言 PREFACE

　　大数据在引领无数技术变革的同时也在悄无声息地改变着各行各业。随着大数据技术的发展和传统技术的革新，现在医疗、交通、金融、电商等多个行业已经在使用大数据技术来进行海量数据的处理，如疾病预防、出行规划、股票预测、行为分析等。为了能够快速高效地实现海量数据的处理，搭建一个合适的开发环境是非常有必要的，本书为大数据环境的搭建提供技术指导。

特色创新

　　本书主要以大数据开发流程为主线，详细介绍了在项目开发时如何搭建所需的环境。本书结构条理清晰，内容丰富生动、由浅入深，并注重德育，引导学生在学习技术的同时树立正确的学习观念，使每个学生都能有所收获，也保持了本书的知识深度。

　　本书采用项目任务驱动的编写模式，每个项目都通过问题导入、学习目标引入学习，每个实训任务都通过任务分析、任务技能、任务实施展开训练，并在最后进行了小结。其中，问题导入通过符合学生认知过程的小情景引出要学习的内容，引导学生培养良好的学习态度；学习目标对岗位能力提出要求，提高学生的职业素养；任务分析对当前任务的实现进行概述；任务技能对当前任务所需的理论知识进行讲解；任务实施对当前任务进行步骤化实现；小结部分对项目内容进行了总结，使学生全面掌握所讲内容。

主要内容

　　本书共 6 个项目。

　　项目 1 从大数据概念开始，分别讲述大数据集群解决方案、大数据集群规划，最后详细讲解大数据集群的配置。

　　项目 2 详细介绍了协调组件 ZooKeeper 和核心组件 HDFS、MapReduce、YARN 的配置，保证大数据环境的高可用性。

　　项目 3 详细介绍了 HBase 和 Cassandra 存储组件的配置，以实现海量数据的存储。

　　项目 4 详细介绍了 Storm 和 Flume 组件的配置，以实现数据的处理。

　　项目 5 详细介绍了 Hive 和 Spark 组件的配置，以实现数据的分析和实时统计。

　　项目 6 详细介绍了 Kafka 和 Sqoop 组件的配置，以实现数据处理和数据库数据的迁移。

教学建议

项　　目	动手操作学时	理 论 学 时
项目 1　环境搭建准备	4	4
项目 2　协调组件与核心组件配置	4	4
项目 3　数据存储组件配置	4	4
项目 4　数据处理组件配置	4	4
项目 5　数据分析组件配置	4	4
项目 6　其他组件配置	4	4

　　本书由李国燕、宋海鹰、贺甲宁、肖海文、田红玉、覃凯、张晓玲、王晶晶共同编著，其中，李国燕负责编写项目 3 和项目 4，宋海鹰负责编写项目 2，贺甲宁负责编写项目 1，肖海文负责编写项目 5，田红玉和覃凯负责编写项目 6，覃凯、张晓玲和王晶晶协助全书审稿。同时，感谢很多同事和朋友在写作工程中给予的协助。由于编者水平有限，书中难免出现疏漏或不足之处，敬请读者批评指正。

编　者

目 录 CONTENTS

Project 1

项目1
环境搭建准备

问题导入

随着大数据技术的发展和传统技术的革新，现在医疗、交通、金融、电商等多个行业已经在使用大数据技术来进行海量数据的处理，如疾病预防、出行规划、股票预测、行为分析等。为了能够快速高效地实现海量数据的处理，搭建一个合适的开发环境是非常有必要的。准备学习大数据技术的小李同学遇到了一些问题，正在向小张请教。

小张：最近在学习什么技术呢？

小李：正在学习大数据环境搭建的相关知识，但不知道怎么入手。

小李：你有什么可以推荐的吗？

小张：让我想想啊。你可以先了解大数据、Hadoop、Linux 集群设置等内容。

小李：那我应该重点学习哪些方面？

小张：刚开始学习需要先掌握 Hadoop 组件和集群配置。

小李：好的，我这就去学习。

学习目标

通过对项目 1 相关内容的学习，了解大数据的相关概念，熟悉 Hadoop 生态体系中不同组件的功能，掌握大数据集群的配置方法，具有在 Linux 平台上搭建大数据集群环境的能力。

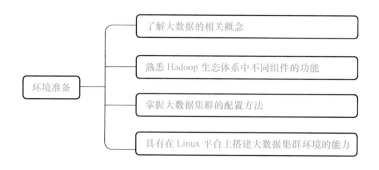

任务 | 集群节点配置

任务分析

本任务主要实现大数据集群主机的网络配置以及 JDK 和 MySQL 数据库的安装配置。在任务实现过程中，了解 Hadoop 所包含的各个组件，掌握在集群配置时，相关内容的配置方法。

任务技能

技能点 1 大数据概述

1. 大数据的概念

大数据，即 Big Data，指一个非常庞大的数据集合，是用户在一定的时间范围内通过常规软件工具不能进行获取、管理和处理，而是需要新处理模式才能具有更强的决策力、洞察力和流程优化能力的海量、高增长率和多样化的信息资产，能够从中分析出对决策有利的数据。Big Data 词云如图 1-1 所示。

图 1-1　Big Data 词云图

2．大数据的特征

大数据的相关特征一直都存在争议，可分为 4 种、5 种、7 种，其中被广泛使用的有 IBM 提出的 5V 特征，如图 1-2 所示。

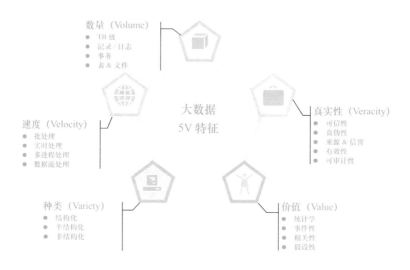

图 1-2　Big Data 特征

其中：

（1）数量（Volume）

数据量大，包括采集、存储和计算的量都非常大。大数据的起始计量单位从 TB 级到 PB 级甚至 EB 级的规模。

（2）速度（Velocity）

它是指数据的获取速度和处理速度，要求在尽量短的时间获取更多的信息，并在一定时间完成对获取数据的处理。其中，数据处理方式如下。

- 批处理。
- 实时处理。
- 多进程处理。
- 数据流处理。

（3）种类（Variety）

数据种类多样化，按照数据结构分为结构化、半结构化和非结构化数据，其中非结构化数据包含网络日志、音频、视频、图片、地理位置信息等，多种数据类型的存在给数据的处理带来极大的压力，对处理能力提出极其苛刻的要求。

（4）价值（Value）

随着互联网以及物联网的广泛应用，信息感知无处不在，信息量非常庞大，但价值密度相对较低，如何结合业务逻辑并通过强大的机器算法来挖掘数据价值，是大数据时代最需要解决的问题。

（5）真实性（Veracity）

大数据所做的工作与现实生活息息相关，为了保证大数据工作的准确，数据需要具有真实性。可通过以下几点提高数据的真实性。

- 可信性。
- 真伪性。
- 来源和信誉。
- 有效性。
- 可审计性。

3．大数据的应用

虽然很多人听说过大数据，但是大多数人会觉得它离得很远。其实，随着时间的推移，大数据和实际生活的联系越来越紧密，其应用也是越来越广泛，下面介绍一些大数据在日常生活中的应用。

（1）梅西百货

梅西百货基于 SAS 开发了一个实时定价系统，能够根据 7300 多万种商品中每种商品的需求和库存情况，对商品的价格进行实时调整。

（2）快餐业

快餐业通过对监控视频中等候队列的长度进行实时分析，并根据分析结果向客户推荐对应的食物，当队列较长时，可推荐制作速度较快的食物；当队列较短时，可推荐利润较高、准备时间较长的食物。

（3）Morton 牛排店

Morton 牛排店通过对网络数据和客户以往的订单数据进行分析，对客户航班进行推测，并派出服务人员为客户提供食物。

（4）PredPol

PredPol 公司通过对洛杉矶犯罪数据的分析，预测犯罪概率，提前采取防范措施，使得盗窃罪和暴力犯罪率有所下降。

（5）Tesco PLC（特易购）

通过对 700 万部冰箱数据的分析，对冰箱运行状态进行预测，之后主动维修以降低整体能耗。

（6）American Express

对历史交易数据使用 115 个变量构建了忠诚度模型，对客户流失情况进行分析预测。

4．大数据发展趋势

大数据在不断发展进步，在政府的明确方向引导、专家学者的共同推动下，其发展会

越来越好，其发展趋势如下。

（1）数据的资源化

资源化是指大数据成为企业和社会关注的重要战略资源，企业必须提前制订大数据营销战略计划，抢占市场先机，才能保证立足于不败之地。

（2）与云计算的深度结合

大数据离不开云处理，云处理为大数据提供了弹性可拓展的基础设备，是产生大数据的平台之一。随着时间的推移，大数据技术和云计算技术将紧密结合。除此之外，物联网、移动互联网等新兴计算形态，也将一起助力大数据革命，让大数据营销发挥出更大的影响力。

（3）科学理论的突破

随着大数据的快速发展，数据挖掘、机器学习和人工智能等相关技术也在快速发展，其可能会改变数据世界里的很多算法和基础理论，实现科学技术上的突破。

（4）数据科学和数据联盟的成立

未来，数据科学将成为一门专门的学科，被越来越多的人所认知。各大高校将设立专门的数据科学类专业，也会催生一批与之相关的新的就业岗位。与此同时，基于数据这个基础平台，也将建立起跨领域的数据共享平台，数据共享将扩展到企业层面，并且成为未来产业的核心一环。

（5）数据管理成为核心竞争力

数据管理成为核心竞争力，直接影响财务表现。当"数据资产是企业核心资产"的概念深入人心之后，企业对于数据管理便有了更清晰的界定，将数据管理作为企业核心竞争力，持续发展，战略性规划与运用数据资产成为企业数据管理的核心。

（6）数据质量是BI（商业智能）成功的关键

采用自助式商业智能工具进行大数据处理的企业将会脱颖而出。其中要面临的一个挑战是，很多数据源会带来大量低质量数据。企业需要理解原始数据与数据分析之间的差距，从而消除低质量数据并通过BI获得更佳决策。

（7）数据生态系统复合化程度加强

大数据的世界不只是一个单一的、巨大的计算机网络，而是一个由大量活动构件与多元参与者元素所构成的生态系统，终端设备提供商、基础设施提供商、网络服务提供商、网络接入服务提供商、数据服务使能者、数据服务提供商、触点服务、数据服务零售商等一系列的参与者共同构建的生态系统。而今，这样一套数据生态系统的基本雏形已经形成，接下来的发展将趋向于系统内部角色的细分，也就是市场的细分；系统机制的调整，也就是商业模式的创新；系统结构的调整，也就是竞争环境的调整等，从而使数据生态系统复合化程度逐渐增强。

5．大数据面临的问题

随着计算机处理能力的增强，获得的数据量越大，挖掘出的价值就越多。例如，如果银行能够及时发现风险，社会经济将越发强大；如果医院能够及时发现疾病，人们的身体会更加健康；如果通信公司能够降低成本，话费将更加实惠等情况，都可以通过大数据的不断积累和不断分析实现。通过这一过程，可以发现规律，从而实现更好的未来。但是，任何事物都有两面性，大数据时代所产生的问题也同样不少。

（1）数据真实性存在质疑

在这个数据能够快速变现的时代，因为巨大利益的诱惑，数据的真实性通常要打一个问号，注水性数据导致硬数据软化，并且越来越多的软件购买信息，弄虚作假，使得大数据也是真假难辨。数据背后的细节，数据源的真实、全面性以及处理过程中的科学性，是大数据走向权威和信任的重要评断标准。

（2）数据样本具有代表性，数据信息不全面

"井底之蛙"的故事告诉我们看世界的角度不同，眼界也不同。就好像微博不能代表网友的全部意见，而网友更不能代表社会的心声。所以在收集数据的时候，因为渠道不同，往往数据信息也具有数据源独特的代表性，信息不够全面，导致大数据分析出来的结果也不是准确的。

（3）数据信息存在相关性误差

举一个不恰当的例子，一个城市的网页点击率越高，说明这个城市网络形象越好。这显然是不准确的，虽然数据统计表明网页点击数量和城市网络形象存在某种联系，但负面事件带来的网页量大爆发也是不可忽略的，所以这个结论的科学性大打折扣。利用大数据，基于一定算法和模型对变量元素进行相关性分析，在要素构成简单的情景中可以，在复杂系统中还不够，容易走偏。相关性要真正体现在数据之间、数据与真实事件影射的现象之间、真实事件的客观联系上，所以数据信息存在相关性误差。

（4）大数据故事化

房价已然居高不下，所以一个开发商规划一个房地产项目时，要建立数据中心，圈地造楼，利用大数据哗众取宠。又比如做科研项目时，往往讲究另辟蹊径，思路新颖，借用大数据大张旗鼓，如果大数据脱离实际，营造一个概念化、故事化的情境，就会使大数据背离工具化、服务化和实用化的初衷，不能最终解决问题。

（5）数据泄露泛滥，采取安全措施尤为重要

数据泄露事件在不断发生，成为重大安全隐患，除非数据在其源头就能够得到安全保障。可以说，在未来，每个财富 500 强企业都会面临数据攻击的威胁，无论他们是否已经做好安全防范。而所有企业，无论规模大小，都需要重新审视今天的安全定义。在财富 500强企业中，超过 50% 将会设置首席信息安全官这一职位。企业需要从新的角度来确保自身以及客户数据，所有数据在创建之初便需要获得安全保障，而并非在数据保存的最后一个环

节，仅仅加强后者的安全措施已被证明于事无补。

（6）大数据存在侵犯隐私隐患，应立法保护隐私

大数据是由无数个小数据组合而来，这些小数据细分到每个人的身上，既能了解每个人的行为喜好，也能评估接下来的行为意识，所以保护大数据的安全隐私是非常有必要的。必要的时候，还可以进行立法，明确数据隐私边界，保护隐私。

技能点 2　大数据集群解决方案

由于大数据的数据量庞大，在生产环境中需要通过集群来实现数据的存储与操作。目前，Hadoop 是最为常用的一款大数据集群解决方案，通过与不同组件的相互配合完成大数据项目。

1．Hadoop 简介

Hadoop 是一个由 Apache 基金会所开发的分布式系统基础架构，具有开源、扩容能力强、成本低、高效率等优点。开发人员在不用了解分布式底层细节的情况下就可以实现分布式程序的开发。Hadoop 还能充分利用集群的威力进行高速运算和存储，解决了大数据（大到一台计算机无法进行存储、无法在要求的时间内进行处理）的可靠存储和处理问题。

一方面可以将 Hadoop 理解成一个编程框架，有着一套属于自己的编程规范和封装API，开发人员可通过 API 进行相关的数据处理操作。另一方面，还可以将 Hadoop 理解成一款服务提供软件，开发人员所需的功能都是通过客户端发送服务请求给 Hadoop 集群实现。

Hadoop 的出现，除了解决了海量数据的存储和处理问题外，还给大数据的开发带来了很多的方便，解决了大数据的很多问题，如：1）海量数据需要及时分析和处理；2）海量数据需要深入分析和挖掘；3）数据需要长期保存；4）磁盘 I/O 成为一种瓶颈，而非 CPU 资源；5）网络带宽是一种稀缺资源；6）硬件故障成为影响稳定的一大因素。

Hadoop 的应用非常广泛，其中最主要的应用就是数据的存储，利用其包含的 HDFS 组件实现数据的分布式存储，如数据备份、数据仓库等。除了数据存储外，Hadoop 通过其功能特性，还可以应用在各个方面，如：

1）搜索引擎：是 Doug Cutting 设计 Hadoop 的初衷，针对大规模的网页快速建立索引。

2）大数据处理：利用 Hadoop 的分布式处理能力，如数据挖掘、数据分析等。

3）科学研究：Hadoop 是一种分布式的开源框架，对于分布式系统有很大的参考价值。

2．Hadoop 的发展

Hadoop 的发展非常迅猛，从无到有，经历了各种各样的改变，只用了短短十几年的时间

就发展成为最具优势的大数据开发框架，其中，Hadoop 整个发展阶段中版本变更见表 1-1。

表 1-1　Hadoop 版本变更

时　　间	版　　本
2002	Nutch 项目开始
2003	Google 关于 GFS 的论文发表
2004	MapReduce 论文发表，HDFS 与 MapReduce 最初版本出现
2005	NDFS 引入 MapReduce
2006	Doug Cutting 加入雅虎，Hadoop 项目诞生
2008	Hadoop 成为 Apache 顶级项目
2009 年 5 月	Hadoop 0.20.0
2009 年 8 月	Hadoop 0.20.1
2010 年 5 月	Hadoop 0.20.2
2010 年 9 月	Hadoop 0.21
2011 年 5 月	Hadoop 0.20.203
2011 年 12 月	Hadoop 1.0.0
2012 年 10 月	Hadoop 2.0.2 alpha
2013 年 8 月	Hadoop 1.2.1
2013 年 10 月	Hadoop 2.2.0
2014 年 2 月	Hadoop 2.3.0
2014 年 4 月	Hadoop 2.4.0
2014 年 8 月	Hadoop 2.5.0
2014 年 11 月	Hadoop 2.6.0
2015 年 4 月	Hadoop 2.7.0
2016 年 1 月	Hadoop 2.7.2
2017 年 3 月	Hadoop 3.0 alpha
2018 年 4 月	Hadoop 3.0.2

3．Hadoop 版本介绍

目前，Hadoop 有 3 个不同的版本，即 Hadoop 1.0、Hadoop 2.0 和 Hadoop 3.0。其中，Hadoop 1.0、Hadoop 2.0 两个版本是互不兼容的，尽管都包含了 HDFS 和 MapReduce 两个组件，但 Hadoop 2.0 在 Hadoop 1.0 版本的基础架构上增加了一个名为 YARN 的新组件，形成一个全新的架构。Hadoop 1.0 和 Hadoop 2.0 的基础架构如图 1-3 和图 1-4 所示。

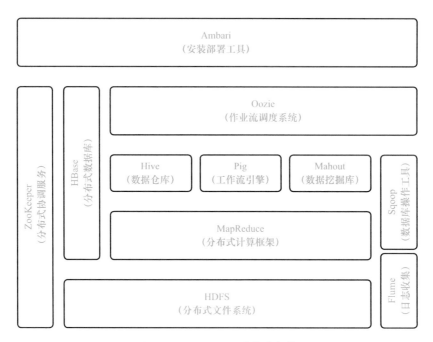

图 1-3　Hadoop 1.0 的基础架构

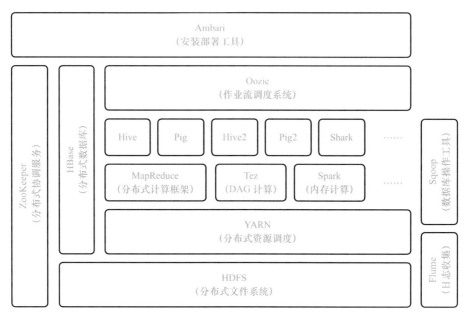

图 1-4　Hadoop 2.0 的基础架构

而 Hadoop 3.0 在 Hadoop 2.0 版本的基础上进行优化，但相对于 Hadoop 1.0 到 Hadoop 2.0 底层架构的改动，Hadoop 3.0 改动不大。在 Hadoop 的 3 个版本中，Hadoop 2.0 版本目前应用最为广泛。

4．Hadoop 架构组件

Hadoop 并不是单独一个技术的名称，而是其所支持的一系列数据处理技术的集合，总称为 Hadoop，而这些技术在 Hadoop 中被称为组件。通过图 1-4 所示的基础架构可知，Hadoop 的大部分组件是运行在 Hadoop 底层的 HDFS 和 YARN 之上的，但需要注意的是，Hadoop 包含着一些贯穿多个层级的协调组件和协作框架。

Hadoop 中包含的各个组件，根据其功能以及作用对象的不同可以将其划分为协调组件、核心组件、数据存储组件、数据处理组件、数据分析组件、其他组件共 6 个类型的组件。

（1）协调组件

即 ZooKeeper，分布式应用协调服务，主要用于进行不同组件之间服务的协调，解决了数据集群中统一命名、状态同步、集群管理、配置同步等问题。

（2）核心组件

在 Hadoop 中，核心组件只有 3 个，即 HDFS、MapReduce、YARN，是 Hadoop 进行数据存储、处理的基石，并为其他组件的使用提供支持。

1）HDFS：分布式文件系统，用于数据文件的分布式存储，是整个大数据应用场景的基础通用文件存储组件。

2）MapReduce：分布式计算框架，用于海量数据的处理和计算，但代码编写难度高，数据处理和分析效率低。

3）YARN：分布式资源调度，用于为运算程序调度所需的运算资源，而 MapReduce、Spark 等实现数据的处理和运算就需要 YARN 的支持。

（3）数据存储组件

目前，除核心组件 HDFS 外，Hadoop 所支持的数据存储组件有 HBase、Cassandra 和 Redis，可以实现数据的数据库存储。

1）HBase：分布式列存储数据库，可以实现海量数据的存储，具有高可靠、高性能、分布式存储等优点。

2）Cassandra：分布式 NoSQL 数据库系统，主要用于收件箱、大型表格等简单格式的数据存储，以读写性能高、部署结构简单等被广泛使用，但国内使用相对较少。

3）Redis：Redis 是一个开源 Key-Value 数据库，与 Cassandra、HBase 同属于 NoSQL 类型数据库，具有性能高、数据类型丰富、原子操作等优势。

（4）数据处理组件

这里的数据处理包含数据的采集、清洗、迁移等，除核心组件 MapReduce 外，Hadoop 支持的数据处理组件有 Storm、Hama 和 Flume，可以实现数据的从无到有再到数据的清洗操作。

1）Storm：分布式实时大数据处理系统，用于大量数据流的处理，可以适用实时分析、在线机器学习、持续计算等场景，具有容错性高、处理速度快、部署简单等优点。

2）Hama：并行计算框架，与 MapReduce 类似，可以实现数据的大规模科学计算，但

在矩阵和图计算方面 MapReduce 有着极大的差距。

3）Flume：Flume 是开源的、可扩展的、适合复杂环境的海量日志收集系统，具有分布式、高可靠、高容错、易于定制和扩展的特点。

（5）数据分析组件

在大数据项目中，数据的分析非常重要，Hadoop 同样提供了多种数据分析组件的支持，如 Hive、Pig、Spark 等，对清洗后的数据进行分析并将分析结果保存。

1）Hive：Hive 是一个建立在 Hadoop 基础之上的数据仓库工具，能够实现对存储在 HDFS 中的数据集进行数据整理、特殊查询和分析等操作。

2）Pig：基于 Hadoop 的大规模数据分析平台，主要用于对较大数据集进行分析，并将分析结果表示为数据流。

3）Spark：通用内存并行计算框架，主要用于大规模数据分析，能够适用批处理、迭代计算、交互式查询、流处理等场景，具有低延迟、分布式内存计算、简单易用等优点。

（6）其他组件

Hadoop 除了支持以上几种类型的组件外，还可以支持很多其他类型的组件，由于组件功能之间并不存在相同点，因此将功能单一的组件划分到其他组件。Hadoop 中功能单一的组件有 Kafka、Sqoop、Mahout、Hue 等。

1）Kafka：分布式发布订阅消息系统，能够对消费者产生的动作流数据进行处理，具有吞吐量高、数据持久化、并行加载等优势。

2）Sqoop：Sqoop 全称为 SQL-to-Hadoop，是一款数据库操作工具，主要用于在数据库和 HDFS 之间转移数据。

3）Mahout：开源机器学习库，提供了多种机器学习相关算法，如分类算法、聚类算法、回归算法、关联规则挖掘算法等，具有很强的扩展性，可以实现算法的自主优化。

4）Hue：开源 Hadoop UI 系统，能够实现在浏览器控制台进行 Hadoop 集群交互，如 HDFS 操作、Hive 的 SQL 语句执行、HBase 数据库信息查询等。

技能点 3　大数据集群规划

1．架构规划

目前，关于大数据集群网络的连接有多种方式，其中应用最多的就是 Master/Slave（主从方式），本书将选用该种方式实现大数据集群的搭建，Master/Slave 集群架构如图 1-5 所示。

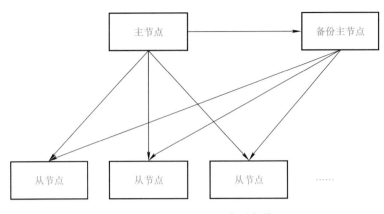

图 1-5　Master/Slave 集群架构

通过图 1-5 可知，在主从结构的集群中，包含了一个主节点、一个备份主节点以及若干个从节点。

2．进程规划

在使用主从架构时，为了满足最小的集群搭建环境，选用 4 台计算机，1 台作为主节点（master），1 台作为备份主节点（masterback），其余两台作为从节点（slave），也可以叫数据节点，这里选择两个数据节点是为了增加数据的备份，以提高数据的安全性。Hadoop 主机规划进程信息如图 1-6 所示。

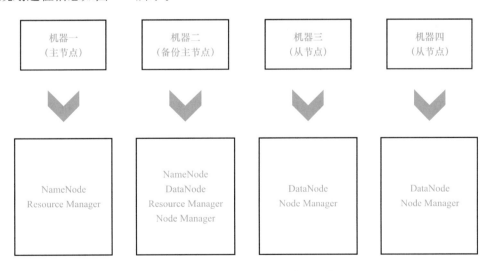

图 1-6　Hadoop 主机规划进程信息

3．软件版本规划

软件版本规划是成功搭建集群的必要环节，不同组件的不同版本之间有时会出现版本冲突，导致集群崩溃或进程无法启动运行等问题。本书选用的各个组件及其版本见表 1-2。

表 1-2　软件规划

软　件	版　本	安 装 节 点
CentOS	7	Master/Slave
JDK	1.8	Master/Slave
Flume	1.9.0	Master
Hive	2.3.5	Master
Hadoop	2.7.7	Master/Slave
HBase	1.3.5	Master/Slave
Sqoop	1.4.7	Master
ZooKeeper	3.4.14	Master/Slave
MySQL	5.7.21	Master
Spark	2.4.3	Master/Slave
Kafka	2.0.0	Master/Slave
Storm	1.2.3	Master
Cassandra	3.11.4	Master/Slave

技能点 4　大数据集群配置

1. 网络配置

在使用 Linux 搭建大数据集群环境时，由于其自带网络功能和自我保护机制，因此需要通过 IP 设置、防火墙关闭等操作实现网络的相关配置。

（1）IP 设置

在 Linux 平台中，为了方便集群节点的管理和操作，开发人员会进行 IP 地址和主机名的映射，但当节点出现网络故障后，Linux 的自动寻址功能会导致主机名映射不到 IP 地址而发生错误，通过动态配置，对 /etc/sysconfig/network-scripts/ 目录下的 ifcfg-ens33 文件进行修改，即可使该问题得到解决。其中，ifcfg-ens33 文件包含的配置属性见表 1-3。

表 1-3　ifcfg-ens33 文件包含的配置属性

属　性	说　明
DEVICE	设备名称
BOOTPROTO	开机协议
IPADDR	IP 地址
NETMASK	子网掩码
GATWAY	网段，该网段的第一个 IP
ONBOOT	是否开机启动
DNS1	域名解析服务器

其中，BOOTPROTO 属性有着多种用于设置开机协议的属性值，常用的属性值见表 1-4。

表 1-4 BOOTPROTO 属性值

属 性 值	说 明
none	不使用任何协议
static	使用静态地址协议
dhcp	使用动态主机配置协议
bootp	使用引导程序协议

修改完成后，ifcfg-ens33 的文件内容如图 1-7 所示。

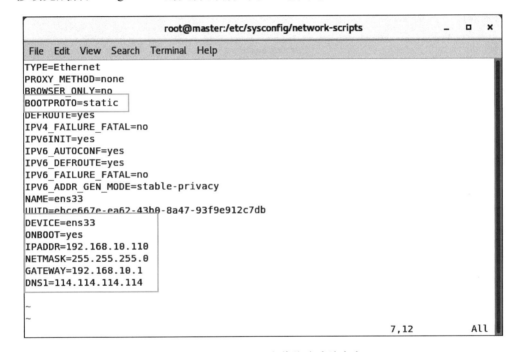

图 1-7 ifcfg-ens33 文件修改后的内容

之后重启网络服务即可使 ifcfg-ens33 文件修改内容生效，重启网络服务命令如下。

```
systemctl restart network.service
```

效果如图 1-8 所示。

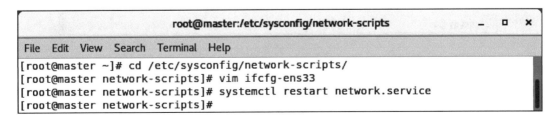

图 1-8 重启网络服务

（2）防火墙

防火墙主要负责在内部网与外部网、专用网与公用网之间建立安全协议，计算机所有流出流入的网络信息和数据包都要经过防火墙，从而做到保护本机不受到非法侵入。但在项目开发过程中，由于防火墙的存在，可能会出现节点之间不能通信的情况，为了避免该问题的发生，这里采用关闭防火墙的方式，命令如下。

```
// 关闭防火墙
systemctl stop firewalld.service
// 关闭防火墙自启
systemctl disable firewalld.service
```

效果如图 1-9 所示。

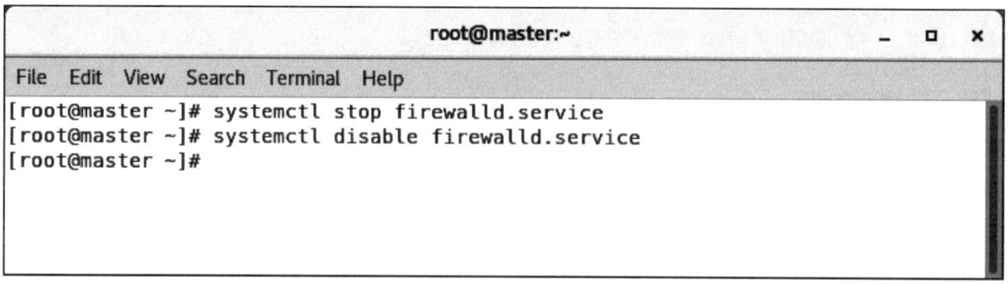

图 1-9　关闭防火墙

以上操作只能关闭 firewalld 防火墙，但在 Linux 系统中，还有另一个安全设置 seLinux 子安全系统需要关闭，只需进入 /etc/selinux 进行 config 文件的修改即可实现关闭操作，效果如图 1-10 所示。

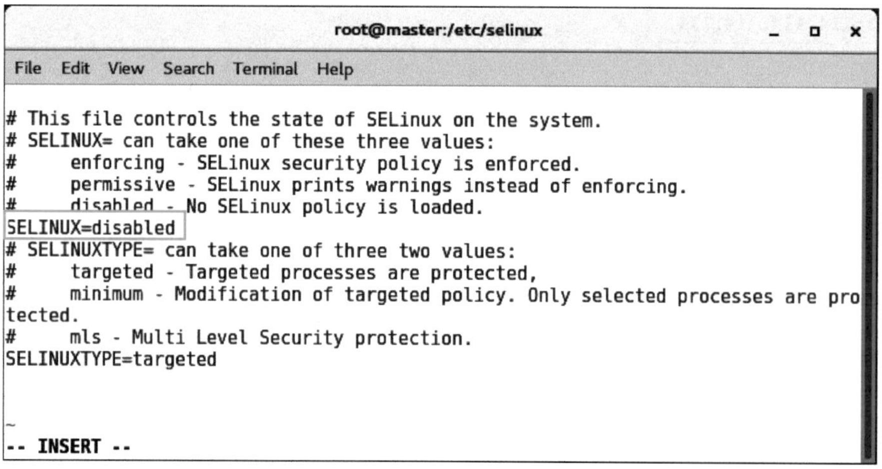

图 1-10　关闭 seLinux

2．NTP 时间同步

在生产环境中，大数据集群相关组件会因为节点之间的时间不同而出现无法启动服务或进程崩溃的情况，NTP 时间同步能够很好地解决这个问题，其可以通过一台主机进行联网并获取标准时间，之后通过 NTP 通道将时间信号发送到其他节点，保证了集群节点时间的一致性。目前，使用 NTP 同步时间有两种方式，分别为直接同步和平滑同步。

（1）直接同步

NTP 的直接时间同步非常简单，只需通过"ntpdate"命令即可实现时间的直接变更，但必须保证每个节点存在外部网络连接。直接同步方式适用于简单的时间同步，只能保证当前时间的同步效果，经过一段时间后，会出现时间不同的情况，因此，存在定时执行的任务时不建议使用。"ntpdate"命令如下。

```
ntpdate -u cn.pool.ntp.org
```

效果如图 1-11 所示。

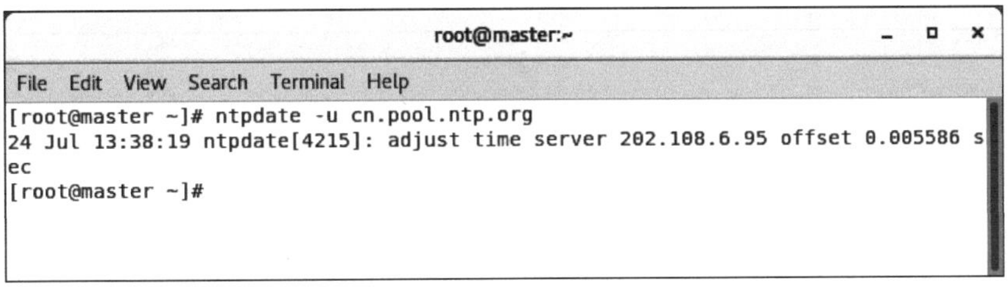

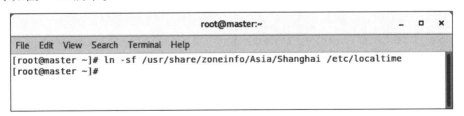

图 1-11　直接同步

（2）平滑同步

相对于直接同步来说，平滑同步在集群时间一致性上有着非常大的优势，即使经过很长时间，集群时间仍然相同。但由于平滑同步在调整时间时偏移量（时间调整幅度）较小，因此平滑同步相对耗时。平滑同步的实现步骤如下。

第一步：将主节点时间设置为正确时间，之后其余节点才能通过主节点实现时间同步，命令如下。

```
ln -sf /usr/share/zoneinfo/Asia/Shanghai /etc/localtime
```

效果如图 1-12 所示。

图 1-12　将主节点时间设置为正确时间

第二步：启动 ntpd 服务，并将其设置为开机自动启动，命令如下。

```
// 启动 ntpd 服务
systemctl start ntpd
//ntpd 服务开机自启
chkconfig ntpd on
```

效果如图 1-13 所示。

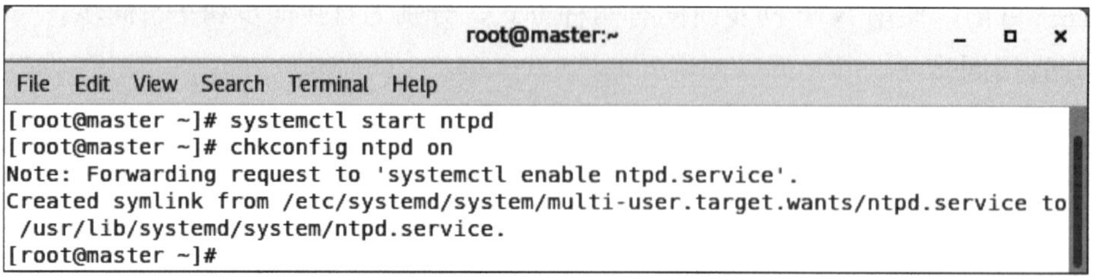

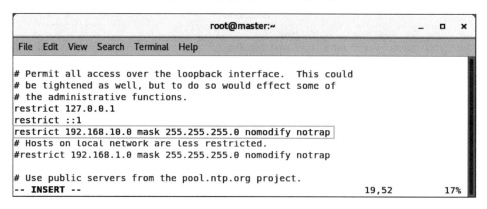

图 1-13　启动 ntpd 服务

第三步：进入 "/etc/ntp.conf" 系统配置文件，并进行修改，找到 restrict 字段并在后面重新添加 "192.168.10.0" 的 IP 段配置。效果如图 1-14 所示。

图 1-14　IP 段配置

第四步：找到 server 0.centos.pool.ntp.org iburst 并将相关内容注释，分别对 3 个外部时间服务器进行设置，选取 1 个中国服务器和两个亚洲服务器。效果如图 1-15 所示。

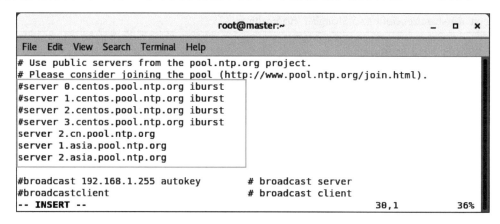

图 1-15　服务器设置

第五步：找到 manycastclient 字段在下方添加本地时间修改服务器的相关配置，效果如图 1-16 所示。

```
                           root@master:~              _  □  ×
  File  Edit  View  Search  Terminal  Help
  #broadcastclient                    # broadcast client
  #broadcast 224.0.1.1 autokey        # multicast server
  #multicastclient 224.0.1.1          # multicast client
  #manycastserver 239.255.254.254     # manycast server
  #manycastclient 239.255.254.254 autokey # manycast client

  restrict 2.cn.pool.ntp.org nomodify notrap noquery
  restrict 1.asia.pool.ntp.org nomodify notrap noquery
  restrict 2.asia.pool.ntp.org nomodify notrap noquery
  # Enable public key cryptography
  #crypto
  -- INSERT --                                  38,53      55%
```

图 1-16　本地时间修改服务器配置

第六步：添加本地时间使用设置，在连接远程服务器失败时，使用本地时间。效果如图 1-17 所示。

```
                           root@master:~              _  □  ×
  File  Edit  View  Search  Terminal  Help
  #server 2.centos.pool.ntp.org iburst
  #server 3.centos.pool.ntp.org iburst
  server 2.cn.pool.ntp.org
  server 1.asia.pool.ntp.org
  server 2.asia.pool.ntp.org
  server 127.0.0.1 # local clock
  #broadcast 192.168.1.255 autokey    # broadcast server
  #broadcastclient                    # broadcast client
  #broadcast 224.0.1.1 autokey        # multicast server
  #multicastclient 224.0.1.1          # multicast client
  #manycastserver 239.255.254.254     # manycast server
  #manycastclient 239.255.254.254 autokey # manycast client
  -- INSERT --                                  28,31      42%
```

图 1-17　本地时间使用设置

第七步：服务器层级设置，一般将局域网的时间服务器层级设置为 10。效果如图 1-18 所示。

```
                           root@master:~              _  □  ×
  File  Edit  View  Search  Terminal  Help
  includefile /etc/ntp/crypto/pw

  # Key file containing the keys and key identifiers used when operating
  # with symmetric key cryptography.
  keys /etc/ntp/keys

  fudge 127.0.0.1 stratum 10


  # Specify the key identifiers which are trusted.
  #trustedkey 4 8 42
  -- INSERT --                                  41,1       72%
```

图 1-18　服务器层级设置

第八步：保存并退出配置文件后，通过查看 NTP 同步状态验证配置的正确性，其中，NTP 同步状态包含的属性见表 1-5。

表 1-5 同步状态属性

属　　性	说　　明
refid	提供时间同步的服务器
st	服务器的层级
t	通信方式
when	现在时间与上一次校正时间的差（s）
poll	校正的时间间隔
reach	校正次数
delay	通信延迟时间
offset	时间偏移量
jitter	系统时间与 BIOS 硬件时间的差

NTP 同步状态查看命令如下。

```
watch ntpq -p
```

效果如图 1-19 所示。

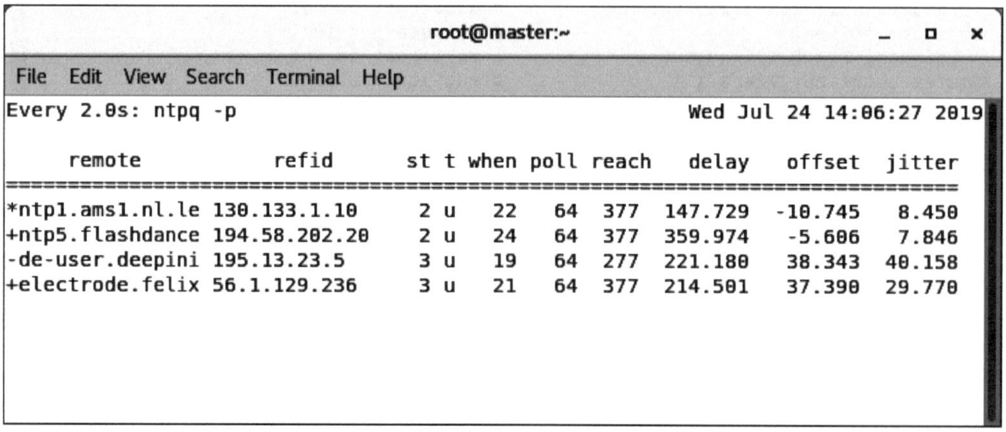

图 1-19　查看 NTP 同步状态

3．SSH 安全协议

SSH 即建立在应用层基础上的安全协议，是专为网络服务提供安全的协议，能够有效地防止远程管理过程中信息的泄露。

尽管 SSH 保证了系统信息的安全，但在集群中每次进行节点的远程访问时，为了节点安全，它都会提示主机密码的验证，给开发人员带来了极大的不便，严重影响项目的开发进度。因此为了提高开发效率，可以对 SSH 进行免密设置，步骤如下。

第一步：生成 SSH 密钥文件，命令如下。

```
ssh-keygen -t rsa
```

效果如图 1-20 所示。

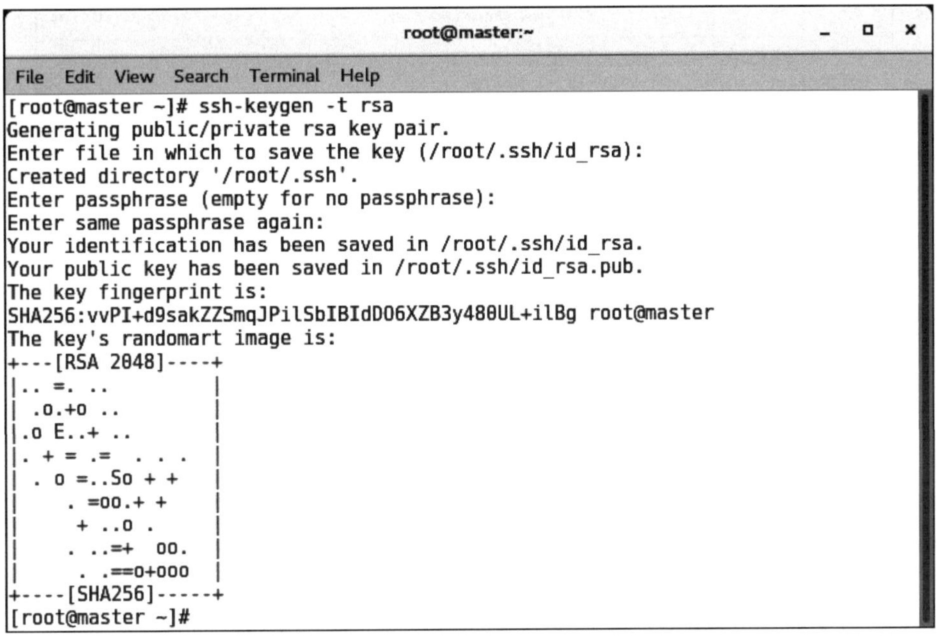

图 1-20 生成 SSH 密钥文件

第二步：进入密钥文件存储目录，复制生成的密钥文件并更名为"authorzied_keys"，命令如下。

```
cd /root/.ssh
cp id_rsa.pub authorized_keys
```

效果如图 1-21 所示。

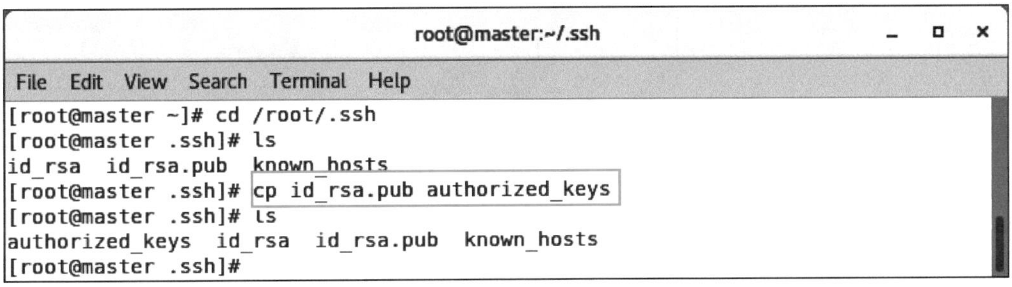

图 1-21 密钥文件复制并重命名

第三步：通过向不同节点分发 authorzied_keys 文件实现节点的免密设置，当分发节点为本机节点时，不需要进行密码验证，而分发到其他节点时，由于还没有进行免密配置，因

此需要进行密码验证，命令如下。

```
ssh-copy-id -i master
```

效果如图 1-22 所示。

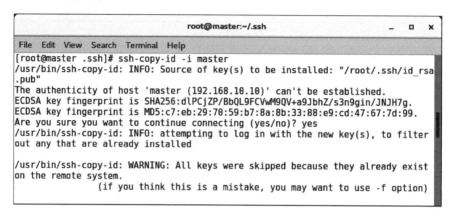

图 1-22　密码验证

任务实施

【任务目的】

通过以下几个步骤，实现大数据集群的前期网络配置，并进行 JDK 和 MySQL 数据库的安装。

【任务流程】

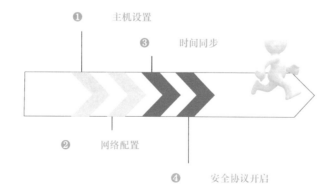

❶　主机设置

❸　时间同步

❷　网络配置

❹　安全协议开启

【任务步骤】

第一步：设置主机名称。

分别对 4 台主机的名称进行设置，设置为 master（主节点名称）、masterback（备份主节点名称）、slave（从节点名称）、slave1（从节点名称），主机名称修改命令如下。

```
hostnamectl set-hostname 主机名
```

效果如图 1-23 所示，之后重启发挥作用。

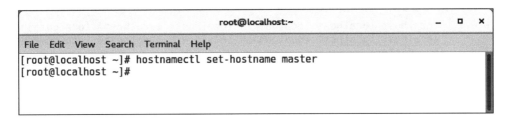

图 1-23　主机名称设置

第二步：设置 IP。

进入 master 主机的 /etc/sysconfig/network-scripts/ 目录，修改 ifcfg-ens33 文件，对 IP 进行设置，ifcfg-ens33 文件内容如下。

```
DEVICE=ens33
TYPE=Ethernet
ONBOOT=yes
BOOTPROTO=static
IPADDR=192.168.31.10
NETMASK=255.255.255.0
GATEWAY=192.168.31.1
DNS1=114.114.114.114
```

对 masterback、slave 和 slave1 同样进行以上修改，但需注意 IPADDR 不能重复，masterback 为 192.168.31.11，slave 为 192.168.31.12，slave1 为 192.168.31.13，其余内容相同即可，之后重启主机，使 IP 设置生效。

第三步：关闭防火墙。

分别对 4 台主机进行关闭防火墙操作后，将 seLinux 子安全系统关闭，代码如下，

```
// 关闭防火墙
systemctl stop firewalld.service
// 关闭防火墙的开机启动
systemctl disable firewalld.service
vi /etc/selinux/config
// 修改内容如下
SELINUX=disabled
```

第四步：网络映射。

进入 /etc 目录，进行 hosts 文件的修改，在后面添加 IP 地址和对应的主机名称即可，效果如图 1-24 所示。

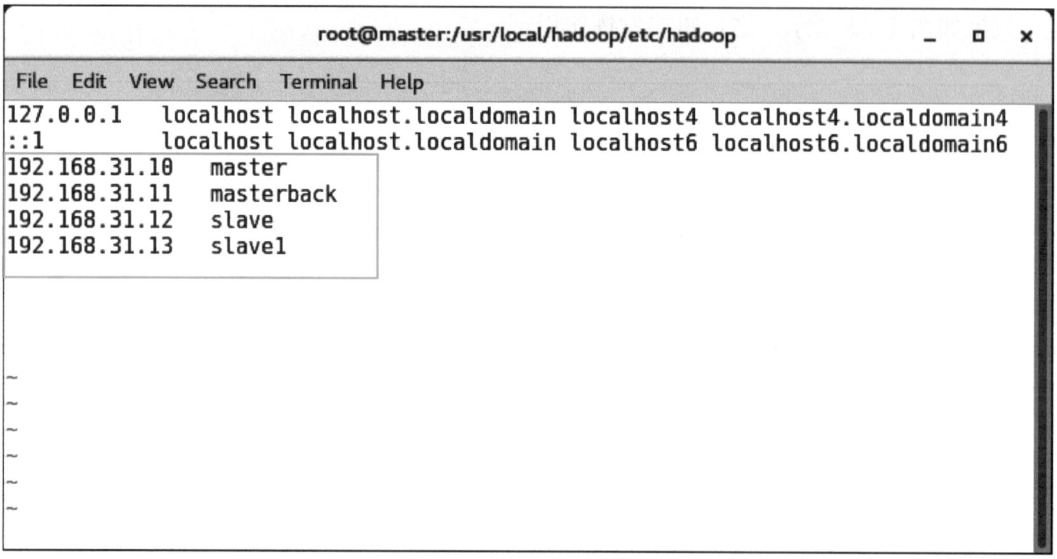

```
root@master:/usr/local/hadoop/etc/hadoop                    _  □  ×

File  Edit  View  Search  Terminal  Help
127.0.0.1      localhost localhost.localdomain localhost4 localhost4.localdomain4
::1            localhost localhost.localdomain localhost6 localhost6.localdomain6
192.168.31.10    master
192.168.31.11    masterback
192.168.31.12    slave
192.168.31.13    slave1
~
~
~
~
~
~
```

图 1-24　网络映射

第五步：检查配置。

分别对 4 台主机的防火墙状态和 IP 地址进行检查，命令如下。

```
// 防火墙状态
systemctl status firewalld.service
// 查看 IP
ifconfig
```

效果如图 1-25 和图 1-26 所示。

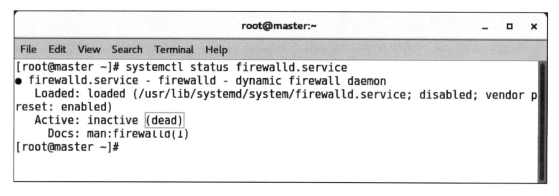

图 1-25　检查防火墙状态

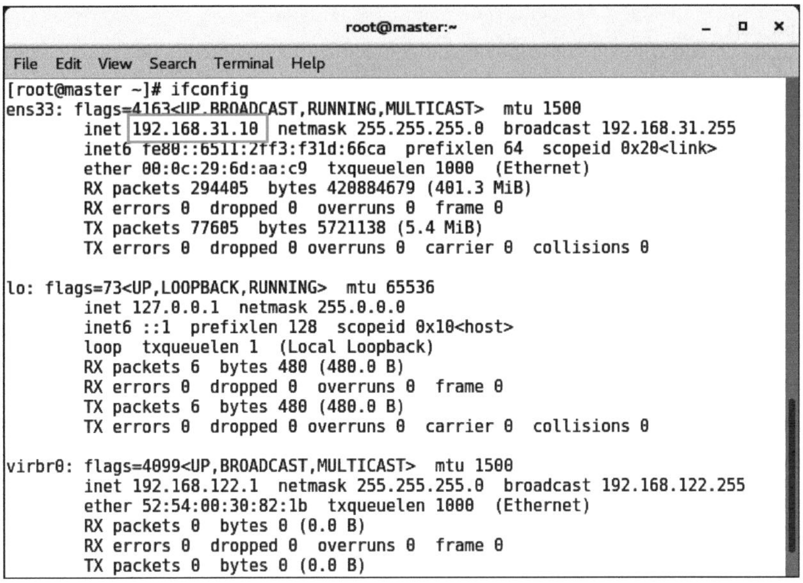

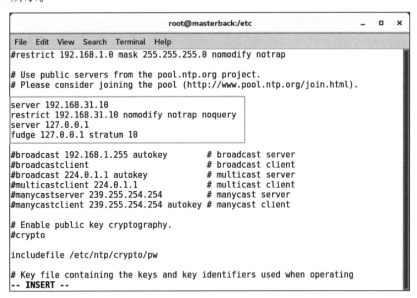

图 1-26　检查 IP

第六步：设置时间同步。

对除 master 节点之外的其他节点进行配置，进入 /etc 目录对 ntp.conf 进行修改，修改内容如图 1-27 所示。

图 1-27　修改 ntp.conf

之后重启 NTP 服务并设置为开机自启即可。另外可通过服务状态查看验证服务是否启动，命令如下。

```
// 启动 NTP 服务
service ntpd start
// 启动 NTP 服务
```

```
service ntpd start
// 设置 NTP 为开机启动
chkconfig ntpd on
//ntpd 服务状态查看
service ntpd status
```

第七步：免密设置。

在 master 节点，生成 SSH 密钥，将其复制并更改名称后发送到其他节点，命令如下。

```
// 生成密钥
ssh-keygen -t rsa
cd /root/.ssh
// 复制密钥文件并更改名称
cp id_rsa.pub authorized_keys
// 密钥发送
ssh-copy-id -i master
ssh-copy-id -i masterback
ssh-copy-id -i slave
ssh-copy-id -i slave1
```

效果如图 1-28 所示。

```
                        root@master:~/.ssh                    _  □  ×

 File  Edit  View  Search  Terminal  Help

[root@master .ssh]# ssh-copy-id -i masterback
/usr/bin/ssh-copy-id: INFO: Source of key(s) to be installed: "/root/.ssh/id_rsa
.pub"
/usr/bin/ssh-copy-id: INFO: attempting to log in with the new key(s), to filter
out any that are already installed
/usr/bin/ssh-copy-id: INFO: 1 key(s) remain to be installed -- if you are prompt
ed now it is to install the new keys
root@masterback's password:

Number of key(s) added: 1

Now try logging into the machine, with:   "ssh 'masterback'"
and check to make sure that only the key(s) you wanted were added.

[root@master .ssh]#
```

图 1-28　密钥发送

第八步：免密测试。

免密设置完成后，通过 "ssh 主机名称" 节点登录命令进行验证，如果不需要输入密码即可说明免密配置成功，效果如图 1-29 所示。

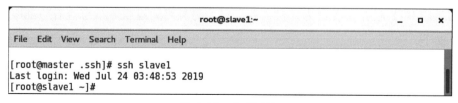

```
                        root@slave1:~                        _  □  ×

 File  Edit  View  Search  Terminal  Help

[root@master .ssh]# ssh slave1
Last login: Wed Jul 24 03:48:53 2019
[root@slave1 ~]#
```

图 1-29　免密测试

第九步：下载 JDK。

进入网址"https://www.oracle.com/technetwork/java/javase/downloads/index.html"，选择相应的版本，如图 1-30 所示。

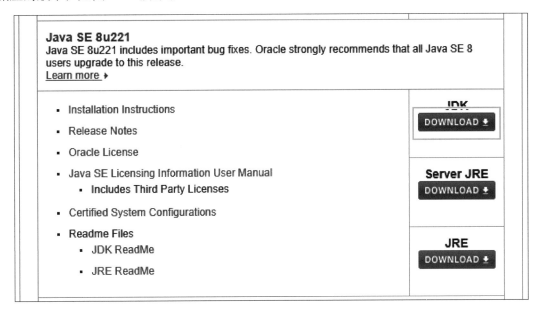

图 1-30　JDK 版本选择界面

之后单击"DOWNLOAD"按钮进入 JDK 选择界面，选择符合要求的 JDK 进行下载，下载完成后将其放到 /usr/local/ 目录下，JDK 选择界面如图 1-31 所示。

Java SE Development Kit 8u221

You must accept the Oracle Technology Network License Agreement for Oracle Java SE to download this software.
Thank you for accepting the Oracle Technology Network License Agreement for Oracle Java SE; you may now download this software.

Product / File Description	File Size	Download
Linux ARM 32 Hard Float ABI	72.9 MB	⬇jdk-8u221-linux-arm32-vfp-hflt.tar.gz
Linux ARM 64 Hard Float ABI	69.81 MB	⬇jdk-8u221-linux-arm64-vfp-hflt.tar.gz
Linux x86	174.18 MB	⬇jdk-8u221-linux-i586.rpm
Linux x86	189.03 MB	⬇jdk-8u221-linux-i586.tar.gz
Linux x64	171.19 MB	⬇jdk-8u221-linux-x64.rpm
Linux x64	186.06 MB	⬇jdk-8u221-linux-x64.tar.gz
Mac OS X x64	252.52 MB	⬇jdk-8u221-macosx-x64.dmg
Solaris SPARC 64-bit (SVR4 package)	132.99 MB	⬇jdk-8u221-solaris-sparcv9.tar.Z
Solaris SPARC 64-bit	94.23 MB	⬇jdk-8u221-solaris-sparcv9.tar.gz
Solaris x64 (SVR4 package)	133.66 MB	⬇jdk-8u221-solaris-x64.tar.Z
Solaris x64	91.95 MB	⬇jdk-8u221-solaris-x64.tar.gz
Windows x86	202.73 MB	⬇jdk-8u221-windows-i586.exe
Windows x64	215.35 MB	⬇jdk-8u221-windows-x64.exe

图 1-31　JDK 选择界面

第十步：安装配置。

切换到 /usr/local/ 目录下，解压 JDK 安装包并修改名称为 jdk 后，修改 /etc/profile 配置文件。效果如图 1-32 和图 1-33 所示。

```
root@master:/usr/local                          _  □  ×

File  Edit  View  Search  Terminal  Help
jdk1.8.0_221/man/man1/jhat.1
jdk1.8.0_221/man/man1/java.1
jdk1.8.0_221/man/man1/jcmd.1
jdk1.8.0_221/man/man1/xjc.1
jdk1.8.0_221/man/man1/jarsigner.1
jdk1.8.0_221/man/man1/jmc.1
jdk1.8.0_221/man/man1/appletviewer.1
jdk1.8.0_221/man/man1/javafxpackager.1
jdk1.8.0_221/man/man1/pack200.1
jdk1.8.0_221/man/man1/keytool.1
jdk1.8.0_221/man/man1/extcheck.1
jdk1.8.0_221/man/man1/jmap.1
jdk1.8.0_221/man/man1/jstatd.1
jdk1.8.0_221/man/man1/javadoc.1
jdk1.8.0_221/THIRDPARTYLICENSEREADME.txt
jdk1.8.0_221/COPYRIGHT
[root@master local]# mv jdk1.8.0_221/ jdk
[root@master local]# vi /etc/profile
```

图 1-32　解压安装包并修改名称

```
root@master:/usr/local                          _  □  ×

File  Edit  View  Search  Terminal  Help
    if [ -r "$i" ]; then
        if [ "${-#*i}" != "$-" ]; then
            . "$i"
        else
            . "$i" >/dev/null
        fi
    fi
done

unset i
unset -f pathmunge

export JAVA_HOME=/usr/local/jdk
export CLASSPATH=$:CLASSPATH:$JAVA_HOME/lib/
export PATH=$PATH:$JAVA_HOME/bin

-- INSERT --
```

图 1-33　JDK 配置

第十一步：删除自带的 JDK 文件。

首先需要查看本机自带的 JDK 文件有哪些，之后将 openJDK 文件删除，效果如图 1-34 所示。

使配置环境生效后，查看 JDK 版本，与安装版本一致说明 JDK 安装成功，效果如图 1-35 所示。

```
                    root@master:/usr/local                    _  □  ×

 File  Edit  View  Search  Terminal  Help
[root@master local]# rpm -qa | grep java
java-1.8.0-openjdk-1.8.0.131-11.b12.el7.x86_64
java-1.7.0-openjdk-1.7.0.141-2.6.10.5.el7.x86_64
python-javapackages-3.4.1-11.el7.noarch
tzdata-java-2017b-1.el7.noarch
java-1.8.0-openjdk-headless-1.8.0.131-11.b12.el7.x86_64
java-1.7.0-openjdk-headless-1.7.0.141-2.6.10.5.el7.x86_64
javapackages-tools-3.4.1-11.el7.noarch
[root@master local]# rpm -e --nodeps java-1.8.0-openjdk-1.8.0.131-11.b12.el7.x86
_64
[root@master local]# rpm -e --nodeps java-1.7.0-openjdk-1.7.0.141-2.6.10.5.el7.x
86_64
[root@master local]# rpm -e --nodeps java-1.8.0-openjdk-headless-1.8.0.131-11.b1
2.el7.x86_64
[root@master local]# rpm -e --nodeps java-1.7.0-openjdk-headless-1.7.0.141-2.6.1
0.5.el7.x86_64
[root@master local]# rpm -qa | grep java
python-javapackages-3.4.1-11.el7.noarch
tzdata-java-2017b-1.el7.noarch
javapackages-tools-3.4.1-11.el7.noarch
[root@master local]#
```

图 1-34　删除自带 JDK 文件

```
                    root@master:/usr/local                    _  □  ×

 File  Edit  View  Search  Terminal  Help
[root@master local]# source /etc/profile
[root@master local]# java -version
java version "1.8.0_221"
Java(TM) SE Runtime Environment (build 1.8.0_221-b11)
Java HotSpot(TM) 64-Bit Server VM (build 25.221-b11, mixed mode)
[root@master local]#
```

图 1-35　查看 JDK 版本

其余节点的 JDK 安装配置与 master 节点步骤相同。

第十二步：下载 MySQL 数据库。

通过 "http://dev.mysql.com/get/mysql57-community-release-el7-10.noarch.rpm" 路径，使用 wget 下载工具进行 MySQL 安装包的下载。效果如图 1-36 所示。

```
                    root@master:/usr/local                    _  □  ×

 File  Edit  View  Search  Terminal  Help
[root@master local]# wget -i -c http://dev.mysql.com/get/mysql57-community-relea
se-el7-10.noarch.rpm
--2019-07-24 06:12:09--  http://dev.mysql.com/get/mysql57-community-release-el7-
10.noarch.rpm
Resolving dev.mysql.com (dev.mysql.com)... 137.254.60.11
Connecting to dev.mysql.com (dev.mysql.com)|137.254.60.11|:80... connected.
HTTP request sent, awaiting response... 301 Moved Permanently
Location: https://dev.mysql.com/get/mysql57-community-release-el7-10.noarch.rpm
[following]
--2019-07-24 06:12:11--  https://dev.mysql.com/get/mysql57-community-release-el7
-10.noarch.rpm
Connecting to dev.mysql.com (dev.mysql.com)|137.254.60.11|:443... connected.
```

图 1-36　下载 MySQL 数据库

第十三步：安装 MySQL 数据库。

通过 yum 工具安装刚刚下载的 MySQL 数据库以及 mysql-community-server。效果如图 1-37 和图 1-38 所示。

```
root@master:/usr/local                               _  □  ×
File  Edit  View  Search  Terminal  Help
[root@master local]# yum -y install mysql57-community-release-el7-10.noarch.rpm
Loaded plugins: fastestmirror, langpacks
Examining mysql57-community-release-el7-10.noarch.rpm: mysql57-community-release
-el7-10.noarch
Marking mysql57-community-release-el7-10.noarch.rpm to be installed
Resolving Dependencies
--> Running transaction check
---> Package mysql57-community-release.noarch 0:el7-10 will be installed
--> Finished Dependency Resolution
base/7/x86_64                                    |  3.6 kB    00:00
base/7/x86_64/group_gz                          |  166 kB    00:00
base/7/x86_64/primary_db                        |  6.0 MB    00:01
extras/7/x86_64                                 |  3.4 kB    00:00
extras/7/x86_64/primary_db                      |  205 kB    00:00
```

图 1-37　安装 MySQL 数据库

```
root@master:/usr/local                               _  □  ×
File  Edit  View  Search  Terminal  Help
[root@master local]# yum -y install mysql-community-server
Loaded plugins: fastestmirror, langpacks
base                                            |  3.6 kB    00:00
extras                                          |  3.4 kB    00:00
mysql-connectors-community                      |  2.5 kB    00:00
mysql-tools-community                           |  2.5 kB    00:00
mysql57-community                               |  2.5 kB    00:00
updates                                         |  3.4 kB    00:00
updates/7/x86_64/primary_db                     |  7.4 MB    00:01
Loading mirror speeds from cached hostfile
 * base: mirror.bit.edu.cn
 * extras: mirror.jdcloud.com
 * updates: mirror.bit.edu.cn
```

图 1-38　安装 mysql-community-server

第十四步：完成 MySQL 数据库的相关设置。

数据库安装完成后，启动 MySQL 服务，查看默认密码，并将其更改为"123456"，最后配置 MySQL 的远程连接，命令如下。

```
// 启动 MySQL 服务
systemctl start mysqld.service
// 查看默认密码
cat /var/log/mysqld.log | grep 'password'
// 登录 MySQL
mysql -uroot -p
> 查看到的密码
```

```
// 设置安全级别
set global validate_password_policy=0;
// 设置密码最小长度
set global validate_password_length=4;
// 密码设置为 123456
set password='123456';
// 配置远程连接
grant all privileges on *.* to 'root'@'%'identified by '123456' with grant option;
```

效果如图 1-39 所示。

```
root@master:/usr/local                          _  □  ×
File  Edit  View  Search  Terminal  Help
[root@master local]# systemctl start  mysqld.service
[root@master local]# cat /var/log/mysqld.log | grep 'password'
2019-07-24T10:33:01.649307Z 1 [Note] A temporary password is generated for root@
localhost: >9tD#<lr6eYe
[root@master local]# mysql -uroot -p
Enter password:
Welcome to the MySQL monitor.  Commands end with ; or \g.
Your MySQL connection id is 6
Server version: 5.7.27

Copyright (c) 2000, 2019, Oracle and/or its affiliates. All rights reserved.

Oracle is a registered trademark of Oracle Corporation and/or its
affiliates. Other names may be trademarks of their respective
owners.

Type 'help;' or '\h' for help. Type '\c' to clear the current input statement.

mysql> set global validate_password_policy=0;
Query OK, 0 rows affected (0.00 sec)

mysql> set global validate_password_length=4;
Query OK, 0 rows affected (0.00 sec)

mysql> set password='123456';
Query OK, 0 rows affected (0.00 sec)

mysql> grant all privileges on *.* to 'root'@'%'identified by '123456' with gran
t option;
Query OK, 0 rows affected, 1 warning (0.00 sec)

mysql>
```

图 1-39 MySQL 数据库相关设置

小结

本项目通过实现大数据集群节点的相关配置，使学生对大数据的概念、应用和集群解决方案等相关知识有了初步了解，能够掌握集群网络配置、SSH 安全协议的实现流程，并能够通过所学知识实现大数据节点的配置。

Project 2

协调组件与核心组件配置

小张：小李，你对 Hadoop 组件和集群配置了解得怎么样了？

小李：已经基本了解环境搭建所需的相关内容。我接下来需要学习哪些内容呢？

小张：你需要学习的内容还很多，不要着急。接下来你该进入具体搭建的学习了。

小李：那先从哪个组件开始呢？

小张：按照大数据的计算流程，先从协调服务组件和核心组件开始吧。

小李：好的，我这就去学习。

学习目标

通过对项目 2 相关内容的学习，了解 ZooKeeper、HDFS、MapReduce 的相关概念，熟悉 ZooKeeper、HDFS、MapReduce 等组件的下载步骤，掌握 ZooKeeper、HDFS、MapReduce 等组件的配置，具有在 Linux 平台上搭建高可用集群环境的能力。

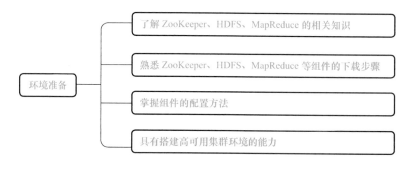

任务 1 ZooKeeper 配置

任务分析

本任务主要实现 ZooKeeper 组件的相关配置，使环境变为高可用环境。在任务实现过程中，了解 ZooKeeper 的相关概念和功能，掌握 ZooKeeper 包含的各个配置文件的作用及文件包含的属性。

任务技能

技能点 1 ZooKeeper 概述

1. ZooKeeper 简介

ZooKeeper 一词最早出现在 Chubby 于 2006 年 11 月发表的一篇论文中，之后加入 Apache 进行孵化，最终成为 Apache 顶级项目之一。其通过对 Chubby 克隆解决了分布式环境下统一命名状态同步、集群管理、配置同步等问题，是一个分布式、高可用的协调服务，提供分布式锁之类的基本服务，用于构建分布式应用，为 HBase 提供了稳定服务和失败恢复机制。并且 ZooKeeper 被 Hadoop 中的很多组件依赖，主要用于 Hadoop 相关操作的管理。了解 ZooKeeper 这个单词有助于对 ZooKeeper 的理解，ZooKeeper 翻译成中文是动物园管理员，也就是用于管理动物，而在大数据中，ZooKeeper 同样用于管理，但管理的对象并不是动物园中的动物，而是集群系统中正在运行的各种服务，其主要负责服务之间的协调工作，保证集群环境能够正常运行。

ZooKeeper 的高可用性是大数据中高可用环境实现的基石，简单来说，就是大数据的高可用环境中必定有 ZooKeeper 的存在，其除了高可用性外，还包含以下优点。

1）同步。ZooKeeper 保证在一定时间内，客户端一定能够从服务端读到最新的数据状态。

2）有序消息。从同一个客户端发起的事务请求，最终将严格按照其发起顺序被应用到 ZooKeeper 中。

3）原子性。更新操作要么成功要么失败，没有中间状态。

4）可靠性。一旦更新成功，就会被持久化，直到客户端用新的更新覆盖这个更新。

5）单一视图。不管客户端连接哪一个服务器，客户端看到服务端的数据模型都是一致的。

ZooKeeper 在高可用集群中有着多种优势，给集群的管理提供了极大的方便，但其存在的诸多缺点同样是不可忽视的，其缺点如下。

1）竞争条件。2）死锁。3）数据的不一致。

2．ZooKeeper 相关概念

ZooKeeper 中相关的概念非常多，其中最主要的有集群角色、会话、数据节点、版本、Watcher、ACL 权限控制等。

（1）集群角色

在 ZooKeeper 中，角色可以分为 Leader、Follower、Observer 三种，其中：

1）Leader：领导者，ZooKeeper 集群工作机制中的核心，主要负责发起和决议投票，以及系统状态的更新。

2）Follower：跟随者，跟随 ZooKeeper 集群状态，接受请求并将结果返回给客户端，以及参与投票。

3）Observer：观察者，观察 Leader 状态，从客户端接收连接后，将写请求转发给 Leader。Observer 并不能参与投票，只能同步 Leader 状态，可以实现系统的扩展，提高信息读取速度。

（2）会话

即 Session，指客户端和 ZooKeeper 服务器之间的连接，在客户端启动时被创建，之后客户端通过这个链接不仅可以进行心跳检查来保持与 ZooKeeper 服务器有效的会话，还可以发送请求给 ZooKeeper 服务器获得响应。

（3）数据节点

在 ZooKeeper 中，存在三个类型的数据节点，即机器节点、持久化节点和临时节点。其中：

1）机器节点：集群中的每一台机器即可作为一个机器节点。

2）持久化节点：属于数据模型中数据单元 ZNode 的一种，保存在 ZooKeeper 上。

3）临时节点：同样是 ZNode 的一种，生命周期与客户端会话紧密关联，当客户端会话消失时，临时节点被移除。

注意，ZooKeeper 的数据模型是基于树形结构实现的，其中，树的节点即为 ZNode 节点，可以用来实现数据的存储，数据模型如图 2-1 所示。

（4）版本

ZooKeeper 的版本与平常所说的软件版本、系统版本不同，ZooKeeper 中版本主要用来记录节点数据、节点的子节点列表和权限信息被修改的次数。ZooKeeper 中数据版本号属性见表 2-1。

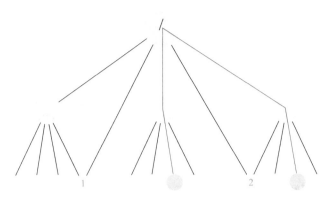

图 2-1　数据模型

表 2-1　ZooKeeper 中数据版本号属性

属　　性	描　　述
version	当前数据节点数据内容的版本号
cversion	当前数据节点子节点列表的版本号
aversion	当前数据节点权限变更版本号

（5）Watcher

即事件监听器，用户可以在 ZooKeeper 的指定节点上注册一些 Watcher，节点上的数据一旦发生了变化，ZooKeeper 立即向注册 Watcher 的用户发送这个变化的通知，如图 2-2 所示。

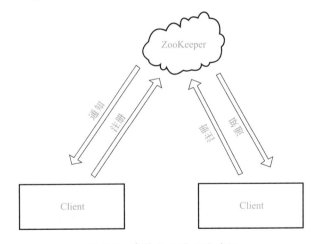

图 2-2　事件监听器工作过程

（6）ACL 权限控制

ACL（Access Control Lists）是 ZooKeeper 的一种权限控制策略。目前，ZooKeeper 包含的相关权限如下。

● CREATE：子节点创建权限。

● READ：节点数据和子节点列表获取权限。

- WRITE：节点数据更新权限。
- DELETE：子节点删除权限。
- ADMIN：节点 ACL 设置权限。

3．ZooKeeper 功能

ZooKeeper 还是一个发布 / 订阅模式的分布式数据管理与协调框架，在分布式环境中可以实现数据的发布订阅、负载均衡、命名服务、分布式协调通知、配置管理、集群管理、分布式锁、分布式队列等功能。

（1）数据的发布订阅

它是 ZooKeeper 的配置中心，能够在发布者将数据发布到 ZooKeeper 后，订阅者立即进行数据的动态获取，以及配置新的动态更新和集中管理。非常适合数据量较小、数据更新较快的场景，如：

1）应用在启动的时候会主动获取一次配置，同时在节点上注册一个 Watcher，这样一来，以后每次配置有更新的时候，都会实时通知到订阅的客户端，从而达到获取最新配置信息的目的。

2）在分布式搜索服务中，索引的元信息和服务器集群机器的节点状态存放在 ZooKeeper 的一些指定节点中，供各个客户端订阅使用。

3）分布式日志收集系统中收集器通常是按照应用来分配收集任务单元，因此需要在 ZooKeeper 上创建一个以应用名作为 path 的节点 P，并将这个应用的所有机器 IP 以子节点的形式注册到节点 P 上，这样一来就能够实现在机器变动时能实时通知到收集器，调整任务分配。

4）系统中有些信息需要动态获取，并且还会存在人工手动去修改这个信息的问题。通常是暴露出接口，例如 JMX 接口，来获取一些运行时的信息。引入 ZooKeeper 之后，就不用自己实现一套方案了，只要将这些信息存放到指定的 ZooKeeper 节点上即可。

（2）负载均衡

ZooKeeper 中负载均衡即为负载均衡服务，在集群环境中，为了保证集群资源的高可用，每一个应用或服务都会被提供方进行多份部署，形成对等服务，之后消费者选择对等服务中的一个进行相应业务逻辑的选择，而产生的消息中间键中生产者和消费者会负责均衡负载的实现。

（3）命名服务

命名服务就是对资源（集群中的机器、提供的服务地址或者远程对象）进行命名的服务，是分布式系统中的基本功能之一，命名的主要目的是能够更好地定位，就像在茫茫人海中，一叫你的名字就能立刻找到你。例如，阿里巴巴集团开源的分布式服务框架 Dubbo 中使用 ZooKeeper 来作为其命名服务，维护全局的服务地址列表。

（4）分布式协调通知

ZooKeeper 中特有 Watcher 注册与异步通知机制，能够很好地实现分布式环境下不同系统之间的通知与协调，实现对数据变更的实时处理。使用方法通常是不同系统都对 ZooKeeper 上同一个 Znode 进行注册，监听 Znode 的变化（包括 Znode 本身内容及子节点的），其中一个系统更新了 Znode，那么另一个系统能够收到通知，并作出相应处理。

（5）配置管理

在集群环境中，每个程序都会存在很多配置信息，如果程序分散部署在多台机器上，要逐个改变配置就变得很困难。现在把这些配置全部保存到 ZooKeeper 上某个目录节点中，然后所有相关应用程序对这个目录节点进行监听，一旦配置信息发生变化，每个应用程序就会收到 ZooKeeper 的通知，然后就从 ZooKeeper 获取新的配置信息并应用到系统中，这样就省去了手动去逐个修改配置信息的麻烦。程序配置信息如图 2-3 所示。

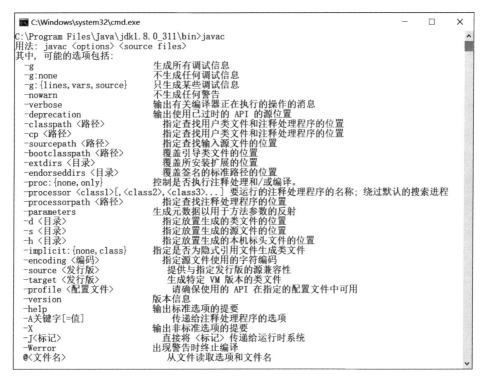

图 2-3　程序配置信息

（6）集群管理

在分布式的集群中，经常会由于各种原因，比如硬件故障、软件故障、网络问题，有些节点会"进进出出"。有新的节点加入进来，也有老的节点退出集群。这个时候，集群中其他机器需要感知到这种变化，然后根据这种变化作出对应的决策。比如有一个分布式存储系统，它有一个中央控制节点负责存储的分配，当有新的存储进来的时候要根据现在集群目前的状态来分配存储节点，这个时候就需要动态感知到集群目前的状态。还比如在一个分布式的 SOA 架构中，服务是由一个集群提供的，当消费者访问某个服务时，就需要采用某种机制发现现在有哪些节点可以提供该服务。大数据集群如图 2-4 所示。

图 2-4　大数据集群

（7）分布式锁

分布式锁是控制分布式系统之间同步访问共享资源的一种方式。其分为共享锁和排它锁两类。

1）共享锁，又称读锁，简称 S 锁，共享锁就是在事务 T 要读取数据 A 时，对 A 加上 S 锁，这时其他事务也可以读数据 A，但是就不能修改数据 A 了，这样就避免了读数据的同时数据被修改。

2）排它锁，也就是写锁，是在事务 T 要修改数据 A 时，对 A 加上 X 锁，这时就只有事务 T 可以读取或修改数据 A，而其他事务无法再读写数据 A，这样就避免了修改数据时数据被别人读取。

（8）分布式队列

在分布式系统中还有一个非常重要的概念就是消息队列，消息队列可以解决应用解耦、异步消息、流量削锋等问题，实现系统的高性能、高可用。分布式队列如图 2-5 所示。

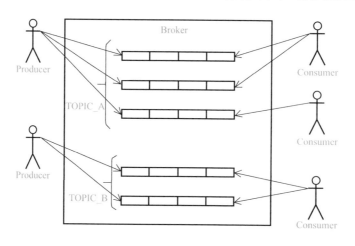

图 2-5　分布式队列

技能点 2 环境配置说明

1. ZooKeeper 下载

ZooKeeper 的下载非常简单，只需要以下几个步骤即可。

第一步：进入 ZooKeeper 的官网 http://zookeeper.apache.org/，如图 2-6 所示。

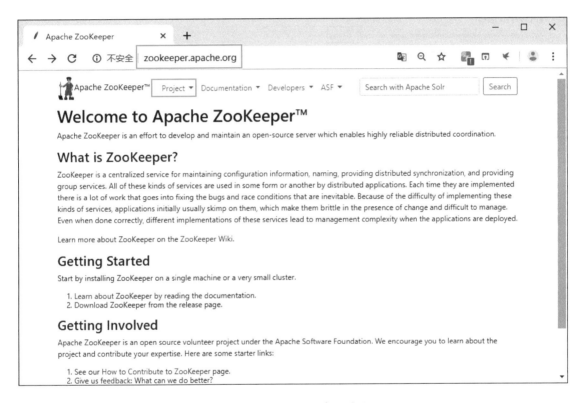

图 2-6　ZooKeeper 官网界面

第二步：单击 Project 下拉菜单，选择"Releases"命令，进入 ZooKeeper 版本发布界面，如图 2-7 所示。

第三步：单击"Download"按钮，进入 ZooKeeper 的 Apache 镜像站点界面，如图 2-8 所示。

第四步：单击 ZooKeeper 的发布链接，进入 ZooKeeper 的版本选择界面，如图 2-9 所示。

第五步：进入 ZooKeeper 版本选择界面后，选择"zookeeper-3.4.14/"稳定版本，进入 ZooKeeper 下载界面，如图 2-10 所示。

第六步：选择需要的版本进行下载。

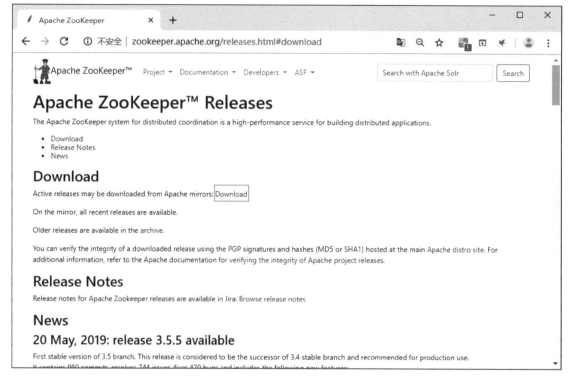

图 2-7　ZooKeeper 版本发布界面

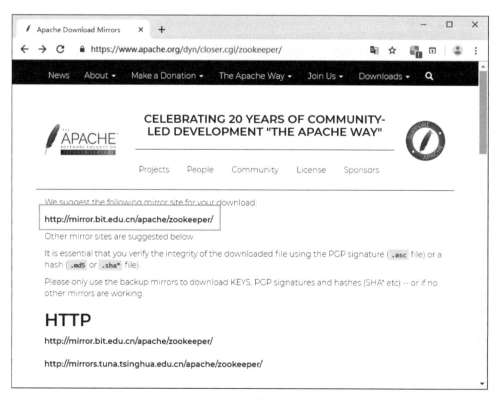

图 2-8　Apache 镜像站点界面

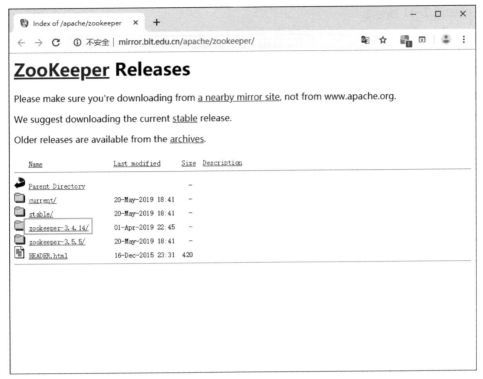

图 2-9　版本选择界面

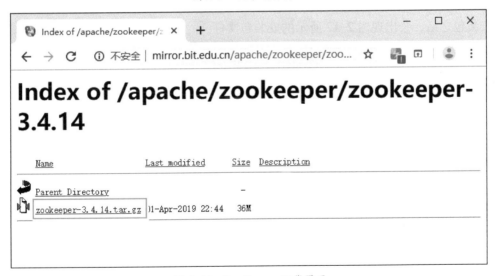

图 2-10　ZooKeeper 下载界面

第七步：将下载好的安装包放到主机的"/usr/local"目录，解压并将安装文件重命名为"zookeeper"，命令如下。

```
// 解压安装包
tar -zxvf zookeeper-3.4.14.tar.gz
// 安装包文件重命名
mv zookeeper-3.4.14 zookeeper
```

效果如图 2-11 所示。

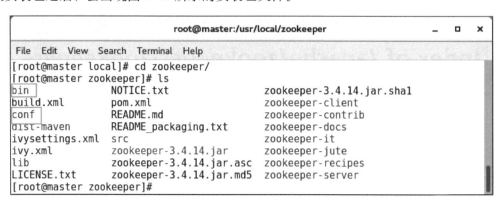

图 2-11　解压 ZooKeeper 安装包并重命名

2．ZooKeeper 配置说明

ZooKeeper 的配置均是通过配置文件的修改完成的，所以需要对其中的配置文件和目录结构有一定了解，这样在前期环境搭建和后期维护工作中会起到很大帮助，在下载、解压并进入安装包之后，会出现图 2-12 所示的安装包文件。

```
root@master:/usr/local/zookeeper                        _  □  ✕

File  Edit  View  Search  Terminal  Help
[root@master local]# cd zookeeper/
[root@master zookeeper]# ls
bin              NOTICE.txt                zookeeper-3.4.14.jar.sha1
build.xml        pom.xml                   zookeeper-client
conf             README.md                 zookeeper-contrib
dist-maven       README_packaging.txt      zookeeper-docs
ivysettings.xml  src                       zookeeper-it
ivy.xml          zookeeper-3.4.14.jar      zookeeper-jute
lib              zookeeper-3.4.14.jar.asc  zookeeper-recipes
LICENSE.txt      zookeeper-3.4.14.jar.md5  zookeeper-server
[root@master zookeeper]#
```

图 2-12　ZooKeeper 安装包文件

在 ZooKeeper 中，关于各个文件的解释如下。

● bin：脚本文件存储文件夹。

● NOTICE.txt：PEM 信任 / 密钥存储文件。

● build.xml：ZooKeeper 节点信息文件。

● conf：配置文件存储文件夹。

● pom.xml：ZooKeeper 管理文件。

● README.md：ZooKeeper 最新信息文档。

- ivysettings.xml：本地库配置文件。
- README_packaging.txt：自定义打包文件。
- ivy.xml：依赖管理文件。
- LICENSE.txt：创建通知并重命名现有的许可证 / 自述文件。
- zookeeper-contrib：操作 ZooKeeper 的工具包存储文件夹。
- zookeeper-docs：ZooKeeper 文档存储文件夹。
- zookeeper-it：ZooKeeper 类存储文件夹。
- zookeeper-jute：序列化组件存储文件夹。
- zookeeper-recipes：ZooKeeper 方法示例存储文件夹。
- zookeeper-server：server 端。

其中，"bin"目录、"conf"目录是 ZooKeeper 较为常用且重要的配置文件和目录，而其余文件和目录在环境配置中并不会被使用，只需简单了解即可。

（1）bin 目录

bin 目录主要用来实现 ZooKeeper 内置脚本文件存储，通过脚本文件的使用可以进行 ZooKeeper 的启动、停止和日志、快照文件的清理等操作，bin 目录包含的文件如图 2-13 所示。

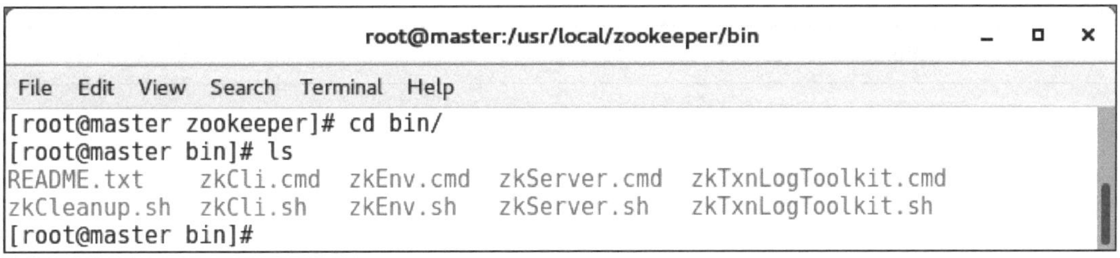

图 2-13　bin 目录包含的脚本文件

在图 2-13 中，包含了很多文件，其中，以".sh"为扩展名的文件为 Linux 脚本文件，以".cmd"为扩展名的文件为 Windows 环境命令，见表 2-2。

表 2-2　bin 目录包含的脚本文件说明

脚　　本	描　　述
zkCli.sh	客户端操作
zkCleanup.sh	日志和快照文件清洗
zkEnv.sh	环境变量配置
zkServer.sh	服务器操作
zkTxnLogToolkit.sh	命令行工具

1）zkCli.sh：主要用于实现客户端的连接，连接完成后即可进入客户端的 ZooKeeper 操作界面，之后输入相关的命令即可操作。zkCli.sh 的连接参数见表 2-3。

表 2-3 zkCli.sh 的连接参数

参　　数	描　　述
-timeout	连接时间
-server	连接地址
-r	在 ZooKeeper 集群过半机器无法提供服务的时候，设置其他机器是否提供只读服务，默认为不提供

zkCli.sh 包含的常用命令见表 2-4。

表 2-4 zkCli.sh 包含的常用命令

命　　令	描　　述
ls	查看当前节点列表
stat	查看节点状态
get	查看节点数据内容
quit	退出
create	创建节点
listquota	查看节点配额信息
delete	删除节点
delquota	删除节点配额信息

使用 zkCli.sh 脚本的语法格式如下。

```
./zkCli.sh -timeout 5000 -r -server IP 地址：端口号
```

客户端连接效果如图 2-14 所示。

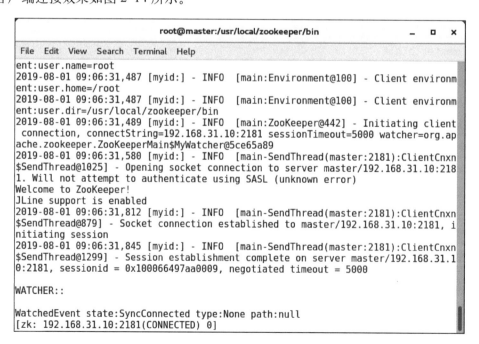

图 2-14 客户端连接

ZooKeeper 操作效果如图 2-15 所示。

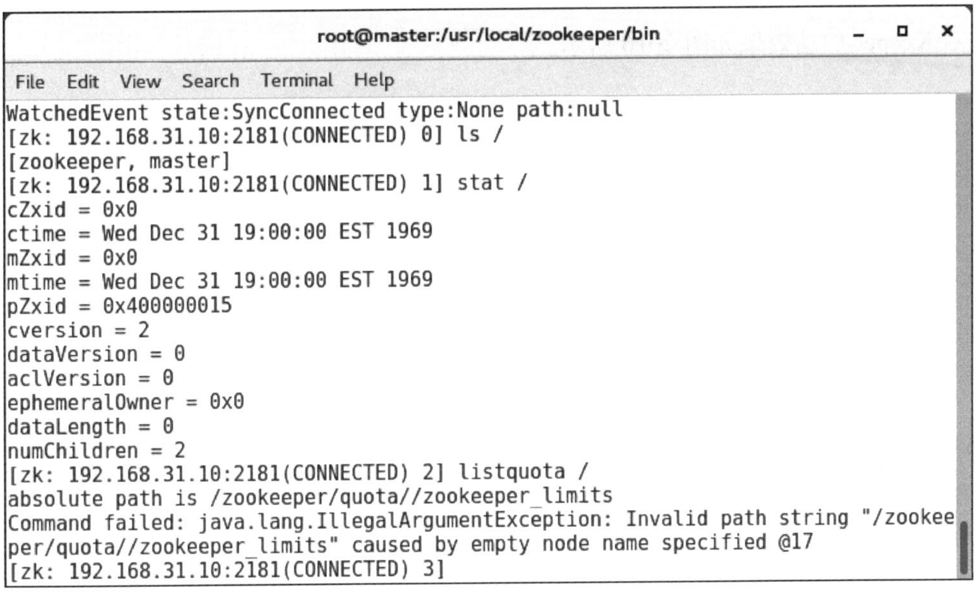

```
                    root@master:/usr/local/zookeeper/bin              _  □  ×

File  Edit  View  Search  Terminal  Help
WatchedEvent state:SyncConnected type:None path:null
[zk: 192.168.31.10:2181(CONNECTED) 0] ls /
[zookeeper, master]
[zk: 192.168.31.10:2181(CONNECTED) 1] stat /
cZxid = 0x0
ctime = Wed Dec 31 19:00:00 EST 1969
mZxid = 0x0
mtime = Wed Dec 31 19:00:00 EST 1969
pZxid = 0x400000015
cversion = 2
dataVersion = 0
aclVersion = 0
ephemeralOwner = 0x0
dataLength = 0
numChildren = 2
[zk: 192.168.31.10:2181(CONNECTED) 2] listquota /
absolute path is /zookeeper/quota//zookeeper_limits
Command failed: java.lang.IllegalArgumentException: Invalid path string "/zookee
per/quota//zookeeper_limits" caused by empty node name specified @17
[zk: 192.168.31.10:2181(CONNECTED) 3]
```

图 2-15 ZooKeeper 操作效果

2）zkCleanup.sh：主要用于实现日志文件和数据快照文件等历史数据的删除，该脚本只包含两个参数，第一个参数为 ZooKeeper 的 data 目录；第二个参数为需要保留的快照个数，使用 zkCleanup.sh 脚本的语法格式如下。

```
./zkCleanup.sh 参数 1 -n 参数 2
```

3）zkEnv.sh：主要用于实现 ZooKeeper 启动时环境变量的设置，不能单独使用，需要将其嵌入到 zkServer.sh 或者其他脚本中使用，例如，可以对其中的 jdk/bin 路径和 zoo.cfg 路径进行配置，但嵌入方式会导致脚本文件不完整，因此在实际使用中，可以编写自定义环境变量脚本文件后使用其他脚本文件引入。

4）zkServer.sh：是使用最多、最频繁的脚本，在使用时，只需在 zkServer.sh 后面加上参数即可实现 ZooKeeper 服务的开启、关闭、重新启动、状态查询等操作，包含参数见表 2-5。

表 2-5 zkServer.sh 包含参数

参　　数	描　　述
start	ZooKeeper 启动
stop	ZooKeeper 关闭
restart	ZooKeeper 重新启动
status	ZooKeeper 状态查询

使用 zkServer.sh 脚本的语法格式如下。

> ./zkServer.sh 参数

ZooKeeper 启动效果如图 2-16 所示。

```
root@master:/usr/local/zookeeper/bin                    _  □  ×

File  Edit  View  Search  Terminal  Help
[root@master zookeeper]# cd bin/
[root@master bin]# ./zkServer.sh start
ZooKeeper JMX enabled by default
Using config: /usr/local/zookeeper/bin/../conf/zoo.cfg
Starting zookeeper ... STARTED
[root@master bin]#
```

图 2-16　ZooKeeper 启动效果

5）zkTxnLogToolkit.sh：是 ZooKeeper 附带的命令行工具，主要用于实现事务日志条目的相关操作，如存储、修复、重新计算等，其包含参数见表 2-6。

表 2-6　zkTxnLogToolkit.sh 包含参数

参　　数	描　　述
-d,--dump	转储日志文件的所有条目
-h,--help	打印帮助信息
-r,--recover	重新计算已损坏条目的 CRC
-v,--verbose	打印所有条目，而不仅仅是固定条目
-y,--yes	修复所有 CRC 错误而不询问

使用 zkTxnLogToolkit.sh 脚本的语法格式如下。

> ./zkTxnLogToolkit.sh 参数

zkTxnLogToolkit.sh 打印帮助信息，效果如图 2-17 所示。

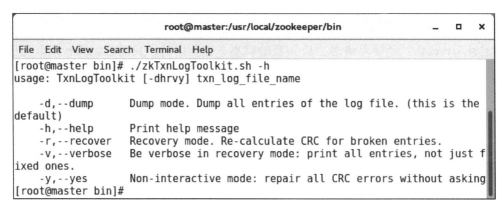

```
root@master:/usr/local/zookeeper/bin                    _  □  ×

File  Edit  View  Search  Terminal  Help
[root@master bin]# ./zkTxnLogToolkit.sh -h
usage: TxnLogToolkit [-dhrvy] txn_log_file_name

    -d,--dump      Dump mode. Dump all entries of the log file. (this is the
default)
    -h,--help      Print help message
    -r,--recover   Recovery mode. Re-calculate CRC for broken entries.
    -v,--verbose   Be verbose in recovery mode: print all entries, not just f
ixed ones.
    -y,--yes       Non-interactive mode: repair all CRC errors without asking
[root@master bin]#
```

图 2-17　打印帮助信息

（2）conf 目录

conf 目录主要用于实现 ZooKeeper 相关配置文件的存储，通过对不同配置文件进行配置，可以对日志文件、ZooKeeper 使用进行设置，包含日志文件输出格式设置、日志文件清理频率设置等，conf 目录包含的配置文件如图 2-18 所示。

图 2-18　conf 目录包含的配置文件

在图 2-18 中，包含了 configuration.xsl、log4j.properties 和 zoo_sample.cfg 三个文件，其中：

1）configuration.xsl：为页面文件，可以用于实现 ZooKeeper 配置的可视化展示。

2）log4j.properties：为信息传送配置文件，可以对日志文件输出格式、信息级别等进行配置，其包含的配置属性见表 2-7。

表 2-7　log4j.properties 文件包含的配置属性

属　性	描　述
log4j.rootLogger	输出级别定义
log4j.appender	输出格式定义

其中，log4j.rootLogger 在使用时只需在属性后面加上"="后，再加上相关属性值即可，语法格式如下。

```
log4j.rootLogger= 属性值
```

log4j.rootLogger 包含的属性值见表 2-8。

表 2-8　log4j.rootLogger 包含的属性值

属 性 值	描　述
ALL	表示具有所有输出级别
DEBUG	指定细粒度信息事件是最有用的应用程序调试
ERROR	出现错误，仍然允许应用程序继续运行
FATAL	指定非常严重的错误事件，中止应用程序
INFO	指定粗粒度级别应用程序运行情况信息的消息
OFF	用于关闭日志记录
TRACE	指定细粒度比 DEBUG 更低的信息事件
WARN	指定具有潜在危害的情况

log4j.appender 的使用与 log4j.rootLogger 不同，log4j.appender 表示一类用于定义输出格式的属性，还需在后面加入".属性"，语法格式如下。

```
log4j.appender. 属性 = 属性值
```

log4j.appender 包含的完整属性见表 2-9。

表 2-9 log4j.appender 包含的完整属性

完 整 属 性	描　　述
log4j.appender.appenderName	平台输出方式
log4j.appender.appenderName.File	文件输出路径
log4j.appender.appenderName.layout	日志信息输出（布局）格式
log4j.appender.appenderName.layout.ConversionPattern	格式化输出日志信息
log4j.appender.R.MaxFileSize	设置文件大小

log4j.appender.appenderName 包含的属性值见表 2-10。

表 2-10　log4j.appender.appenderName 包含的属性值

属 性 值	描　　述
org.apache.log4j.ConsoleAppender	控制台
org.apache.log4j.FileAppender	文件
org.apache.log4j.DailyRollingFileAppender	每天产生一个日志文件
org.apache.log4j.WriterAppender	将日志信息以流格式发送到任意指定的地方

log4j.appender.appenderName.layout 包含的属性值见表 2-11。

表 2-11　log4j.appender.appenderName.layout 包含的属性值

属 性 值	描　　述
org.apache.log4j.HTMLLayout	以 HTML 表格形式布局
org.apache.log4j.PatternLayout	可以灵活地指定布局模式
org.apache.log4j.SimpleLayout	包含日志信息的级别和信息字符串
org.apache.log4j.TTCCLayout	包含日志产生的时间、线程、类别等信息

log4j.appender.appenderName.layout.ConversionPattern 包含的属性值参数见表 2-12。

表 2-12　log4j.appender.appenderName.layout.ConversionPattern 包含的属性值参数

属性值参数	描　　述
%m	输出代码中指定的消息
%p	输出优先级，与 log4j.rootLogger 相同
%r	输出自应用启动到输出该 log 信息耗费的毫秒数
%t	输出产生该日志事件的线程名
%n	输出一个回车换行符
%d	输出日志时间点的日期或时间

3) zoo_sample.cfg：为 ZooKeeper 的主配置文件，能够对日志文件输出路径、清理频率等操作进行设置，在使用时，需将 zoo_sample.cfg 文件复制并重命名为 zoo.cfg 文件，如图 2-19 所示。

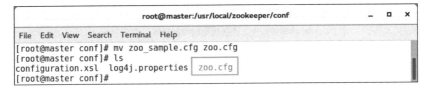

图 2-19　zoo_sample.cfg 文件复制并重命名

之后可通过相关参数在 zoo.cfg 中进行 ZooKeeper 的相关设置，相关设置参数见表 2-13。

表 2-13　zoo.cfg 参数

参 数 名	说 明
clientPort	客户端连接 server 的端口，即对外服务端口，一般设置为 2181
dataDir	存储快照文件 snapshot 的目录。默认情况下，事务日志也会存储在这里。建议同时配置参数 dataLogDir，事务日志的写性能直接影响 ZooKeeper 性能
tickTime	ZooKeeper 中的一个时间单元。ZooKeeper 中所有时间都是以这个时间单元为基础进行整数倍配置的
dataLogDir	事务日志输出目录。尽量给事务日志的输出配置单独的磁盘或是挂载点，这将极大提升 ZooKeeper 的性能
globalOutstandingLimit	最大请求堆积数。默认为 1000
preAllocSize	预先开辟磁盘空间，用于后续写入事务日志。默认为 64MB，每个事务日志大小就是 64MB。如果 ZooKeeper 的快照频率较大，建议适当减小这个参数
traceFile	用于记录所有请求的 log，一般调试过程中可以使用，但是生产环境不建议使用，会严重影响性能
maxClientCnxns	单个客户端与单台服务器之间连接的最大个数
clientPortAddress	对于多网卡的机器，可以为每个 IP 指定不同的监听端口
minSessionTimeoutmaxSessionTimeout	Session 超时时间限制，如果客户端设置的超时时间不在这个范围，那么会被强制设置为最大或最小时间
fsync.warningthresholdms	事务日志输出时，如果调用 fsync 方法超过指定的超时时间（默认为 1000ms），那么会在日志中输出警告信息
autopurge.purgeInterval	自动清理时间间隔设置，单位为 h，默认为 0，表示不开启自动清理功能
autopurge.snapRetainCount	需要保留的文件数目，默认为 3 个
server.x=[hostname]:nnnnn[:nnnnn]	这里的 x 是一个数字，与 myid 文件中的 id 是一致的。右边可以配置两个端口，第一个端口用于 F 和 L 之间的数据同步以及其他通信，第二个端口用于 Leader 选举过程中的投票通信

（续）

参 数 名	说　　明
group.x=nnnnn[:nnnnn]weight.x=nnnnn	对机器分组和权重进行设置
cnxTimeout	Leader 选举过程中，连接的超时时间设置，默认为 5s
skipACL	对所有客户端请求都不作 ACL 检查
forceSync	设置是否需要在事务日志提交的时候调用 FileChannel.force 来保证数据完全同步到磁盘
jute.maxbuffer	每个节点的最大数据量默认为 1MB。这个限制必须在 server 和 client 端都进行设置才会生效
initLimit	Follower 和 Leader 之间的最长心跳时间
syncLimit	Leader 和 Follower 之间发送消息，请求和应答的最大时间长度

任务实施

【任务目的】

通过以下几个步骤，测试对大数据集群中 ZooKeeper 进行相关配置后是否能够正常使用。

【任务流程】

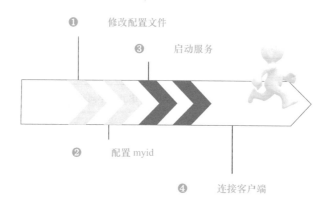

❶ 修改配置文件

❸ 启动服务

❷ 配置 myid

❹ 连接客户端

【任务步骤】

第一步：创建文件。在下载、解压并重命名安装文件后，创建一个名为 data 的数据存储文件夹和一个名为 logs 的日志存储文件夹，效果如图 2-20 所示。

```
root@master:/usr/local/zookeeper                    _  □  ✕

File  Edit  View  Search  Terminal  Help

[root@master zookeeper]# mkdir data
[root@master zookeeper]# mkdir logs
[root@master zookeeper]# ls
bin                    logs                      zookeeper-contrib
build.xml              NOTICE.txt                zookeeper-docs
conf                   owaspSuppressions.xml     zookeeper-it
data                   pom.xml                   zookeeper-jute
excludeFindBugsFilter.xml  README.md             zookeeper-recipes
ivysettings.xml        README_packaging.txt      zookeeper-server
ivy.xml                zookeeper-assembly
LICENSE.txt            zookeeper-client
[root@master zookeeper]#
```

图 2-20 创建文件

第二步：修改 zoo_sample.cfg。进入 conf 目录，将 zoo_sample.cfg 重命名为 zoo.cfg，之后对 ZooKeeper 服务端口、快照保存目录和事务日志输出目录等进行相关配置，之后将其分发到其他节点，命令如下。

```
[root@master zookeeper]# cd conf/
[root@master conf]# mv zoo_sample.cfg zoo.cfg
[root@master conf]# vi zoo.cfg

// 找到 #example sakes 在下方添加如下内容
dataDir=/usr/local/zookeeper/data
dataLogDir=/usr/local/zookeeper/logs
server.1=master:2888:3888
#2888 端口号是 ZooKeeper 服务之间通信的端口
server.2=slave:2888:3888
server.3=slave1:2888:3888
server.4=masterback:2888:3888

// 返回 /usr/local/ 路径
[root@master conf]# cd /usr/local/
[root@master local]# scp -r /usr/local/zookeeper slave:/usr/local
[root@master local]# scp -r /usr/local/zookeeper slave1:/usr/local
[root@master local]# scp -r /usr/local/zookeeper masterback:/usr/local
```

效果如图 2-21 ～图 2-23 所示。

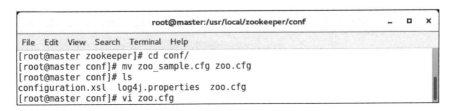

```
root@master:/usr/local/zookeeper/conf                _  □  ✕

File  Edit  View  Search  Terminal  Help
[root@master zookeeper]# cd conf/
[root@master conf]# mv zoo_sample.cfg zoo.cfg
[root@master conf]# ls
configuration.xsl  log4j.properties  zoo.cfg
[root@master conf]# vi zoo.cfg
```

图 2-21 修改 zoo_sample.cfg 名称

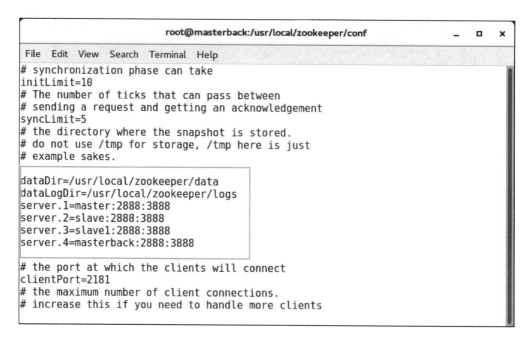

图 2-22 修改 zoo.cfg 内容

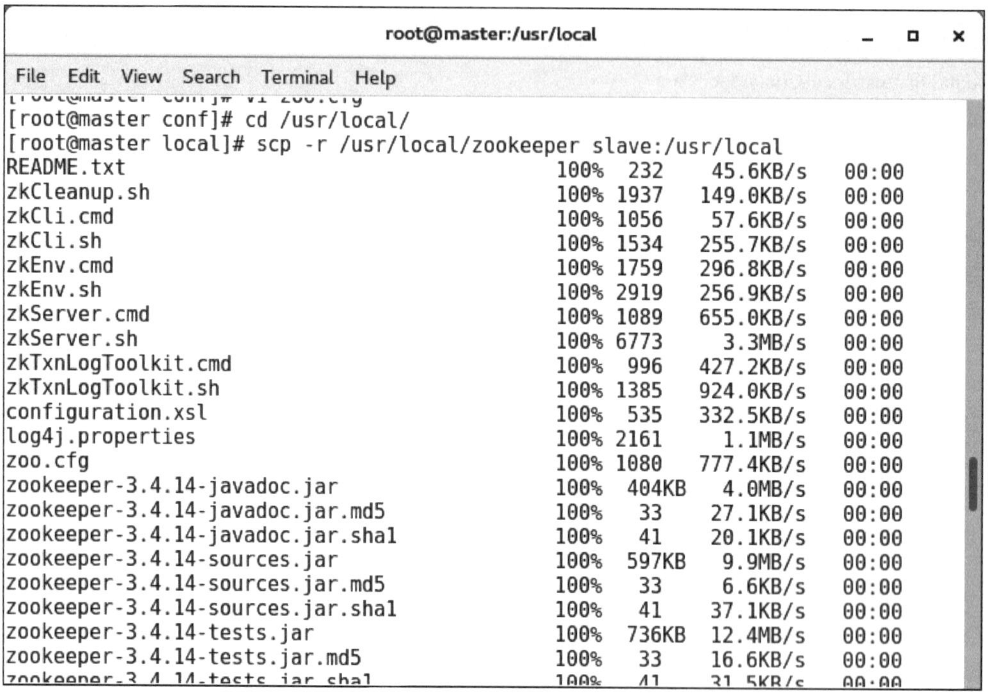

图 2-23 分发 ZooKeeper 目录到 slave 节点

第三步：配置 myid。配置文件修改完成后，分别进入集群的各个节点，在上面创建的 data 文件夹中创建一个名为 myid 的文件，并添加内容，其内容与 zoo.cfg 配置文件内 server.x 中 x 的值相同，命令如下。

```
//master 节点配置
[root@master local]# cd zookeeper/data/
[root@master data]# vi myid
# 添加内容如下
1
//slave 节点配置
[root@slave ~]# cd /usr/local/zookeeper/data/
[root@slave data]# vi myid
# 添加内容如下
2
//slave1 节点配置
[root@slave1 ~]# cd /usr/local/zookeeper/data/
[root@slave1 data]# vi myid
# 添加内容如下
3
//masterback 节点配置
[root@masterback ~]# cd /usr/local/zookeeper/data/
[root@masterback data]# vi myid
# 添加内容如下
4
```

效果如图 2-24 和图 2-25 所示。

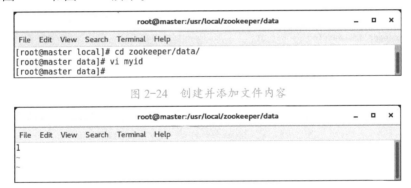

图 2-24 创建并添加文件内容

图 2-25 文件内容

第四步：启动 ZooKeeper 服务。在集群的各个节点启动 ZooKeeper 的相关服务，并通过查看当前节点 ZooKeeper 的状态查看节点分配到的角色，命令如下。

```
[root@master bin]# ./zkServer.sh start
[root@masterback bin]# ./zkServer.sh start
[root@slave bin]# ./zkServer.sh start
[root@slave1 bin]# ./zkServer.sh start

[root@master bin]# ./zkServer.sh status
[root@masterback bin]# ./zkServer.sh status
[root@slave bin]# ./zkServer.sh status
[root@slave1 bin]# ./zkServer.sh status
```

效果如图 2-26 ~图 2-29 所示。

```
root@master:/usr/local/zookeeper/bin          _  □  ×

File  Edit  View  Search  Terminal  Help
[root@master bin]# ./zkServer.sh start
ZooKeeper JMX enabled by default
Using config: /usr/local/zookeeper/bin/../conf/zoo.cfg
Starting zookeeper ... STARTED
[root@master bin]# ./zkServer.sh status
ZooKeeper JMX enabled by default
Using config: /usr/local/zookeeper/bin/../conf/zoo.cfg
Mode: follower
[root@master bin]#
```

图 2-26 启动 ZooKeeper 服务

```
root@masterback:/usr/local/zookeeper/bin          _  □  ×

File  Edit  View  Search  Terminal  Help
[root@masterback bin]# ./zkServer.sh start
ZooKeeper JMX enabled by default
Using config: /usr/local/zookeeper/bin/../conf/zoo.cfg
Starting zookeeper ... STARTED
[root@masterback bin]# ./zkServer.sh status
ZooKeeper JMX enabled by default
Using config: /usr/local/zookeeper/bin/../conf/zoo.cfg
Mode: follower
[root@masterback bin]#
```

图 2-27 在 masterback 节点启动 ZooKeeper 服务

```
root@slave:/usr/local/zookeeper/bin          _  □  ×

File  Edit  View  Search  Terminal  Help
[root@slave bin]# ./zkServer.sh start
ZooKeeper JMX enabled by default
Using config: /usr/local/zookeeper/bin/../conf/zoo.cfg
Starting zookeeper ... STARTED
[root@slave bin]# ./zkServer.sh status
ZooKeeper JMX enabled by default
Using config: /usr/local/zookeeper/bin/../conf/zoo.cfg
Mode: follower
[root@slave bin]#
```

图 2-28 在 slave 节点启动 ZooKeeper 服务

```
root@slave1:/usr/local/zookeeper/bin          _  □  ×

File  Edit  View  Search  Terminal  Help
[root@slave1 bin]# ./zkServer.sh start
ZooKeeper JMX enabled by default
Using config: /usr/local/zookeeper/bin/../conf/zoo.cfg
Starting zookeeper ... STARTED
[root@slave1 bin]# ./zkServer.sh status
ZooKeeper JMX enabled by default
Using config: /usr/local/zookeeper/bin/../conf/zoo.cfg
Mode: leader
[root@slave1 bin]#
```

图 2-29 在 slave1 节点启动 ZooKeeper 服务

第五步：连接客户端。使用 zkCli.sh 脚本连接客户端并设置超时时间为 5000ms，连接 IP 为本机 IP，命令如下。

```
./zkCli.sh -timeout 5000 -r -server 192.168.31.10:2181
```

效果如图 2-30 所示。

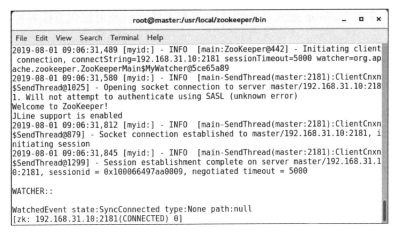

图 2-30　连接客户端

在 ZooKeeper 客户端执行创建节点命令，并通过 ls 命令查看节点内容，已验证 ZooKeeper 配置成功，命令如下。

```
// 查看根目录节点
ls /
// 创建 master 节点
create /master /
// 再次查看根目录节点
ls /
```

效果如图 2-31 所示。

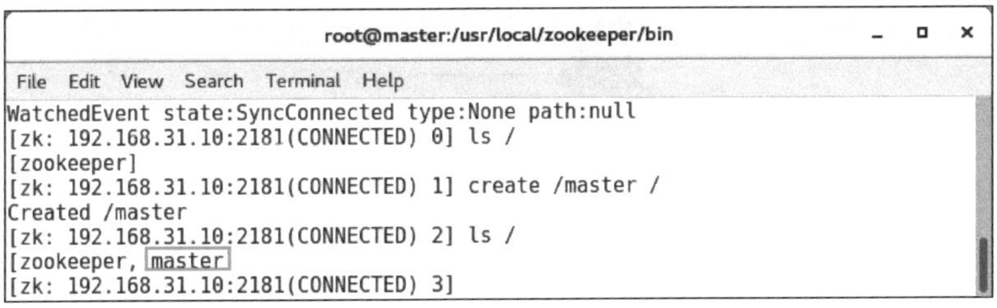

[zk: 192.168.31.10:2181(CONNECTED) 0] ls /
[zookeeper]
[zk: 192.168.31.10:2181(CONNECTED) 1] create /master /
Created /master
[zk: 192.168.31.10:2181(CONNECTED) 2] ls /
[zookeeper, master]
[zk: 192.168.31.10:2181(CONNECTED) 3]

图 2-31　创建节点

至此 ZooKeeper 分布式协调系统已经配置完成。

任务 2　Hadoop 核心组件配置

任务分析

本任务主要实现 Hadoop 核心组件的分布式部署。在任务实现过程中，了解 Hadoop 的

3 个核心组件，掌握 Hadoop 配置文件的功能和配置属性以及可视化监控界面。

技能点 1　Hadoop 核心组件简介

在 Hadoop 中，包含了 3 个核心组件，分别是 HDFS、MapReduce 和 YARN，其中，HDFS 主要用于实现文件的存储，而 MapReduce 和 YARN 则用于实现数据的清洗和计算。

1．HDFS 简介

HDFS（Hadoop Distributed File System）是 Hadoop 中用于文件分布式存储的核心组件。HDFS 一词最早作为 GFS（Google 文件系统）的克隆版本出现于 Google 发布的一篇论文中，为满足 Apache Nutch 搜索引擎项目流数据模式访问和处理超大文件的需求而开发，能够运行在大量普通廉价机器上，为大量用户提供性能不错的文件存取服务。

（1）HDFS 的优缺点

与市面上现有的分布式文件存储工具相比，尽管有着许多的共同点，但也有着很大的不同，HDFS 以其他工具不可比拟的优点、特性逐渐被广泛应用，其优点如下。

1）容错性高。HDFS 数据不但可以自动被保存在多个副本中，而且在副本丢失后，该副本所包含的数据能够通过其他副本进行恢复，如图 2-32 所示。

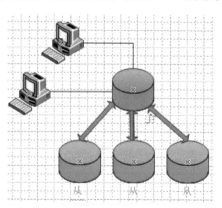

图 2-32　HDFS 容错

2）适合批处理。HDFS 非常适合数据的批处理操作，可以很轻松地实现移动计算（使计算机或其他信息智能终端设备在无线环境下实现数据传输及资源共享），并将数据的位置共享给计算框架来方便数据的管理。

3）适合大数据处理。HDFS 通过配置可以将集群的节点规模扩大到 10KB 以上，保存的数据大小为 GB、TB 甚至 PB 级，保存数据文件的个数达到百万。HDFS 集群如图 2-33 所示。

图 2-33　HDFS 集群

4）流式文件访问。HDFS 在实现文件的操作时，本着一次写入、多次使用的原则，数据一旦被文件写入，文件中的内容就只能进行追加而不能进行修改，保证了 HDFS 文件中数据的一致性。

5）可构建在普通机器上。HDFS 通过多副本机制，在提高可靠性的同时，还提供了容错和恢复机制，并且可以通过相关配置实现在多台普通机器上的数据文件存储。

当然，HDFS 同样存在着缺点，其缺点如下。

1）低延时数据访问。HDFS 数据吞吐量大，但当数据量较大时，读取数据花费的时间很难在毫秒级以内。

2）小文件存储。HDFS 在存储大量小文件时，不但会占用大量内存去存储文件目录、块信息等，而且小文件存储的寻道时间会超过文件的读取时间。

3）并发写入、文件随机修改。在 HDFS 中，一个文件只能通过一个线程写入，不能多个线程同时写入。HDFS 支持文件的追加（append），不支持文件随机修改。

（2）HDFS 架构

HDFS 整体架构如图 2-34 所示。

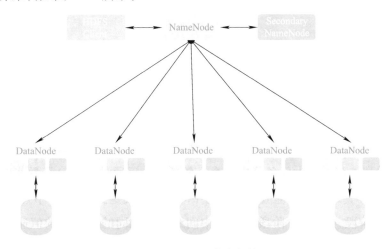

图 2-34　HDFS 整体架构

HDFS 采用 Master/Slave 架构（服务器主从架构）实现数据的存储，由 NameNode、Secondary NameNode、DataNode 和 Client 组成。在 HDFS 集群中，Client、NameNode 和 Secondary NameNode 是唯一的，而 DataNode 可以存在多个。

1）Client，即客户端，可以与其他部分通信，可实现多种功能，功能如下。

① 在上传文件时，会将一个大文件拆分成多个块（Block）进行存储。

② 与 NameNode 交互，获取文件的位置信息。

③ 与 DataNode 交互，读取或者写入数据。

④ 提供一些命令实现 HDFS 的管理和访问，如 HDFS 启动、关闭等。

2）NameNode，即管理节点（master），用于实现 DataNode 的管理操作，操作如下。

① 管理 HDFS 的名称空间。

② 管理数据块（Block）映射信息。

③ 配置副本策略。

④ 处理客户端读写请求。

3）DataNode，即工作节点（Slave），用于执行 NameNode 命令进行操作，工作内容如下。

① 存储实际的数据块。

② 执行数据块的读 / 写操作。

4）Secondary NameNode，属于 NameNode 节点，但不是预备的 NameNode 节点，在 NameNode 节点不能使用时，Secondary NameNode 节点并不能立刻替换 NameNode 节点并提供服务。Secondary NameNode 节点能够起到的作用如下。

① 分担 NameNode 节点工作量，完成辅助。

② 定期将 fsimage 和 fsedits 合并后推送给 NameNode。

③ 在紧急情况下，可辅助完成 NameNode 节点数据的恢复。

2．MapReduce 简介

MapReduce 最初是由 Google 公司研究并提出的分布式运算编程框架，主要是为了解决搜索引擎中大规模网页数据的并行化处理问题，能够高效地进行大规模数据集的离线并行计算，Hadoop MapReduce 是 Google MapReduce 的克隆版本。

（1）MapReduce 数据处理

MapReduce 在数据处理时，会将整个过程分为两个阶段，即 Map 阶段和 Reduce 阶段。

1）Map 阶段。将一个大任务分成多个子任务，之后通过 map（ ）函数指定方法对数据集中的元素进行操作，最后生成键值对形式的中间结果并发送到 Reduce 节点。

2）Reduce 阶段。将 Map 阶段生成的中间结果中相同的键对应的值通过 reduce（ ）函数进行合并操作，之后得到最终需要的结果。MapReduce 数据处理效果如图 2-35 所示。

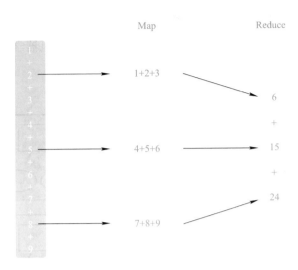

图 2-35 MapReduce 数据处理

（2）MapReduce 的优缺点

Hadoop MapReduce 的使用非常简单，只需进行 map() 和 reduce() 函数的编写，而其他工作调度、负载平衡、容错处理、网络通信等则交予 YARN 框架处理，这使得 MapReduce 在分布式并行计算方面具有许多优势，其优点如下。

1）可扩展性好。能够动态进行计算节点的增加 / 削减，实现真正的弹性计算模式。

2）容错性高。在计算节点出现故障的情况下，任务仍然可以自动迁移、重试和预测执行。

3）公平调度算法的使用。通过优先级和任务抢占的方式，能够实现长 / 短任务的兼顾，提供交互式任务执行效率。

4）就近调度算法的使用。通过将任务调度到距离其最近的数据节点执行，有效降低网络带宽。

5）灵活的资源分配。极大地保证了集群资源的利用率达到最大，并有效避免了计算节点出现闲置和过载的情况，同时支持资源配额管理。

6）分布式计算。通过在实际生产环境进行 Hadoop MapReduce 的大量使用和验证，保证集群计算节点个数达到 4000。

7）易于编程。只需实现一些接口的简单编写，即可完成一个分布式程序，并使这个程序能够分布到大量普通的 PC 上运行。

尽管 Hadoop MapReduce 有着诸多的优势，但其依然存在着一些不可忽略的缺点，其缺点如下。

1）程序执行效率低。数据量小时（GB 级别及以下），MapReduce 作业可能只需几分钟就能完成，但数据量较大时（GB 级别以上），会出现几个小时甚至好几天时间才能完成的情况。

2）底层化严重。只是实现一个简单的查询功能，同样需要对 map( ) 和 reduce( ) 函数进

大数据环境搭建技术

行编写，代码相对复杂，同样影响工作效率。

3）适应能力差。MapReduce 存在算法不能实现的情况，如机器学习的模型训练。

（3）MapReduce 架构

MapReduce 架构如图 2-36 所示。

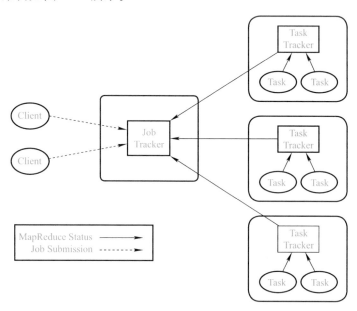

图 2-36　MapReduce 架构

与 HDFS 一样相同，MapReduce 同样采用了 Master/Slave 架构，主要由 Client、JobTracker、TaskTracker、Task 四个部分组成。

1）Client。客户端，可以将用户编写好的 MapReduce 程序提交到 JobTracker 端，而用户可以通过客户端提供的接口查看作业状态。

2）JobTracker。主要负责监控资源和调度作业。JobTracker 会对所有 TaskTracker 和 Job 的健康状况进行监控，一旦出现 TaskTracker 和 Job 的情况，JobTracker 立即将当前任务转移到其他节点执行；并且在任务执行期间，JobTracker 会对任务的执行进度、资源使用量等信息进行跟踪并报告给调度器，而调度器会选择合适的任务在资源出现空闲时使用该资源。

3）TaskTracker。会将当前节点资源使用和任务运行进度等情况通过 HeartBeat 进行周期性的汇总并报给 JobTracker，并通过执行 JobTracker 发送过来的命令进行相应的操作，如新任务启动、任务关闭等。

4）Task。并发度，目前可分为 Map Task 和 Reduce Task 两种，可通过 TaskTracker 进行启动。

3．YARN 简介

Apache Hadoop YARN，全称 Yet Another Resource Negotiator，是 Hadoop 通用资源管理和调度平台，能够为 MapReduce、Storm、Spark 等计算框架（即上层应用）提供统一的资源管理和调度，使资源管理、数据共享、集群利用率等方面有极大的提升。简单来说，如果将 YARN 看作一个分布式的操作系统，将 MapReduce、Storm、Spark 等运算程序当作运行在系统上的应用程序，那么 YARN 的主要作用就是提供运算资源用于执行运算程序。

（1）出现背景

由于计算模型的设计，MapReduce 在可伸缩性、资源利用、工作负载等方面存在着一定的局限性，例如：

1）无法运行 non-MapReduce 的 Job。

2）JobTracker 是集群事务的集中处理点（资源管理、跟踪资源消耗 / 可用、任务的声明周期管理），存在单点故障且风险较高。

3）随着硬件价格的不断下降以及集群规模的不断扩大，MapReduce 框架的可伸缩性可能会满足不了项目的需求。

4）把资源强制划分为 map/reduce slots，两者不可替代使用，当只有 map task 时，reduce slot 不能用；当只有 reduce task 时，map slot 不能用，容易造成资源利用不足。

5）Hadoop 作为一种共享、多租户的系统，已被广泛使用在生产环境中，Hadoop 技术栈的升级可能会对用户项目造成巨大的影响，所以 MapReduce 的兼容性至关重要。

YARN 作为补充出现，用于替代传统 MapReduce 框架，并提供以下几个功能。

1）统一资源管理和调度。集群中所有节点的内存、CPU、磁盘、网络等资源被抽象为 Container，之后计算程序向 YARN 进行所需 Container 的申请，而 YARN 将按策略对资源进行调度与 Container 分配。

2）资源隔离。通过轻量级资源隔离机制 Cgroup，YARN 实现了资源的隔离，有效避免资源之间的互相干扰，一旦出现 Container 使用资源量超过阈值的情况，该 Container 立即被关闭。资源隔离如图 2-37 所示。

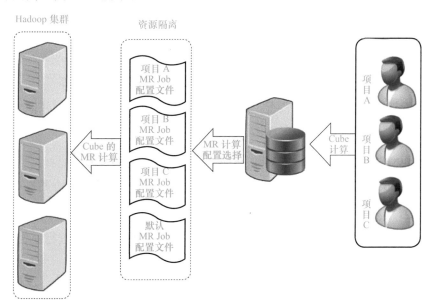

图 2-37　资源隔离

（2）YARN 架构

YARN 架构如图 2-38 所示。

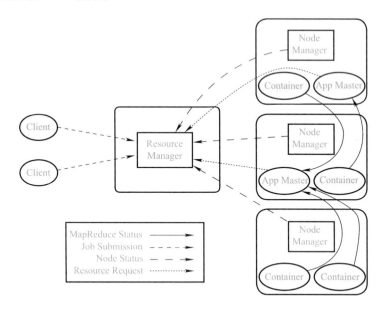

图 2-38　YARN 架构

YARN 同样使用了 Master/Slave 架构，主要由 ResourceManager、NodeManager、Application Master 和 Container 等组件组成。

1）ResourceManager（RM）由调度器和应用程序管理器两个组件组成，主要工作内容如下。

① 统一管理和调度所有 NodeManager 资源。

② 对 ApplicationMaster 资源请求申请进行处理以及空闲 Container 的分配。

③ 根据 Container 运行程序并通过 ApplicationMaster 实现运行状态的监控。

2）NodeManager（NM）主要负责节点的维护工作，工作内容如下。

① 对当前节点上资源的使用情况、Container 运行状态等进行监听，并向 RM 进行定时的汇报。

② 对 ApplicationMaster 的 Container 启动、停止等任务进行处理。

3）ApplicationMaster（AM）主要用于负责具体应用程序的调度和协调操作，工作内容如下。

① 对 Application 上所有 Attempt 在 cluster 中各个节点的运行情况进行监控和管理。

② 向 RM 进行资源申请、资源返还等操作。

4）Container，即 YARN 资源（如内存、CPU、磁盘、网络等资源）的抽象，工作内容如下。

① 用于资源分配时资源划分的单位。

② 在执行任务时，YARN 会为该任务分配一个 Container，而这个任务只能使用 Container 包含的资源执行。

思考阅读

传说有一天，诸葛亮到东吴作客，为孙权设计了一尊报恩寺塔。其实，这是诸葛亮要掂掂东吴的分量，看看东吴有没有能人造塔。那宝塔的建设要求非常高，单是顶上的铜葫芦，就有五丈高，四千多斤重。孙权被难住了，急得面红耳赤。后来寻到了冶匠，但缺少做铜葫芦模型的人，便在城门上贴起招贤榜。时隔一月，仍然没有一点儿下文。

那城门口有三个摆摊子的皮匠，他们面目丑陋，又目不识丁，大家都称他们是"丑皮匠"。他们听说此事后心里不服气，便聚在一起商议。他们足足花了三天三夜的工夫，终于用剪鞋样的办法，剪出个葫芦的样子。然后用牛皮开料，硬是一锥子、一锥子地缝成一个大葫芦的模型。在浇铜水时，他们将皮葫芦埋在砂里，竟然一举成功。诸葛亮得到铜葫芦浇好的消息，立即向孙权告辞，从此再也不敢小看东吴了。

"三个臭皮匠，胜过诸葛亮"的故事，就这样成了一句寓意深刻的谚语。这句俗语的意思是说，三个普通的人智慧合起来要顶一个诸葛亮。其实这三个皮匠就是一个团队，虽然单人的智慧不足以媲美诸葛亮，但是为了实现一个共同的目标而集合起来形成了一个团体，心往一处想，劲往一处使，优势互补齐心协力，便成功了。在这个世界上，任何一个人的力量都是渺小的，一个想成为卓越的人，仅凭自己的孤军奋战，单打独斗，是不可能成大气候的。

技能点 2　环境配置说明

HDFS、MapReduce 和 YARN 三个组件配置非常简单，它们都包含在一个名为 Hadoop 的安装包中，只需配置 Hadoop 的相关环境即可。

1．Hadoop 下载

与 ZooKeeper 相同，Hadoop 的下载同样非常简单，步骤如下。

第一步：进入 Hadoop 的官网 http://hadoop.apache.org/，Hadoop 官网界面如图 2-39 所示。

第二步：单击"Download"按钮进入版本选择界面，如图 2-40 所示。

第三步：选择需要的版本，这里选择的是 Hadoop 的 2.7.7 版本，单击"Binary download"

列 2.7.7 版本对应的 "binary" 链接，进入下载界面，如图 2-41 所示。

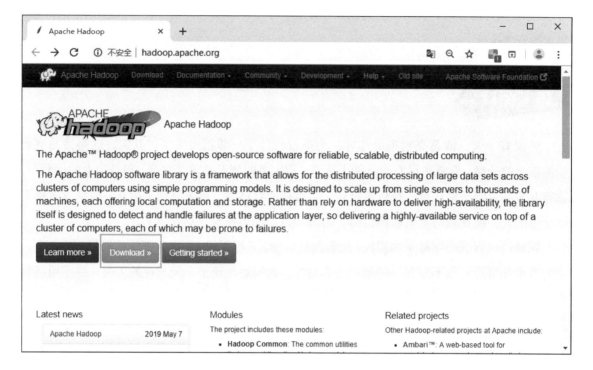

图 2-39　Hadoop 官网界面

distributed via mirror sites and should be checked for tampering using GPG or SHA-256.

Version	Release date	Source download	Binary download	Release notes
3.1.2	2019 Feb 6	source (checksum signature)	binary (checksum signature)	Announcement
3.2.0	2019 Jan 16	source (checksum signature)	binary (checksum signature)	Announcement
2.9.2	2018 Nov 19	source (checksum signature)	binary (checksum signature)	Announcement
2.8.5	2018 Sep 15	source (checksum signature)	binary (checksum signature)	Announcement
2.7.7	2018 May 31	source (checksum signature)	binary (checksum signature)	Announcement

To verify Hadoop releases using GPG:

1. Download the release hadoop-X.Y.Z-src.tar.gz from a mirror site.
2. Download the signature file hadoop-X.Y.Z-src.tar.gz.asc from Apache.
3. Download the Hadoop KEYS file.
4. gpg –import KEYS
5. gpg –verify hadoop-X.Y.Z-src.tar.gz.asc

To perform a quick check using SHA-256:

图 2-40　Hadoop 版本发布界面

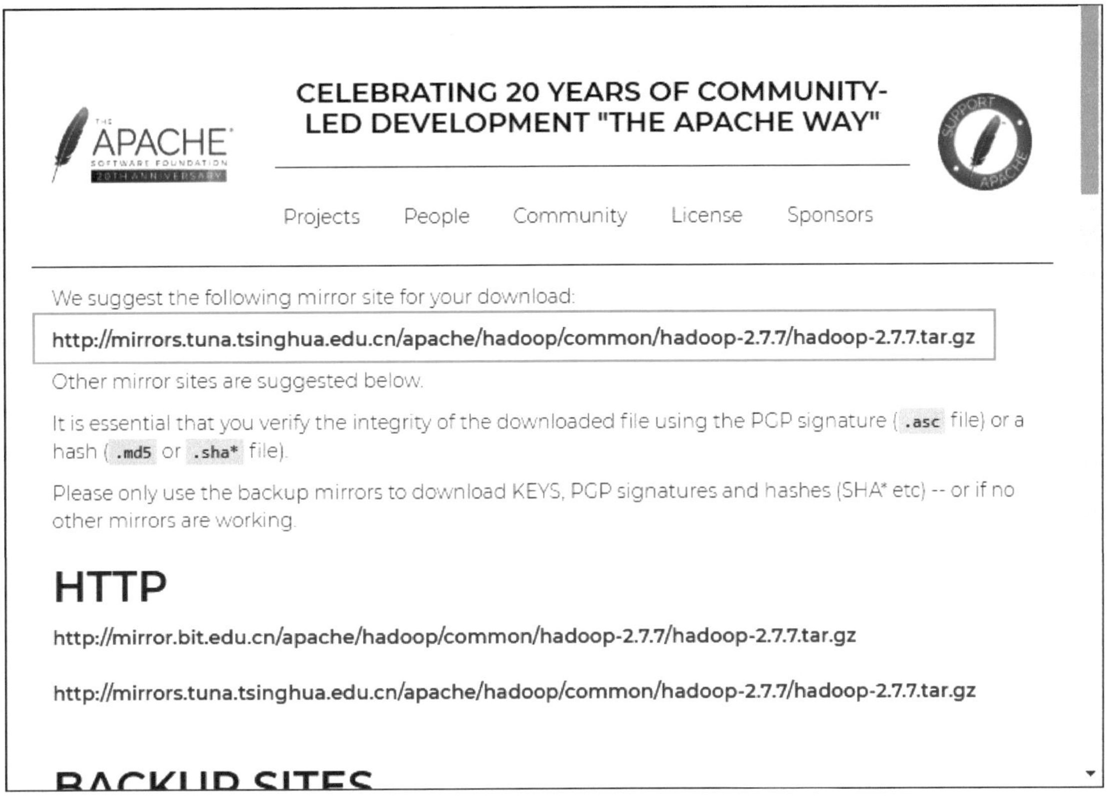

CELEBRATING 20 YEARS OF COMMUNITY-
LED DEVELOPMENT "THE APACHE WAY"

Projects   People   Community   License   Sponsors

We suggest the following mirror site for your download:

http://mirrors.tuna.tsinghua.edu.cn/apache/hadoop/common/hadoop-2.7.7/hadoop-2.7.7.tar.gz

Other mirror sites are suggested below.

It is essential that you verify the integrity of the downloaded file using the PGP signature (`.asc` file) or a hash (`.md5` or `.sha*` file).

Please only use the backup mirrors to download KEYS, PGP signatures and hashes (SHA* etc) -- or if no other mirrors are working.

HTTP

http://mirror.bit.edu.cn/apache/hadoop/common/hadoop-2.7.7/hadoop-2.7.7.tar.gz

http://mirrors.tuna.tsinghua.edu.cn/apache/hadoop/common/hadoop-2.7.7/hadoop-2.7.7.tar.gz

BACKUP SITES

图 2-41　Apache 镜像站点界面

第四步：单击对应的下载链接进行 Hadoop 的下载。

第五步：将下载好的安装包放到主机的 "/usr/local" 目录，解压并将安装文件重命名为 "hadoop"，命令如下。

```
// 解压安装包
tar -zxvf hadoop-2.7.7.tar.gz
// 安装包文件重命名
mv hadoop-2.7.7 hadoop
```

效果如图 2-42 所示。

2．Hadoop 配置说明

Hadoop 的配置同样是通过修改配置文件来完成，在下载、解压并进入安装包之后，会出现图 2-43 所示的安装包文件。

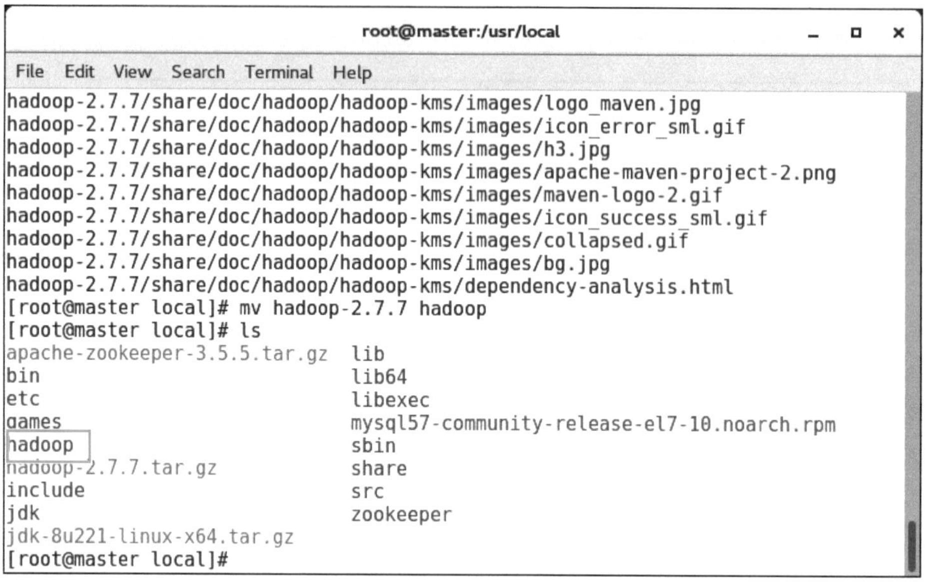

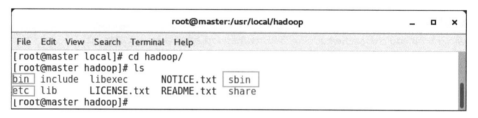

图 2-42　解压 Hadoop 安装包并重命名

图 2-43　Hadoop 安装包文件

在 Hadoop 中，关于各个文件的解释如下。

● bin：脚本文件存储文件夹。

● include：编程库头文件存储文件夹。

● libexec：各个服务所需 Shell 配置文件存储文件夹。

● NOTICE.txt：注意事项文件。

● sbin：服务脚本存储文件夹。

● etc：配置文件存储文件夹。

● lib：Hadoop 运行时所需依赖 jar 包存储文件夹。

● LICENSE.txt：相关执行信息文件。

● README.txt：信息记录文件。

● share：模块编译后的 jar 包存储文件夹。

其中，Hadoop 较为常用且重要的配置文件和目录有的"etc"目录、"sbin"目录、"bin"目录和"share"目录。

（1）etc 目录

etc 目录是 Hadoop 用于存放相关配置文件目录的目录，配置文件目录名为 hadoop，

Hadoop 相关配置文件就在这个目录中，通过修改相关配置文件可以对 HDFS、MapReduce、YARN 进行配置。hadoop 目录包含的内容如图 2-44 所示。

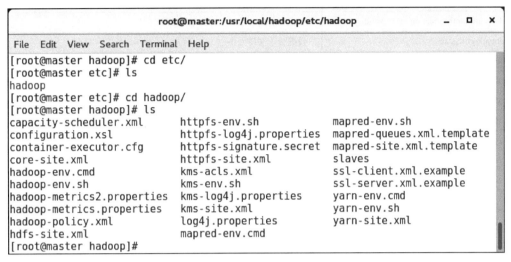

图 2-44　hadoop 目录包含的内容

hadoop 目录包含的内容见表 2-14。

表 2-14　hadoop 目录包含的内容

属　　性	描　　述
core-site.xml	Hadoop 全局配置文件
hdfs-site.xml	HDFS 配置文件
mapred-site.xml.template	MapReduce 配置文件
yarn-site.xml	YARN 配置文件
slaves	slave 配置文件
hadoop-env.sh	Hadoop 环境变量配置文件

1）core-site.xml 是 Hadoop 的全局配置文件，可以进行 Hadoop 的相关内容的全局配置，如指定 hadoop 临时目录、指定 ZooKeeper 地址等。全局配置文件包含的常用属性及属性值见表 2-15。

表 2-15　全局配置文件包含的常用属性及属性值

属　　性	描　　述
fs.defaultFS	配置节点 IP 地址和端口号，值格式为 host:port
fs.trash.interval	HDFS 垃圾箱设置，可以恢复误删除，0 为禁用
fs.ftp.host	ftp 的连接服务器
fs.ftp.host.port	ftp 的连接服务器端口
fs.df..interval	磁盘使用情况统计的刷新时间间隔
fs.du..interval	文件空间使用情况统计的刷新时间间隔
hadoop.tmp.dir	Hadoop 临时目录用来存放临时文件，该目录必须预先创建且不能删除
hadoop.common.configuration.version	配置文件版本

（续）

属　　性	描　　述
hadoop.security. authorization	是否启用 service 级别的授权
hadoop.http.authentication.token.validity	验证令牌的有效时间，需配置所有节点
hadoop.logfile.size	设置日志文件大小
hadoop.logfile.count	最大日志个数
io.file.buffer.size	序列文件中缓冲区的大小
io.seqfile.local.dir	存储中间数据文件的本地目录
io.map.index.skip	跳过索引的数量
ha.zookeeper.quorum	指定 ZooKeeper 地址
ha.zookeeper.session-timeout.ms	ZooKeeper 的 session 会话超时时间
ha.zookeeper.acl	ZNode 使用的 ZooKeeper ACL 列表
ha.zookeeper.auth	认证列表设置

常用属性使用的语法格式如下。

```
<configuration>
    <property>
        <name> 属性 </name>
        <value> 值 </value>
        <description> 注释 </description>
    </property>
    <property>
        <name> 属性 </name>
        <value> 值 </value>
        <description> 注释 </description>
    </property>
</configuration>
```

2）hdfs-site.xml 是 HDFS 的核心配置文件，主要用于实现 HDFS 的相关配置，如 HDFS 文件系统本地的真实存储路径设置、隔离机制配置等。HDFS 常用配置属性见表 2-16。

表 2-16　HDFS 常用配置属性

属　　性	描　　述
dfs.nameservices	指定 HDFS 的名称服务器
dfs.nameservice.id	名称服务器的 ID
dfs.default.chunk.view.size	NameNode 进行 HTTP 访问时每个文件显示的内容大小，通常无需设置
dfs.ha.namenodes.bdcluster	每个 NameNode 在名称服务中的唯一标识
dfs.datanode.du.reserved	每块磁盘所保留的空间大小
dfs.namenode.rpc-address.bdcluster.nnX	配置 nnX 节点 RPC 通道
dfs.permissions	DFS 权限是否打开
dfs.permissions.supergroup	HDFS 超级权限的组设置

（续）

属 性	描 述
dfs.namenode.http-address.bdcluster.nnX	配置 nnX 对外服务 HTTP 地址
dfs.data.dir	DataNode 数据保存路径，可以写多块磁盘，逗号分隔
dfs.namenode.shared.edits.dir	指定 NameNode 的元数据在 JournalNode 上的存放位置
dfs.datanode.data.dir.perm	DataNode 所使用的本地文件夹的权限，默认为 755
dfs.journalnode.edits.dir	指定 JournalNode 在本地磁盘存放数据的位置
dfs.ha.automatic-failover.enabled	是否启动失败自动切换
dfs.client.failover.proxy.provider.bdcluster	客户端与 active NameNode 进行交互的 Java 实现
dfs.client.block.write.retries	数据块写入时，最多重试次数
dfs.ha.fencing.methods	在故障转移期间，用于激活 NameNode 的脚本或类名列表
dfs.ha.fencing.ssh.private-key-files	配置私钥
dfs.ha.fencing.ssh.connect-timeout	配置 sshfence 隔离机制超时时间
dfs.namenode.name.dir	指定 NameNode 空间的存储地址
dfs.datanode.data.dir	指定 DataNode 数据存储地址
dfs.replication	HDFS 数据块的复制份数，默认为 3
dfs.block.size	每个文件块的大小，默认为 64MB
dfs.max.objects	DFS 最大并发对象数，HDFS 中的文件、目录块等都是一个对象，0 表示不限制

常用属性使用的语法格式与 core-site.xml 配置属性的使用相同。

3）mapred-site.xml.template 是 MapReduce 核心配置文件，可以执行 MapReduce 运行程序的指定、JobHistory 地址配置等，在配置时，需要将其复制并修改为 mapred-site.xml 文件。MapReduce 常用配置属性见表 2-17。

表 2-17　MapReduce 常用配置属性

属 性	描 述
mapreduce.framework.name	执行框架
mapreduce.reduce.memory.mb	设置 reduce 对于较大资源的限制
mapreduce.task.io.sort.mb	更高的内存限制
mapreduce.job.maps	单个任务的 map 数量
mapreduce.job.reduces	单个任务的 reduce 数量
mapreduce.job.running.map.limit	单个任务并发的最大 map 数，0 或负数表示没有限制
mapreduce.job.running.reduce.limit	单个任务并发的最大 reduce 数，0 或负数表示没有限制
mapreduce.job.max.split.locations	分片数量
mapreduce.reduce.maxattempts	每个 reduce task 最大重试次数
mapreduce.map.memory.mb	每个 map task 需要的内存量
mapreduce.reduce.memory.mb	每个 reduce task 需要的内存量
mapreduce.jobhistory.address	历史服务器的地址和端口
mapreduce.jobhistory.webapp.address	历史服务器的 Web 地址
mapreduce.map.output.compress	map 输出是否进行压缩

常用属性使用的语法格式与 core-site.xml 配置属性的使用相同。

4）yarn-site.xml 是 YARN 的核心配置文件，通过相关的配置可以指定 RM 的 cluster id、指定 ZooKeeper 集群、设置状态存储类等，YARN 常用配置属性见表 2-18。

表 2-18　YARN 常用配置属性

属　　性	描　　述
yarn.resourcemanager.ha.enabled	是否开启 resourcemanagerHA
yarn.resourcemanager.ha.rm-ids	为 ResourceManager 指定别名
yarn.resourcemanager.recovery.enabled	是否开启自动恢复功能
yarn.resourcemanager.cluster-id	定义集群的名称
yarn.resourcemanager.ha.automatic-failover. enabled	启用自动故障转移；默认情况下，仅当 HA 被启用时才启用
yarn.resourcemanager.hostname	指定 ResourceManager 的地址
ha.zookeeper.quorum	指定 ZooKeeper 集群
yarn.resourcemanager.zk-state-store.address	设置 ZooKeeper 的连接地址
yarn.resourcemanager.store.class	设置状态存储类
yarn.resourcemanager.hostname.rmX	指定 rmX 对应的主机名
yarn.resourcemanager.zk-address	指定集成的 ZooKeeper 的服务地址
yarn.nodemanager.aux-services	指定 NodeManager 上运行的附属服务
yarn.resourcemanager.ha.automatic-failover. zk-base-path	自动故障转移路径

常用属性使用的语法格式与 core-site.xml 配置属性的使用相同。

5）slaves 是 slave 的配置文件，可用于设置所有的 slave 的名称或 IP。

（2）sbin 目录

sbin 目录主要实现 Hadoop 相关服务脚本文件的存放，如 Hadoop 全部服务的启动、停止等。sbin 目录包含的脚本文件如图 2-45 所示。

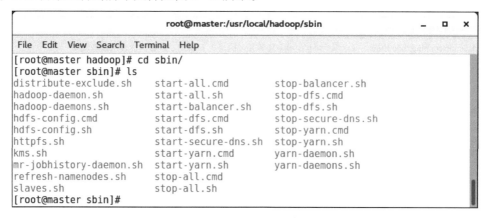

图 2-45　sbin 目录包含的脚本文件

在图 2-45 中，同样包含了很多文件，以 ".sh" 为扩展名的文件即为 Linux 中操作 Hadoop 相关服务的脚本文件，较为常用的脚本文件见表 2-19。

表 2-19　sbin 目录包含的脚本文件说明

脚　　本	描　　述
start-all.sh	开启 Hadoop 全部服务
stop-all.sh	关闭 Hadoop 全部服务
start-dfs.sh	开启 NameNode 和 DataNode 服务
stop-dfs.sh	关闭 NameNode 和 DataNode 服务
start-yarn.sh	开启 ResourceManager 和 NodeManager 服务
stop-yarn.sh	关闭 ResourceManager 和 NodeManager 服务
hadoop-daemon.sh	开启或关闭当前节点的某个进程
hadoop-daemons.sh	开启或关闭集群所有节点的某个进程

Hadoop 包含的相关进程名称见表 2-20。

表 2-20　Hadoop 包含的相关进程名称

进 程 名 称	描　　述
NodeManager	负责管理 Hadoop 集群中单个计算节点
NameNode	Hadoop 的主服务器，能够实现 HDFS 元数据信息的保存操作，如命名空间信息、块信息等
SecondaryNameNode	是一个用来监控 HDFS 状态的辅助后台程序，能够完成周期检查点和清理任务
DataNode	文件系统的工作节点，可根据 NameNode 进行存储调度和数据检索，并定期向 NameNode 发送其所存储的块（block）的列表
ResourceManager	用于统一管理和分配所有资源

1）start-all.sh、stop-all.sh。start-all.sh 脚本主要用于启动 Hadoop 的全部服务，而 stop-all.sh 则是用于将 Hadoop 全部服务进行关闭。sbin 目录包含脚本文件在使用时非常简单，只需执行指定脚本即可，语法格式如下。

```
./start-all.sh
./stop-all.sh
```

启动 Hadoop 全部服务的效果如图 2-46 所示。

Hadoop 服务启动完成后，可通过查看当前节点的进程确定服务已全部开启，其中，主节点的进程与备用节点相同，数据节点全部相同。Hadoop 服务进程如图 2-47 和图 2-48 所示。

```
root@master:/usr/local/hadoop/sbin                _  □  ×

File  Edit  View  Search  Terminal  Help
[root@master sbin]# ./start-all.sh
This script is Deprecated. Instead use start-dfs.sh and start-yarn.sh
Starting namenodes on [master masterback]
master: starting namenode, logging to /usr/local/hadoop/logs/hadoop-root-name
node-master.out
masterback: starting namenode, logging to /usr/local/hadoop/logs/hadoop-root-
namenode-masterback.out
slave: starting datanode, logging to /usr/local/hadoop/logs/hadoop-root-datan
ode-slave.out
slave1: starting datanode, logging to /usr/local/hadoop/logs/hadoop-root-data
node-slave1.out
Starting journal nodes [slave slave1]
slave: starting journalnode, logging to /usr/local/hadoop/logs/hadoop-root-jo
urnalnode-slave.out
slave1: starting journalnode, logging to /usr/local/hadoop/logs/hadoop-root-j
ournalnode-slave1.out
Starting ZK Failover Controllers on NN hosts [master masterback]
master: starting zkfc, logging to /usr/local/hadoop/logs/hadoop-root-zkfc-mas
ter.out
```

图 2-46　启动 Hadoop 全部服务的效果

```
root@master:/usr/local/hadoop/sbin                _  □  ×

File  Edit  View  Search  Terminal  Help
[root@master sbin]# jps
11303 QuorumPeerMain
21207 NameNode
21595 ResourceManager
21517 DFSZKFailoverController
22735 Jps
[root@master sbin]#
```

图 2-47　主节点的进程与备用节点服务进程

```
root@slave:/usr/local/hadoop/sbin                _  □  ×

File  Edit  View  Search  Terminal  Help
[root@slave sbin]# jps
49174 QuorumPeerMain
49687 DataNode
50921 Jps
32349 JournalNode
49869 NodeManager
[root@slave sbin]#
```

图 2-48　数据节点服务进程

　　2）start-dfs.sh、stop-dfs.sh。start-dfs.sh 和 stop-dfs.sh 是一对功能相反的脚本文件，start-dfs.sh 用于启动 NameNode 和 DataNode 两个服务进程，而 stop-dfs.sh 用于关闭 NameNode 和 DataNode 进程，语法格式如下。

```
./start-dfs.sh
./stop-dfs.sh
```

　　关闭所有节点的 NameNode 和 DataNode 进程，效果如图 2-49 所示。

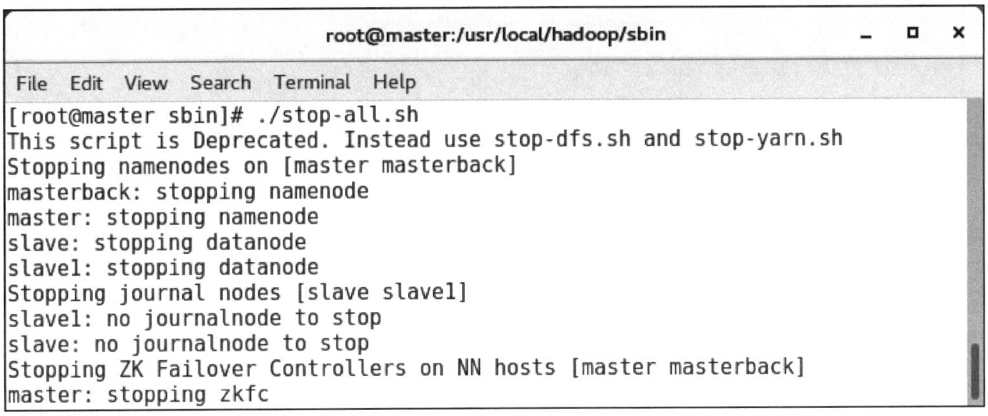

```
root@master:/usr/local/hadoop/sbin          _  □  ✕

File  Edit  View  Search  Terminal  Help
[root@master sbin]# ./stop-all.sh
This script is Deprecated. Instead use stop-dfs.sh and stop-yarn.sh
Stopping namenodes on [master masterback]
masterback: stopping namenode
master: stopping namenode
slave: stopping datanode
slave1: stopping datanode
Stopping journal nodes [slave slave1]
slave1: no journalnode to stop
slave: no journalnode to stop
Stopping ZK Failover Controllers on NN hosts [master masterback]
master: stopping zkfc
```

图 2-49　关闭所有节点的 NameNode 和 DataNode 进程

之后查看 Hadoop 服务进程，确定 NameNode 和 DataNode 是否已经消失，效果如图 2-50 和图 2-51 所示。

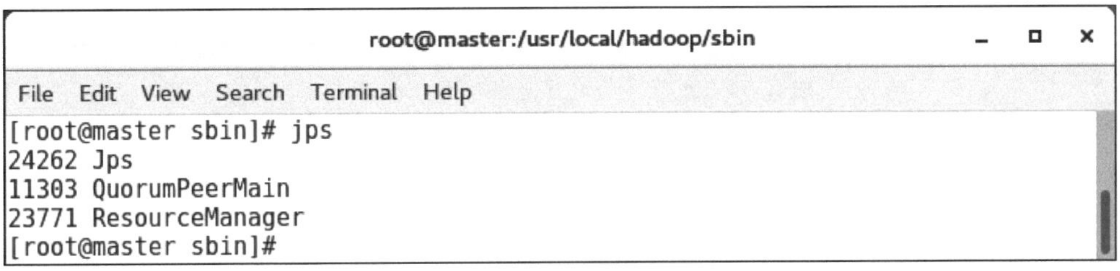

```
root@master:/usr/local/hadoop/sbin          _  □  ✕

File  Edit  View  Search  Terminal  Help
[root@master sbin]# jps
24262 Jps
11303 QuorumPeerMain
23771 ResourceManager
[root@master sbin]#
```

图 2-50　主节点的进程与备用节点服务进程

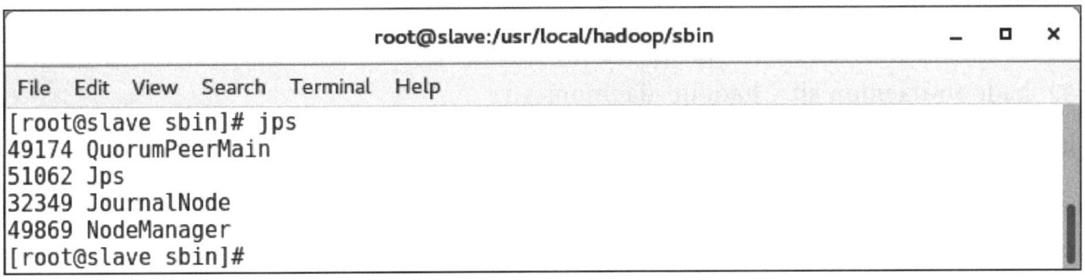

```
root@slave:/usr/local/hadoop/sbin           _  □  ✕

File  Edit  View  Search  Terminal  Help
[root@slave sbin]# jps
49174 QuorumPeerMain
51062 Jps
32349 JournalNode
49869 NodeManager
[root@slave sbin]#
```

图 2-51　数据节点服务进程

3）start-yarn.sh、stop-yarn.sh。start-yarn.sh 和 stop-yarn.sh 是两个用于操作 ResourceManager 和 NodeManager 进程的脚本文件，其中，start-yarn.sh 用于开启，而 stop-yarn.sh 则用于关闭，语法格式如下。

```
./start-yarn.sh
./stop-yarn.sh
```

关闭 Hadoop 的 ResourceManager 和 NodeManager 进程，效果如图 2-52 所示。

```
root@master:/usr/local/hadoop/sbin                    _  □  ×

File  Edit  View  Search  Terminal  Help
[root@master sbin]# ./stop-yarn.sh
stopping yarn daemons
stopping resourcemanager
slave1: stopping nodemanager
slave: stopping nodemanager
no proxyserver to stop
[root@master sbin]#
```

图 2-52 关闭 Hadoop 的 ResourceManager 和 NodeManager 进程

之后查看 Hadoop 服务进程，确定 ResourceManager 和 NodeManager 是否已经消失，效果如图 2-53 和图 2-54 所示。

```
root@master:/usr/local/hadoop/sbin                    _  □  ×

File  Edit  View  Search  Terminal  Help
[root@master sbin]# jps
11303 QuorumPeerMain
24429 Jps
[root@master sbin]#
```

图 2-53 主节点的进程与备用节点服务进程

```
root@slave:/usr/local/hadoop/sbin                     _  □  ×

File  Edit  View  Search  Terminal  Help
[root@slave sbin]# jps
49174 QuorumPeerMain
51161 Jps
32349 JournalNode
[root@slave sbin]#
```

图 2-54 数据节点服务进程

4）hadoop-daemon.sh、hadoop-daemons.sh。

hadoop-daemon.sh 和 hadoop-daemons.sh 两个脚本文件与前面成对出现的脚本文件不同，hadoop-daemon.sh 和 hadoop-daemons.sh 主要用于指定服务进程的开启或关闭，hadoop-daemon.sh 用于开启或关闭当前节点的指定进程，而 hadoop-daemons.sh 则用于开启或关闭集群全部节点的指定进程，语法格式如下。

```
//start 用于开启操作，stop 用于关闭操作
./hadoop-daemon.sh start/stop 进程名称
./hadoop-daemons.sh start/stop 进程名称
```

但需要注意的是，大多数时候 hadoop-daemon.sh 和 hadoop-daemons.sh 不起作用。

（3）bin 目录

bin 目录主要用于存放操作 Hadoop 相关组件实现指定功能的脚本，bin 目录包含的脚本如图 2-55 所示。

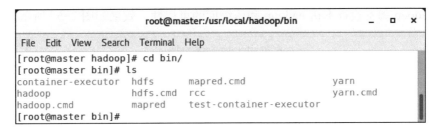

图 2-55　bin 目录包含的脚本

其中，hdfs 和 hadoop 是 Hadoop 中较为常用的两个操作脚本，在使用时 hdfs 和 hadoop 能够实现很多相同的功能。

1）hdfs

hdfs 主要用于实现 HDFS 相关内容的操作，如文件系统的格式化、DFS 管理客户端开启等，hdfs 包含的常用命令见表 2-21。

表 2-21　hdfs 包含的常用命令

命　　令	描　　述
dfs	操作 HDFS 系统中存储的文件、文件夹
namenode -format	格式化 DFS 文件系统并生成 hdfs 文件
zkfc	开启 ZooKeeper Failover Controller 守护程序
dfsadmin	开启 ResourceManager 服务
namenode -bootstrapStandby	NameNode 数据同步
groups	获取用户所属的组
getconf	从配置中获取配置值
version	版本查看

使用 hdfs 脚本获取用户所属组，效果如图 2-56 所示。

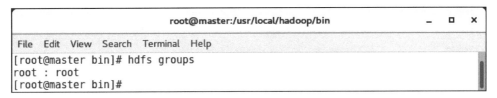

图 2-56　获取用户所属组

2）hadoop

hadoop 主要用于实现 Hadoop 的相关操作，如 Hadoop 和压缩库可用性检查、所需类路径的获取、守护程序日志级别的设置和获取等，hadoop 包含的常用命令见表 2-22。

表 2-22　hadoop 包含的常用命令

命　　令	描　　述
fs	操作 HDFS 系统中存储的文件、文件夹
checknative [-a|-h]	检查本机 Hadoop 和压缩库的可用性
classpath	获取所需的类路径
daemonlog	守护程序日志级别的设置、获取
version	版本查看

使用 hadoop 脚本检查本机 hadoop 和压缩库的可用性，效果如图 2-57 所示。

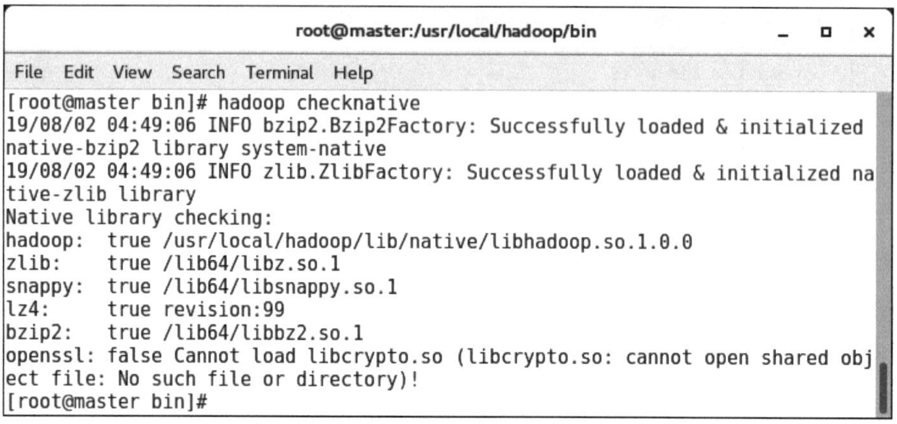

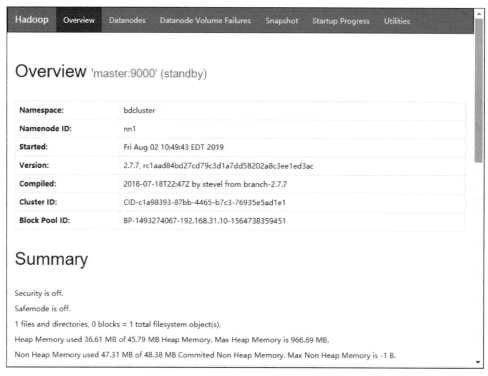

图 2-57　检查本机 hadoop 和压缩库的可用性

3．Hadoop Web UI

Hadoop 的 Web UI 是 Hadoop 中用于查看 Hadoop 相关信息的可视化界面，只能用于信息的查看，不能进行相关的操作。在浏览器输入"主机名称:50070"即可进入该可视化界面，如图 2-58 所示。

图 2-58　首界面

图 2-58 所示界面即为首界面（Overview 界面），主要用于展示当前节点的大概信息，包含内容见表 2-23。

表 2-23　首界面包含内容

命　令	描　述
Overview	概述
master:9000	主机名称和端口号
standby	备份状态
Namespace	命名空间
Namenode ID	Namenode 的 ID
Started	创建时间
Version	版本
Compiled	编译
Cluster ID	群集 ID
Block Pool ID	块池 ID

除了主界面外，还包含一些子界面，能够查看节点信息、启动进度信息等，见表 2-24。

表 2-24　子界面

命　令	描　述
Datanodes	Datanode 信息展示
Datanode Volume Failures	Datanode 中出现的卷故障信息展示
Snapshot	Hadoop 中存在的快照信息展示
Startup Progress	Hadoop 中任务启动进度展示

任务实施

【任务目的】

通过以下几个步骤，实现 Hadoop 核心组件的相关配置并通过 kill 操作关闭主节点，模拟节点故障，实现节点的自动切换。

【任务流程】

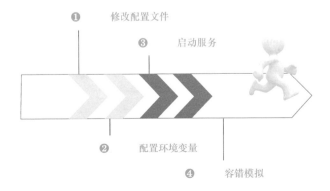

❶　修改配置文件

❸　启动服务

❷　配置环境变量

❹　容错模拟

【任务步骤】

第一步：配置 core-site.xml 文件。

进入 Hadoop 安装文件的 etc/hadoop 目录，进行 Hadoop 的全局配置，包含 Hadoop 临时文件存放目录、ZooKeeper 地址、集群名称配置等，命令如下。

```
[root@master local]# cd hadoop
[root@master hadoop]# cd etc/hadoop/
[root@master hadoop]# vi core-site.xml
// 将如下内容添加到 <configuration></configuration> 标签中。
<property>
    <name>fs.defaultFS</name>
    <value>hdfs://master</value>
    <description> 配置节点 IP 地址和端口号 </description>
</property>
<property>
    <name>hadoop.tmp.dir</name>
    <value>/usr/local/hadoop/tmp</value>
    <description>Hadoop 临时目录用来存放临时文件 </description>
</property>
<property>
    <name>ha.zookeeper.quorum</name>
    <value>master:2181,masterback:2181,slave:2181,slave1:2181</value>
    <description> 指定 ZooKeeper 集群节点 </description>
</property>
<property>
    <name>ha.zookeeper.session-timeout.ms</name>
    <value>3000</value>
    <description>ZooKeeper 的 session 会话超时时间 </description>
</property>
```

第二步：配置 hdfs-site.xml 文件。

core-site.xml 文件修改完成后，还需通过修改 hdfs-site.xml 文件进行 HDFS 的相关配置，包含命名空间、通信地址、节点的监控管理网页端口等，命令如下。

```
[root@master hadoop]# vi hdfs-site.xml
// 将如下内容添加到 <configuration></configuration> 标签中。
<property>
    <name>dfs.nameservices</name>
    <value>bdcluster</value>
    <description> 指定 HDFS 的名称服务器 </description>
</property>
<property>
```

```
    <name>dfs.ha.namenodes.bdcluster</name>
    <value>nn1,nn2</value>
    <description> 每个 NameNode 在名称服务中的唯一标识 </description>
</property>
<property>
    <name>dfs.namenode.rpc-address.bdcluster.nn1</name>
    <value>master:9000</value>
    <description> 配置 nn1 节点 RPC 通道 </description>
</property>
<property>
    <name>dfs.namenode.rpc-address.bdcluster.nn2</name>
    <value>masterback:9000</value>
    <description> 配置 nn2 节点 RPC 通道 </description>
</property>
<property>
    <name>dfs.namenode.http-address.bdcluster.nn1</name>
    <value>master:50070</value>
    </property>
    <description> 配置 nn1 对外服务 HTTP 地址 </description>
<property>
    <name>dfs.namenode.http-address.bdcluster.nn2</name>
    <value>masterback:50070</value>
    <description> 配置 nn2 对外服务 HTTP 地址 </description>
</property>
<property>
    <name>dfs.namenode.shared.edits.dir</name>
    <value>qjournal://slave:8485;slave1:8485/bdcluster</value>
    <description> 指定 NameNode 的元数据在 JournalNode 上的存放位置 </description>
</property>
<property>
    <name>dfs.journalnode.edits.dir</name>
    <value>/usr/local/hadoop/tmp/journal</value>
    <description> 指定 JournalNode 在本地磁盘存放数据的位置 </description>
</property>
<property>
    <name>dfs.ha.automatic-failover.enabled</name>
    <value>true</value>
    <description> 是否启动失败自动切换 </description>
</property>
<property>
    <description> 客户端与 active NameNode 进行交互的 Java 实现 </description>
</property>
<property>
```

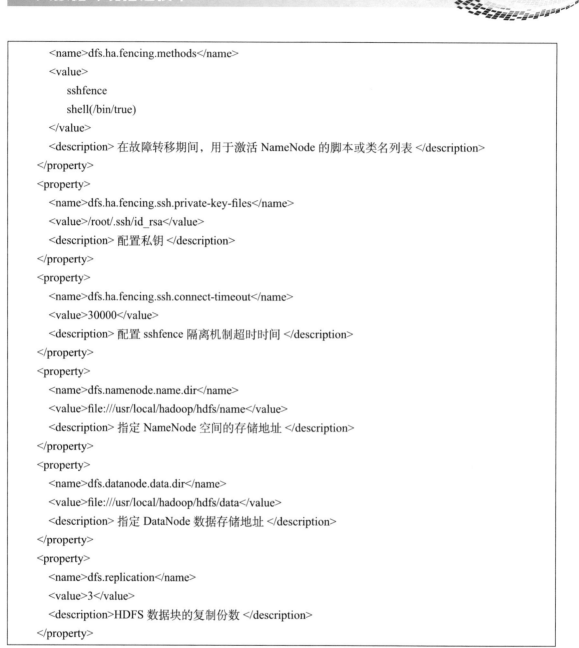

```
        <name>dfs.ha.fencing.methods</name>
        <value>
            sshfence
            shell(/bin/true)
        </value>
        <description> 在故障转移期间，用于激活 NameNode 的脚本或类名列表 </description>
    </property>
    <property>
        <name>dfs.ha.fencing.ssh.private-key-files</name>
        <value>/root/.ssh/id_rsa</value>
        <description> 配置私钥 </description>
    </property>
    <property>
        <name>dfs.ha.fencing.ssh.connect-timeout</name>
        <value>30000</value>
        <description> 配置 sshfence 隔离机制超时时间 </description>
    </property>
    <property>
        <name>dfs.namenode.name.dir</name>
        <value>file:///usr/local/hadoop/hdfs/name</value>
        <description> 指定 NameNode 空间的存储地址 </description>
    </property>
    <property>
        <name>dfs.datanode.data.dir</name>
        <value>file:///usr/local/hadoop/hdfs/data</value>
        <description> 指定 DataNode 数据存储地址 </description>
    </property>
    <property>
        <name>dfs.replication</name>
        <value>3</value>
        <description>HDFS 数据块的复制份数 </description>
    </property>
```

第三步：配置 mapred-site.xml 文件。

在配置完 hdfs-site.xml 文件后，将 mapred-site.xml.template 文件复制并重命名为 mapred-site.xml 文件，然后对 MapReduce 相关内容进行配置，包含执行框架选择、历史服务器配置、Web 地址设置等，命令如下。

```
[root@master hadoop]# cp mapred-site.xml.template mapred-site.xml
[root@master hadoop]# vi mapred-site.xml
// 将如下内容添加到 <configuration> </configuration> 标签中
<property>
    <name>mapreduce.framework.name</name>
```

```
      <value>yarn</value>
      <description> 指定执行框架 </description>
   </property>
   <property>
      <name>mapreduce.jobhistory.address</name>
      <value>0.0.0.0:10020</value>
      <description> 指定历史服务器的地址和端口 </description>
   </property>
   <property>
      <name>mapreduce.jobhistory.webapp.address</name>
      <value>0.0.0.0:19888</value>
      <description> 指定历史服务器的 Web 地址 </description>
   </property>
```

第四步：配置 yarn-site.xml 文件。

之后继续修改 yarn-site.xml 文件，进行 YARN 的相关配置，包含 resourcemanagerHA 的开启、自动回复功能开启、集群名称指定、ZooKeeper 集群地址指定等，命令如下。

```
[root@master hadoop]# vi yarn-site.xml
// 将如下内容添加到 <configuration> </configuration> 标签中
<property>
   <name>yarn.resourcemanager.ha.enabled</name>
   <value>true</value>
   <description> 是否开启 resourcemanagerHA</description>
</property>
<property>
   <name>yarn.resourcemanager.recovery.enabled</name>
   <value>true</value>
   <description> 是否开启自动恢复功能 </description>
</property>
<property>
   <name>yarn.resourcemanager.cluster-id</name>
   <value>yrc</value>
   <description> 定义集群的名称 </description>
</property>
<property>
   <name>yarn.resourcemanager.ha.rm-ids</name>
   <value>rm1,rm2</value>
   <description> 为 ResourceManager 指定别名 </description>
</property>
<property>
   <name>yarn.resourcemanager.hostname.rm1</name>
   <value>master</value>
```

```
        <description> 指定 rm1 对应的主机名 </description>
    </property>
    <property>
        <name>yarn.resourcemanager.hostname.rm2</name>
        <value>masterback</value>
        <description> 指定 rm2 对应的主机名 </description>
    </property>
    <property>
        <name>ha.zookeeper.quorum</name>
        <value>master:2181,masterback:2181,slave:2181,slave1:2181</value>
        <description> 指定 ZooKeeper 集群 </description>
    </property>
    <property>
        <name>yarn.resourcemanager.zk-state-store.address</name>
        <value>master:2181,masterback:2181,slave:2181,slave1:2181</value>
        <description> 设置 ZooKeeper 的连接地址 </description>
    </property>
    <property>
        <name>yarn.resourcemanager.store.class</name>
        <value>org.apache.hadoop.yarn.server.resourcemanager.recovery.ZKRMStateStore
        </value>
        <description> 设置状态存储类 </description>
    </property>
    <property>
        <name>yarn.resourcemanager.zk-address</name>
        <value>master:2181,masterback:2181,slave:2181,slave1:2181</value>
        <description> 指定集成的 ZooKeeper 的服务地址 </description>
    </property>
    <property>
        <name>yarn.resourcemanager.ha.automatic-failover.zk-base-path</name>
        <value>/yarn-leader-election</value>
        <description> 自动故障转移路径 </description>
    </property>
    <property>
        <name>yarn.nodemanager.aux-services</name>
        <value>mapreduce_shuffle</value>
        <description> 指定 NodeManager 上运行的附属服务 </description>
    </property>
```

第五步：配置 slaves 文件。

将几个核心组件配置完成后，修改 slaves 文件进行集群子节点名称的配置，命令如下。

```
[root@master hadoop]# vi slaves
// 添加如下内容
slave
slave1
```

第六步：配置 hadoop-env.sh 文件。

hadoop-env.sh 文件的相关配置比较简单，只需找到指定的位置配置 JDK 即可，命令如下。

```
[root@master hadoop]# vi hadoop-env.sh
// 找到 The java implementation to use.，修改如下内容
export JAVA_HOME=/usr/local/jdk
```

第七步：配置环境变量。

配置相关的环境变量是为了方便项目开发，可以将 stop-all.sh、start-all.sh 等脚本文件在任意目录下执行，而不是必须进入指定目录。相关配置命令如下。

```
// 回到根目录
[root@master hadoop]# cd
// 打开 bashrc 文件配置环境变量
[root@master ~]# vi ~/.bashrc
// 文件末尾添加如下内容
export HADOOP_HOME=/usr/local/hadoop
export HADOOP_PID_DIR=/usr/local/hadoop/pids
export HADOOP_COMMON_LIB_NATIVE_DIR=$HADOOP_HOME/lib/native
export HADOOP_OPTS="$HADOOP_OPTS-Djava.library.path=$HADOOP_HOME/lib/native"
export HADOOP_PREFIX=$HADOOP_HOME
export HADOOP_MAPRED_HOME=$HADOOP_HOME
export HADOOP_COMMON_HOME=$HADOOP_HOME
export HADOOP_HDFS_HOME=$HADOOP_HOME
export YARN_HOME=$HADOOP_HOME
export HADOOP_CONF_DIR=$HADOOP_HOME/etc/hadoop
export HDFS_CONF_DIR=$HADOOP_HOME/etc/hadoop
export YARN_CONF_DIR=$HADOOP_HOME/etc/hadoop
export JAVA_LIBRARY_PATH=$HADOOP_HOME/lib/native
export PATH=$PATH:$JAVA_HOME/bin:$HADOOP_HOME/bin:$HADOOP_HOME/sbin
```

第八步：配置其他节点。

现在 master 节点配置完成了，还需进行其他节点配置，可以按照以上几个步骤进行配置，也可以将 master 节点配置完成的 hadoop 安装文件和环境变量文件分发到其他节点。这里使用分发的方式，命令如下。

```
// 安装文件分发
[root@master ~]# scp -r /usr/local/hadoop/ masterback:/usr/local/
[root@master ~]# scp -r /usr/local/hadoop/ slave:/usr/local/
[root@master ~]# scp -r /usr/local/hadoop/ slave1:/usr/local/
# 环境变量分发
[root@master ~]# scp -r ~/.bashrc masterback:~/
[root@master ~]# scp -r ~/.bashrc slave:~/
[root@master ~]# scp -r ~/.bashrc slave1:~/
# 使环境变量生效
[root@master ~]# source ~/.bashrc
[root@masterback ~]# source ~/.bashrc
[root@slave ~]# source ~/.bashrc
[root@slave1 ~]# source ~/.bashrc
```

效果如图 2-59 和图 2-60 所示。

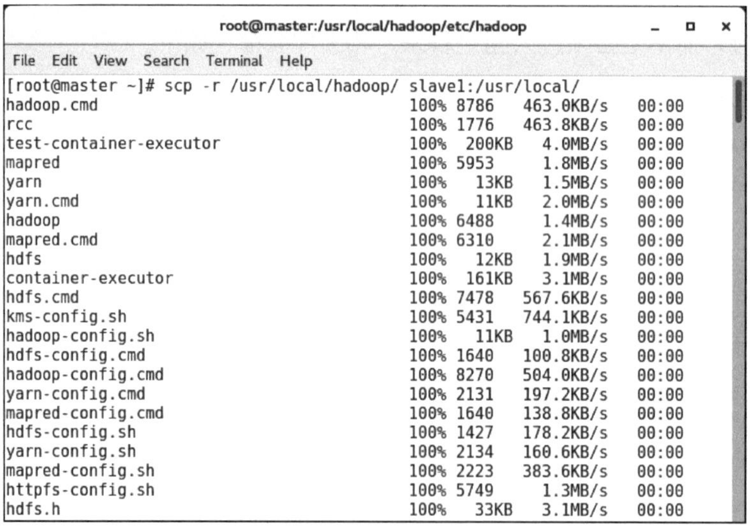

图 2-59　安装文件分发

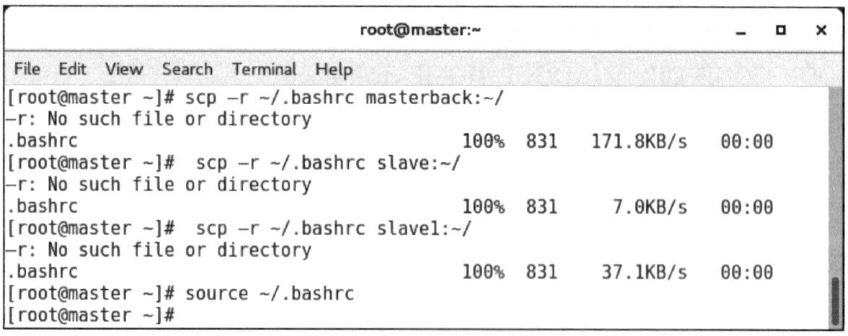

图 2-60　环境变量分发并使环境变量生效

第九步：主节点操作。

集群节点配置完成，首先启动高可用集群，之后格式化文件系统和并启守护程序，并将生成的 hdfs 文件发送到 masterback 节点中，最后开启 Hadoop 的全部服务进程，命令如下。

```
// 启动高可用集群
[root@master ~]# /usr/local/hadoop/sbin/hadoop-daemons.sh start journalnode
// 开启守护程序
[root@master ~]# hdfs zkfc -formatZK
// 格式化 HDFS 并生成 hdfs 文件
[root@master ~]# hdfs namenode -format
// 将 hdfs 文件发送到 masterback 节点
[root@master ~]# scp -r /usr/local/hadoop/hdfs/ masterback:/usr/local/hadoop
// 启动 hadoop 所有服务进程
[root@master ~]# start-all.sh
```

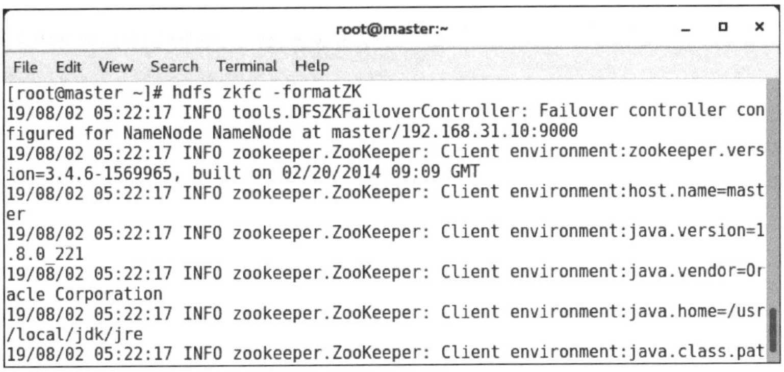

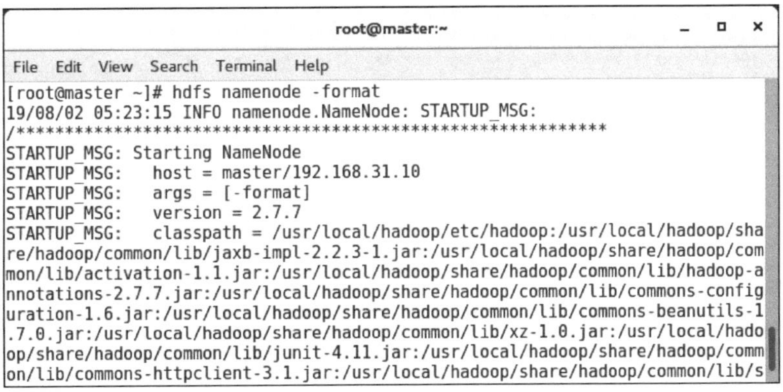

效果如图 2-61 ～图 2-65 所示。

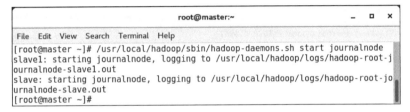

图 2-61　启动高可用集群

图 2-62　格式化 HDFS

图 2-63　格式化 HDFS 并生成 hdfs 文件

```
                                    root@master:~                      _  □  ×

  File  Edit  View  Search  Terminal  Help

[root@master ~]# scp -r /usr/local/hadoop/hdfs/  masterback:/usr/local/hadoop
VERSION                                    100%   205     150.2KB/s   00:00
seen_txid                                  100%     2       1.6KB/s   00:00
fsimage_0000000000000000000.md5            100%    62      47.9KB/s   00:00
fsimage_0000000000000000000                100%   320     260.7KB/s   00:00
[root@master ~]#
```

图 2-64 将 hdfs 文件发送到 masterback 节点

```
                                    root@master:~                      _  □  ×

  File  Edit  View  Search  Terminal  Help

[root@master ~]# start-all.sh
This script is Deprecated. Instead use start-dfs.sh and start-yarn.sh
Starting namenodes on [master masterback]
masterback: starting namenode, logging to /usr/local/hadoop/logs/hadoop-root-
namenode-masterback.out
master: starting namenode, logging to /usr/local/hadoop/logs/hadoop-root-name
node-master.out
slave: starting datanode, logging to /usr/local/hadoop/logs/hadoop-root-datan
ode-slave.out
slave1: starting datanode, logging to /usr/local/hadoop/logs/hadoop-root-data
node-slave1.out
Starting journal nodes [slave slave1]
slave1: starting journalnode, logging to /usr/local/hadoop/logs/hadoop-root-j
ournalnode-slave1.out
slave: starting journalnode, logging to /usr/local/hadoop/logs/hadoop-root-jo
urnalnode-slave.out
Starting ZK Failover Controllers on NN hosts [master masterback]
```

图 2-65 启动 hadoop 所有服务进程

第十步：备份节点操作。

主节点的相关操作完成后，还需在备份节点同步数据，然后启动 resourcemanager 进程，命令如下。

```
// 同步 NameNode 数据
[root@masterback ~]# hdfs namenode -bootstrapStandby
// 启动 resourcemanager 进程
[root@masterback ~]# yarn-daemon.sh start resourcemanager
```

效果如图 2-66 和图 2-67 所示。

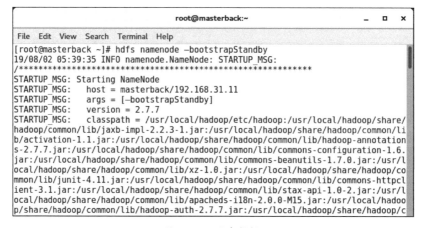

```
                                 root@masterback:~                     _  □  ×

  File  Edit  View  Search  Terminal  Help

[root@masterback ~]# hdfs namenode –bootstrapStandby
19/08/02 05:39:35 INFO namenode.NameNode: STARTUP_MSG:
/************************************************************
STARTUP_MSG: Starting NameNode
STARTUP_MSG:   host = masterback/192.168.31.11
STARTUP_MSG:   args = [–bootstrapStandby]
STARTUP_MSG:   version = 2.7.7
STARTUP_MSG:   classpath = /usr/local/hadoop/etc/hadoop:/usr/local/hadoop/share/
hadoop/common/lib/jaxb-impl-2.2.3-1.jar:/usr/local/hadoop/share/hadoop/common/li
b/activation-1.1.jar:/usr/local/hadoop/share/hadoop/common/lib/hadoop-annotation
s-2.7.7.jar:/usr/local/hadoop/share/hadoop/common/lib/commons-configuration-1.6.
jar:/usr/local/hadoop/share/hadoop/common/lib/commons-beanutils-1.7.0.jar:/usr/l
ocal/hadoop/share/hadoop/common/lib/xz-1.0.jar:/usr/local/hadoop/share/hadoop/co
mmon/lib/junit-4.11.jar:/usr/local/hadoop/share/hadoop/common/lib/commons-httpcl
ient-3.1.jar:/usr/local/hadoop/share/hadoop/common/lib/stax-api-1.0-2.jar:/usr/l
ocal/hadoop/share/hadoop/common/lib/apacheds-i18n-2.0.0-M15.jar:/usr/local/hadoo
p/share/hadoop/common/lib/hadoop-auth-2.7.7.jar:/usr/local/hadoop/share/hadoop/c
```

图 2-66 同步数据

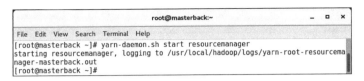

图 2-67 启动 resourcemanager 进程

第十一步： 查看进程。

分别查看集群节点的进程，其中，master 与 masterback 进程相同，slave 与 slave1 进程相同，效果如图 2-68 和图 2-69 所示。

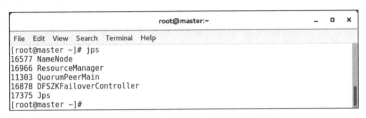

图 2-68 master 与 masterback 进程

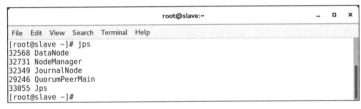

图 2-69 slave 与 slave1 进程

第十二步： 查看节点状态。

打开浏览器，输入"主机名称:50070"分别进入 master 和 masterback 的 Hadoop 可视化管理界面查看 NameNode 的状态，当前 master 节点处于备用状态 (standby)，而 masterback 节点处于启用状态 (active)，如图 2-70 和图 2-71 所示。

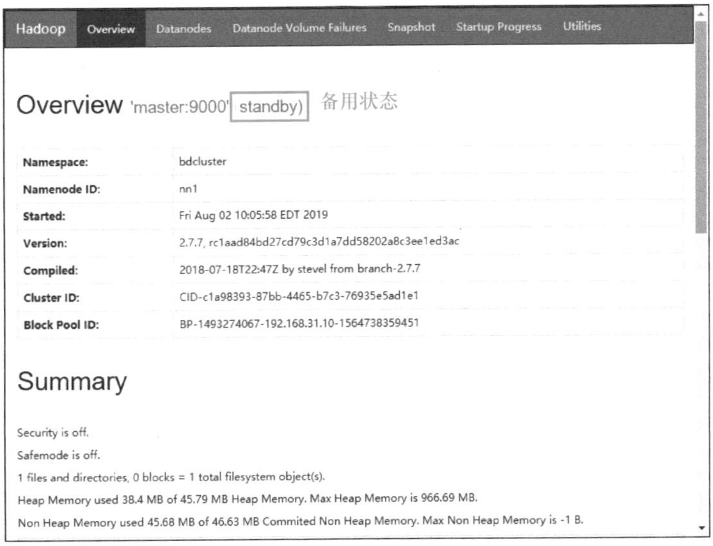

| Hadoop | Overview | Datanodes | Datanode Volume Failures | Snapshot | Startup Progress | Utilities |

Overview 'master:9000' standby) 备用状态

Namespace:	bdcluster
Namenode ID:	nn1
Started:	Fri Aug 02 10:05:58 EDT 2019
Version:	2.7.7, rc1aad84bd27cd79c3d1a7dd58202a8c3ee1ed3ac
Compiled:	2018-07-18T22:47Z by stevel from branch-2.7.7
Cluster ID:	CID-c1a98393-87bb-4465-b7c3-76935e5ad1e1
Block Pool ID:	BP-1493274067-192.168.31.10-1564738359451

Summary

Security is off.

Safemode is off.

1 files and directories, 0 blocks = 1 total filesystem object(s).

Heap Memory used 38.4 MB of 45.79 MB Heap Memory. Max Heap Memory is 966.69 MB.

Non Heap Memory used 45.68 MB of 46.63 MB Commited Non Heap Memory. Max Non Heap Memory is -1 B.

图 2-70 master HDFS 管理界面（备用状态）

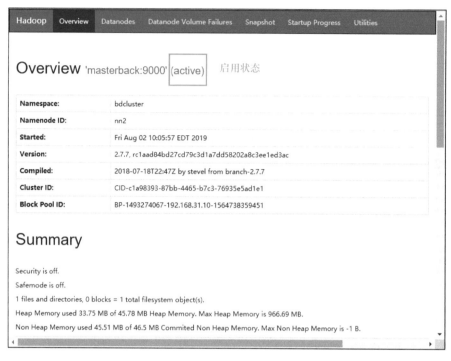

图 2-71　masterback HDFS 管理界面（启用状态）

第十三步： 自动切换节点。

当 masterback 节点 NameNode 发生故障无法使用时，master 节点会自动切换到启动状态，masterback 节点变为备用状态。首先查看进程号，之后使用 kill 命令通过进程号强制关闭 NameNode 进程，命令如下。

```
// 查看进程号
[root@masterback ~]# jps
// 强制关闭进程
[root@masterback ~]# kill 100562
```

效果如图 2-72 所示。

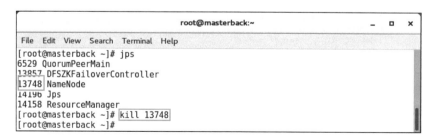

图 2-72　查看 NameNode 进程号并强制关闭进程

刷新 master 的可视化管理界面，可以发现 NameNode 的状态变为启动状态，如图 2-73 所示。

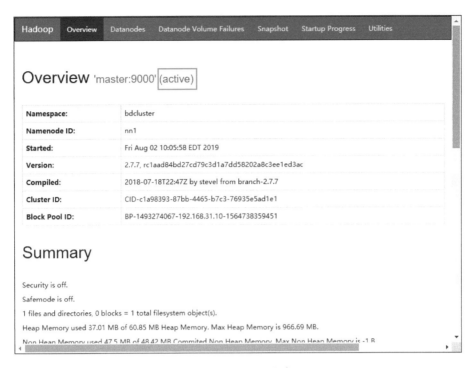

图 2-73   master 状态

至此，Hadoop 的核心组件配置完成。

本项目通过配置协调组件和 Hadoop 核心组件，对 ZooKeeper、HDFS、MapReduce 相关知识有了初步了解，对其所需的配置属性有所了解并掌握，并能够通过所学知识实现协调组件和 Hadoop 核心组件的环境配置。

Project 3

数据存储组件配置

问题导入

小张：环境搭建学得怎么样了？

小李：还可以吧，能根据学的内容搭建 Hadoop 和 ZooKeeper 环境。感觉还是蛮简单的。

小张：先不要得意，你需要学习的内容还很多。

小李：是吗？

小张：是的，还有很多。

小张：你还要学习数据存储组件的配置。

小李：好的，我这就去学习。

学习目标

通过对项目 3 相关内容的学习，了解 HBase 和 Cassandra 的相关概念，熟悉 HBase 体系架构，掌握 HBase 的相关配置，具有在 Linux 平台上搭建 HBase 环境的能力。

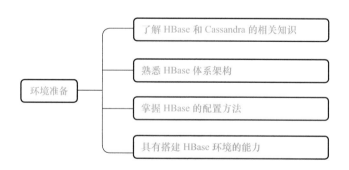

任务分析

本任务主要实现 HBase 组件的相关配置，使集群具有存储海量数据的能力。在任务实现过程中，了解 HBase 的数据模型和体系结构，掌握 HBase 包含的各个配置文件的作用及文件包含的属性。

任务技能

技能点 1　HBase 概述

1．HBase 简介

HBase（Hadoop Database）是一个基于 Java 语言开发的、能够运行在 HDFS 上的高可靠性、高性能、列存储、可伸缩的分布式存储系统，可以用来实现非结构化或半结构化数据的存储，并在廉价 PC 服务端上搭建起大规模结构化存储集群。

HBase 通过其集群化的存储结构能够实现海量数据的存储，相对于 MySQL、Oracle 等关系型数据库，HBase 的优势如下。

1）写入性能高，且几乎可以无限扩展。

2）存储容量大，不需要做分库分表，且维护简单。

3）适合存储半结构化（XML 和 JSON 等）、非结构化（文本、图片、HTML、图像和音频 / 视频信息等）的数据。

4）适合存储稀疏的数据，稀疏的数据中空的数据不占用空间。

5）面向列（族）进行存储，提供实时增删改查的能力。

6）可以存储海量数据、性能也很强大。

7）可以实现上亿条记录的毫秒级别的查询，但是不能提供严格的事务控制，只能在行级别保证事务。

8）可以利用 Hadoop HDFS 作为其文件存储系统，利用 Hadoop 的 MapReduce 来处理 HBase 中的海量数据，利用 ZooKeeper 作为协调工具。

尽管 HBase 有着诸多的优势，但其依然存在着一些不可忽略的缺点，有着它不能实现的功能，HBase 的缺点如下。

1）不能保证100%时间可用，死机回复时间（根据写入流量的不同）在几秒到几十秒。

2）在查询时，不支持SQL语句。

3）不提供索引功能，在查询时，必须按照RowKey严格查询，当不使用RowKey时过滤性能较低。

4）HBase在查询时会出现一些瑕疵，特别是在compact时，平均查询延迟在2～3ms，但存在瑕疵时会升高到几十到100多ms。

2．数据模型

HBase属于典型的key/value系统，数据以一张大表的格式进行存储，并根据需求进行动态变化，之后通过时间戳（后面会详细介绍时间戳）来进行区分。HBase数据模型如图3-1所示。

Row Key	Time Stamp	Column Family	
		Column1	Column2
r1	t3	c1	
	t2		c2
	t1	c3	
r2	t5	c4	c5
	t4		c6

图3-1　HBase数据模型

通过图3-1可以看出，HBase存储的数据可以被分为Row Key（行键）、Column Family（列族）、Column（列）、Cell（单元）和Time Stamp（时间戳）五个部分。

1）Row Key（行键）：检索记录的主键，访问HBaseTable中的行，可以由多个Column Family组成。

2）Column Family（列族）：数据表在水平方向由一个或者多个Column Family组成，一个Column Family中可以由任意多个Column组成，即Column Family支持动态扩展，无须预先定义Column的数量以及类型，所有Column均以二进制格式存储，用户需要自行进行类型转换。

3）Column（列）：由HBase中的列族Column Family＋列的名称（cell）组成，被连续存储在磁盘上。

4）Cell（单元）：HBase中通过row和columns确定存储单元格。

5）Time Stamp（时间戳）：表示一份数据在某个特定时间之前是已经存在的、完整的、可验证的数据，通常是一个字符序列或某一刻的时间。

3．HBase体系结构

HBase体系结构如图3-2所示。

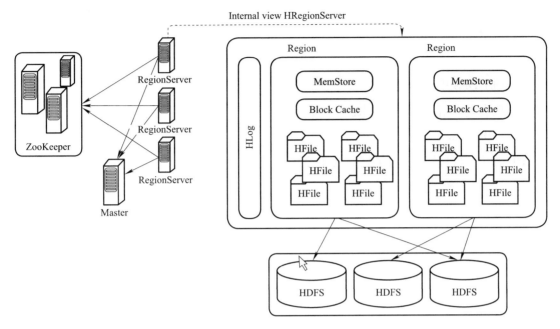

图 3-2　HBase 体系结构

HBase 同样采用 Master/Slave 架构实现集群的搭建，由 Client、ZooKeeper、HMaster、HRegionServer、HRegion、HStore、HLog 等部分组成。

（1）Client

HBase 客户端，能够实现：

1）将 HRegion 分配到某一个 RegionServer。

2）如果 RegionServer 死机了，HMaster 可以把这台机器上的 Region 迁移到处于运行状态的 RegionServer 上。

3）对 HRegionServer 进行负载均衡。

4）通过 HDFS 的 dfs client 接口回收垃圾文件。

（2）ZooKeeper

集群服务，主要功能如下。

1）保证集群中 HMaster 的唯一性。

2）存储 HRegion 的寻址入口。

3）实时监控 HRegionServer 的信息并实时通知 HMaster。

（3）HMaster

集群的管理服务器，一个 HBase 中能够启动多个 HMaster，主要功能如下。

1）负责管理 Table 和 HRegion（HBase 区域）。

2）负责 HRegionServer 的负载均衡。

3）处理模式变化和其他元数据操作请求，如数据表和列的创建。

（4）HRegionServer

HBase 的区域服务器，主要用于管理 HBase 中数据的存储，如：

1）向 HDFS 中读写数据。

2）负责处理用户的 I/O 请求。

（5）HRegion

HBase 能够自动把表水平划分成多个区域（Region），由多个 HStore 组成，能够将数据存储表保存在多个 RegionServer 上。

（6）HStore

HStore 是 HBase 存储的核心，由 memstore 和 storefiles 两个部分组成，用于实现数据写操作相关内容的管理。

（7）HLog

主要用于实现表数据操作日志记录的存储，之后在灾难恢复时使用，如 HRegionServer 意外退出时，MemStore 中内存数据丢失的记录就被存储在 HLog 中，之后可以通过 HLog 中的记录实现未保存数据的恢复。

思考阅读

随着我国科学技术水平的迅猛发展，经济和科学技术水平常年占据世界领先地位的美国逐渐感受到了威胁，曾公开表示所有与半导体有关的美国企业，都必须断绝与中国企业的深度合作。自此之后，我们深刻认识到高新技术"国产化"的重要性。长久以来，我国半导体产业一直受制于欧美国家。在制造设备、材料和工艺等方面不同程度地被限制，只能使用别人淘汰的技术进行低端产品的制造，高端芯片上主要依赖进口。直到华为麒麟芯片出现，我国在高端芯片市场才占有了一席之地。随着 5G 的到来，华为芯片更是凭借其前瞻性的技术创新，成为全球 5G 技术绝对的排头，一座绕不开的大山。

技能点 2 环境配置说明

1．HBase 下载

HBase 同样通过官网进行下载，步骤如下。

第一步：打开浏览器输入 https://hbase.apache.org/ 进入 HBase 的官网。

第二步：单击 Download 部分的"here"按钮进入 HBase 版本选择界面，如图 3-3 所示。

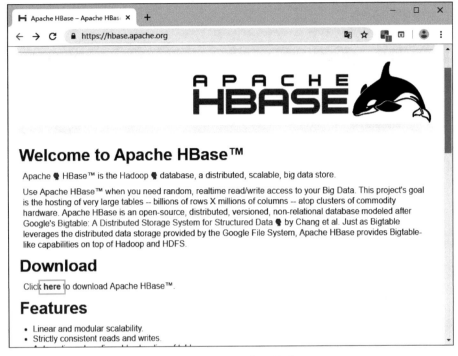

图 3-3　HBase 官网界面

第三步：选择需要的版本，这里选择的是 HBase 的 1.3.5 版本，单击"Download"列 1.3.5 版本对应的"bin"按钮，进入下载界面，如图 3-4 所示。

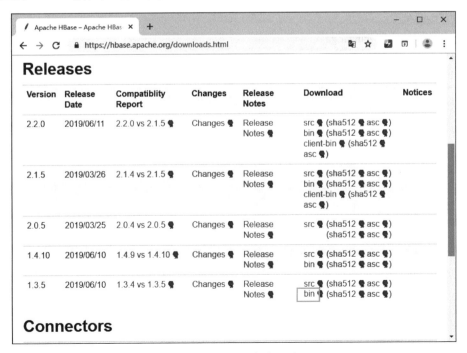

图 3-4　HBase 版本选择界面

第四步：单击对应的下载链接进行 HBase 的下载，如图 3-5 所示。

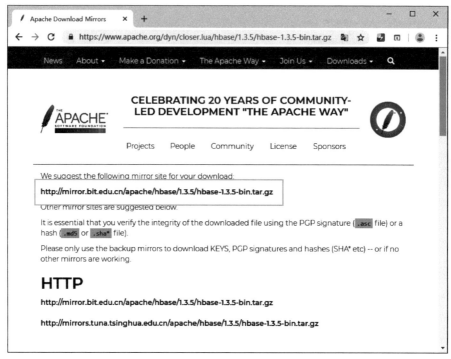

图 3-5　HBase 下载界面

第五步：将下载好的安装包放到主机的"/usr/local"目录，解压并将安装文件重命名为"hbase"，命令如下。

```
// 解压安装包
tar -zxvf hbase-1.3.5-bin.tar.gz
// 安装包文件重命名
mv hbase-1.3.5 hbase
```

效果如图 3-6 所示。

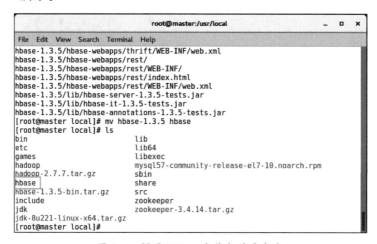

图 3-6　解压 HBase 安装包并重命名

2．HBase 配置说明

HBase 的配置同样是通过修改配置文件来完成的，在下载、解压并进入安装包之后，会出现图 3-7 所示的安装包文件。

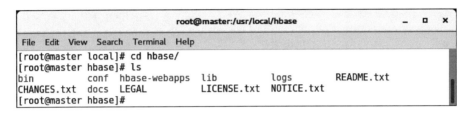

图 3-7　HBase 安装包包含的文件和目录

在 HBase 中，关于各个文件的解释如下。

- bin：脚本文件存储文件夹。
- conf：配置文件存储文件夹。
- hbase-webapps：JavaScript 文件存储文件夹。
- lib：HBase 运行时所依赖 Jar 包存储文件夹。
- NOTICE.txt：产品信息介绍文件。
- CHANGES.md：HBase 更改日志。
- docs：HBase 可视化界面文件存储文件夹。
- LEGAL：占位符文件。
- LICENSE.txt：Apache 许可证文件。
- README.txt：HBase 简介文件。

其中，HBase 较为常用且重要的配置文件和目录有"bin"目录和"conf"目录。

（1）bin 目录

HBase 中 bin 目录主要用于存储脚本文件，包含了多个 HBase 内置脚本，可以实现 HBase 服务的启动和停止等操作，bin 目录包含的脚本文件如图 3-8 所示。

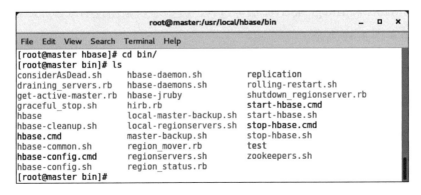

图 3-8　bin 目录包含的脚本文件

在图 3-8 中包含了很多文件，其中，以".sh"为扩展名的文件为 Linux 脚本文件，以".cmd"为扩展名的文件为 Windows 环境命令，见表 3-1。

表 3-1 bin 目录包含的脚本文件说明

脚　本	描　述
start-hbase.sh	开启 HBase 服务
stop-hbase.sh	关闭 HBase 服务
hbase-daemon.sh	开启或关闭单个节点的 Master、RegionServer 或 ZooKeeper 服务
hbase-daemons.sh	开启或关闭所有节点的 RegionServer、ZooKeeper 或 Backup-Master 服务

1) start-hbase.sh、stop-hbase.sh 是两个用于操作 HBase 服务的脚本，其中，start-hbase.sh 用于启动 HBase 服务，stop-hbase.sh 用于关闭 HBase 服务，语法格式如下。

```
./start-hbase.sh
./stop-hbase.sh
```

使用 start-hbase.sh 启动服务效果如图 3-9 所示。

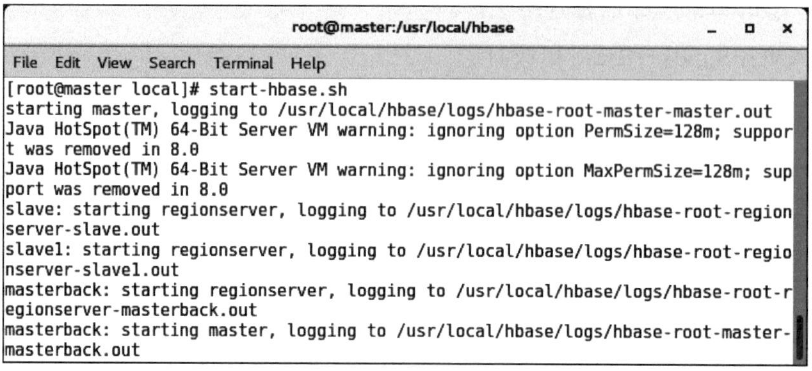

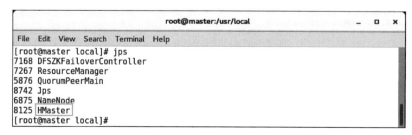

图 3-9　使用 start-hbase.sh 启动服务效果

查看进程以判断 HBase 服务是否启动成功，其中，主节点出现 HMaster 服务进程，而备份节点出现 HMaster 和 HRegionServer 服务进程，数据节点则出现 HRegionServer 服务进程。效果如图 3-10 ～图 3-12 所示。

图 3-10　主节点进程

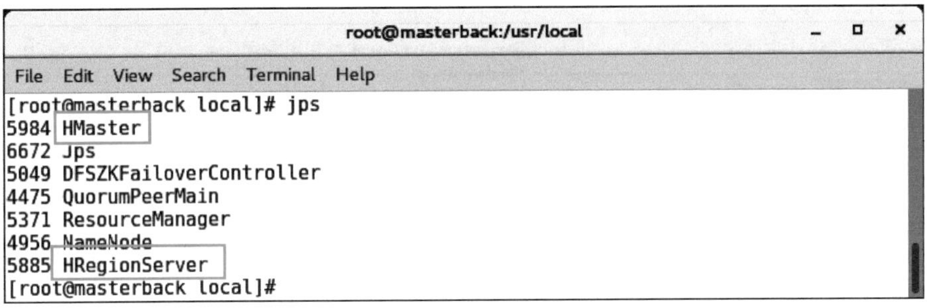

图 3-11　备份节点进程

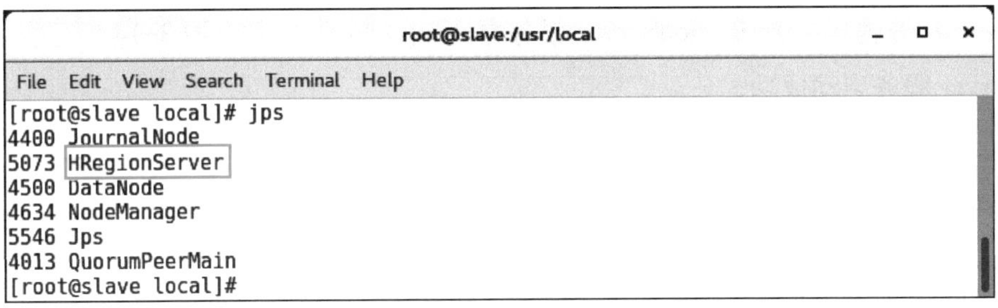

图 3-12　数据节点进程

2) hbase-daemon.sh、hbase-daemons.sh 同样是用于操作服务的相关脚本，其中，hbase-daemon.sh 主要用于实现当前节点 Master、RegionServer 或 ZooKeeper 服务的开启、关闭、重启等，而 hbase-daemons.sh 用于对所有节点 RegionServer、ZooKeeper 或 Backup-Master 服务的开启、关闭、重启等操作。hbase-daemon.sh 和 hbase-daemons.sh 在使用时都包含两个参数，第一个参数为指定操作，第二个参数为指定的服务名称。hbase-daemon.sh 和 hbase-daemons.sh 包含的指定操作见表 3-2。

表 3-2　hbase-daemon.sh 和 hbase-daemons.sh 包含的指定操作

参　数	描　述
start	开启
stop	关闭
restart	重新开启

hbase-daemon.sh 和 hbase-daemons.sh 的语法格式如下。

```
// 开启当前节点的 RegionServer 服务
./hbase-daemon.sh start regionserver
// 开启全部节点的 RegionServer 服务
./hbase-daemons.sh start regionserver
```

使用 hbase-daemon.sh 启动主节点 RegionServer 服务效果如图 3-13 所示。

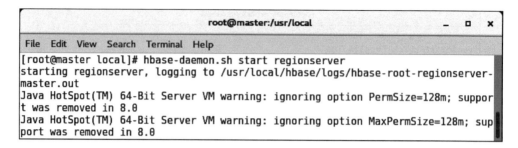

图 3-13　使用 hbase-daemon.sh 启动主节点 RegionServer 服务效果

之后查看进程以判断 RegionServer 服务是否启动成功，出现图 3-14 所示的服务说明 RegionServer 服务启动成功。

图 3-14　主节点进程

（2）conf 目录

conf 目录主要用于存储 HBase 的相关配置文件，如 hbase-site.xml、hbase-env.sh。conf 目录包含的内容如图 3-15 所示。

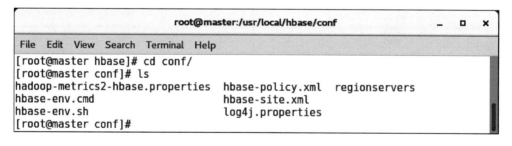

图 3-15　conf 目录包含的内容

其中，hbase-site.xml 和 hbase-env.sh 是非常重要的两个文件。

1）hbase-site.xml 是 HBase 主配置文件，可以对运行模式、ZooKeeper 主机等进行设置，hbase-site.xml 包含的配置属性见表 3-3。

表 3-3　hbase-site.xml 包含的配置属性

属　　性	描　　述
hbase.rootdir	RegionServer 的共享目录，用来持久化 HBase
hbase.master.port/hbase.master	HBase 的 master 的端口号，如果只设置单个 master 节点，值格式为 master5:60000（主机名 :60000），如果要设置多个 master 节点，只需要提供端口 60000 即可
hbase.cluster.distributed	HBase 的运行模式，false 是单机模式，true 是分布式模式
hbase.local.dir	本地存储路径
hbase.zookeeper.quorum	ZooKeeper 集群的地址列表，用逗号分隔
hbase.regionserver.port	HBase RegionServer 绑定的端口
hbase.client.retries.number	最大重试次数，默认为 35
hbase.client.pause	重试的休眠时间，默认为 1s
hbase.zookeeper.property.dataDir	ZooKeeper 的 zoo.conf 中的配置，快照的存储位置
hbase.zookeeper.property.clientPort	ZooKeeper 的 zoo.conf 中的配置，客户端连接的端口
hbase.zookeeper.peerport	ZooKeeper 节点使用的端口
hbase.tmp.dir	本地文件系统的临时文件夹
hbase.master.maxclockskew	设置节点时间差
hbase.client.write.buffer	HTable 客户端的写缓冲的默认大小
hbase.regionserver.msginterval	RegionServer 发消息给 master 的时间间隔，单位是 ms
zookeeper.session.timeout	ZooKeeper 会话超时
hbase.regionserver.restart.on.zk.expire	HBase 死机后，是否重新启动
hbase.rest.port	HBase REST server 的端口
hbase.regionserver.info.bindAddress	HBase RegionServer web 界面的 IP 地址
hbase.snapshot.enabled	是否允许快照
hbase.snapshot.restore.failsafe.name	快照名称
hbase.mob.file.cache.size	缓存文件处理数量，默认为 1000
hbase.rpc.rows.warning.threshold	批量操作的行数，超过次数会记录一个警告日志，默认为 5000 行

常用属性使用的语法格式如下。

```
<configuration>
    <property>
        <name> 属性 </name>
        <value> 值 </value>
        <description> 注释 </description>
    </property>
    <property>
```

```
                <name> 属性 </name>
                <value> 值 </value>
                <description> 注释 </description>
            </property>
        </configuration>
```

2）hbase-env.sh 用于实现 Java 与 Hadoop 路径的设置。在 hbase-env.sh 中可以使用的配置属性见表 3-4。

表 3-4　在 hbase-env.sh 中可以使用的配置属性

属　　性	说　　明
JAVA_HOME	Java 安装目录
HBASE_CLASSPATH	Hadoop 配置文件的地址
HBASE_HEAPSIZE	JVM 堆的大小，单位为 MB
HBASE_OPTS	内存回收设置
HBASE_MANAGES_ZK	是否使用自带 ZooKeeper
HBASE_LOG_DIR	HBase 日志目录

其中，HBASE_OPTS 包含的属性值见表 3-5。

表 3-5　HBASE_OPTS 包含的属性值

属　性　值	说　　明
-Xmx	最大堆内存
-Xms	初始堆内存设置与最大堆内存一样大
-Xmn	新生代内存大小
-XX:+UseParNewGC	新生代采用 ParallelGC 回收器
-XX:+UseConcMarkSweepGC	老生代采用 CMS 回收器
-XX:CMSInitiatingOccupancyFraction=70	初始占用比为 70% 的时候开始 CMS 回收

语法格式如下。

```
export 属性 = 属性值
```

3．HBase Web UI

与 Hadoop 相同，在 HBase 中，同样存在着一个用于查看 HBase 相关新的可视化界面，只需在浏览器中输入"主机名称:16010"即可进入该信息查看界面，如图 3-16 所示。

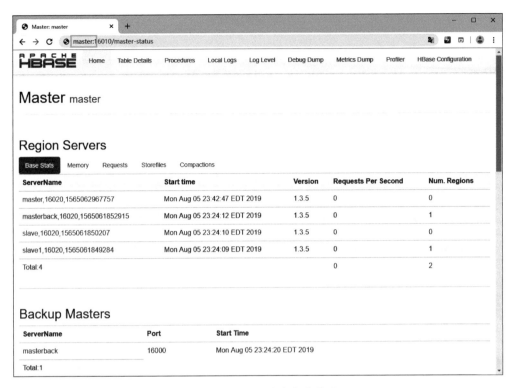

图 3-16 HBase 信息查看界面

图 3-16 所示界面即为首界面（Home 界面），主要用于展示当前节点的统计信息，包含的几个部分见表 3-6。

表 3-6 首界面包含的几个部分

部 分 名 称	描 述
Region Servers	统计 HBase 服务器名称、开始运行时间、版本、吞吐量等信息
Backup Masters	备份节点信息统计
Tables	表信息统计
Tasks	任务信息统计
Software Attributes	版本属性信息

其中，Region Servers 部分包含的信息见表 3-7。

表 3-7 Region Servers 部分包含的信息

信 息 名 称	描 述
ServerName	正在提供服务的区域服务器名称
Start time	开始启动时间
Version	HBase 版本
Requests Per Second	吞吐量
Num.Regions	区域服务器数量

除了主界面外，还包含一些子界面，能够查看表的详细信息、程序信息、日志信息、配置信息等，子界面属性见表 3-8。

表 3-8　子界面属性

名　称	描　述
Table Details	表详细信息
Procedures	程序相关信息
Local Logs	本地日志信息
Log Level	日志级别操作
Debug Dump	调试信息
Metrics Dump	操作信息
Profiler	探查器信息
HBase Configuration	HBase 配置信息

任务实施

【任务目的】

通过以下几个步骤，实现大数据集群中 HBase 的相关配置后通过 HBase Web UI 查看 HBase 相关信息判断 HBase 是否能够正常使用。

【任务流程】

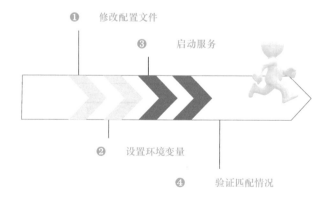

❶ 修改配置文件
❸ 启动服务
❷ 设置环境变量
❹ 验证匹配情况

【任务步骤】

第一步：配置 hbase-site.xml 文件。

在 master 节点，进入 HBase 的 conf 目录，打开 hbase-site.xml，进行 HBase 的相关配置，包含共享目录设置、运行模式选择、死机配置等，命令如下。

```
[root@master local]# cd hbase/conf/
[root@master conf]# vi hbase-site.xml
// 将如下内容添加到 <configuration></configuration> 标签中。
<property>
    <name>hbase.rootdir</name>
    <value>hdfs://master:9000/hbase</value>
    <description>region server 的共享目录，用来持久化 HBase</description>
</property>
<property>
    <name>hbase.cluster.distributed</name>
    <value>true</value>
    <description>HBase 的运行模式，false 是单机模式，true 是分布式模式 </description>
</property>
<property>
    <name>hbase.zookeeper.quorum</name>
    <value>master,masterback,slave,slave1</value>
    <description>ZooKeeper 集群的地址列表，用逗号分割 </description>
</property>
<property>
    <name>hbase.master</name>
    <value>60000</value>
    <description>HBase 的 Master 的端口号 </description>
</property>
<property>
    <name>hbase.zookeeper.property.dataDir</name>
    <value>/usr/local/zookeeper/data</value>
    <description>ZooKeeper 的 zoo.conf 中的配置，快照的存储位置 </description>
</property>
<property>
    <name>hbase.master.maxclockskew</name>
    <value>120000</value>
    <description> 设置节点时间差 </description>
</property>
<property>
    <name>hbase.zookeeper.property.clientPort</name>
    <value>2181</value>
    <description>ZooKeeper 的 zoo.conf 中的配置，客户端连接的端口 </description>
</property>
<property>
    <name>hbase.regionserver.restart.on.zk.expire</name>
    <value>true</value>
    <description>HBase 死机后，是否重新启动 </description>
</property>
```

第二步：配置 hbase-env.sh 文件。

hbase-site.xml 文件配置完成后，打开 hbase-env.sh 文件进行 JDK 和 Hadoop 环境、JVM 优化、ZooKeeper 使用等内容的配置，命令如下。

```
[root@master conf]# vi hbase-env.sh
// 在配置文件末尾添加如下内容
export JAVA_HOME=/usr/local/jdk
export HBASE_CLASSPATH=/usr/local/hadoop/etc/hadoop
export HBASE_HEAPSIZE=1000
export HBASE_OPTS="-XX:+UseConcMarkSweepGC"
export HBASE_LOG_DIR=${HBASE_HOME}/logs
export HBASE_MANAGES_ZK=false
```

第三步：配置全局变量。

打开全局变量配置文件 bashrc，配置 HBase 的安装目录和包含的 bin 目录，使 HBase 的脚本文件可以在任意目录下执行，之后使配置文件修改生效，命令如下。

```
[root@master conf]# vi ~/.bashrc
// 在末尾添加如下内容
export HBASE_HOME=/usr/local/hbase
export PATH=$PATH:$HBASE_HOME/bin
// 配置文件修改生效
[root@master conf]# source ~/.bashrc
```

第四步：配置节点。

修改 regionservers 文件，将其余三个节点的名称写入，之后重新创建一个名为"backup-masters"的文件，写入备份节点名称，命令如下。

```
[root@master conf]# vi regionservers
// 文件内容如下
masterback
slave
slave1
[root@master conf]# vi backup-masters
// 文件内容如下
masterback
```

第五步：分发文件。

在将配置文件设置完成后，通过分发的方式将修改好的文件或文件夹发送到集群的其他节点，命令如下。

```
// 进入 usr/local 目录
[root@master conf]# cd /usr/local/
//HBase 的安装目录分发
```

```
[root@master local]# scp -r /usr/local/hbase/ masterback:/usr/local/
[root@master local]# scp -r /usr/local/hbase/ slave:/usr/local/
[root@master local]# scp -r /usr/local/hbase/ slave1:/usr/local/
// 全局配置文件分发
[root@master ~]# scp –r ~/.bashrc masterback:~/
[root@master ~]# scp –r ~/.bashrc slave:~/
[root@master ~]# scp –r ~/.bashrc slave1:~/
// 配置文件生效
[root@masterback ~]# source ~/.bashrc
[root@slave1 ~]# source ~/.bashrc
[root@slave2 ~]# source ~/.bashrc
```

效果如图 3-17 和图 3-18 所示。

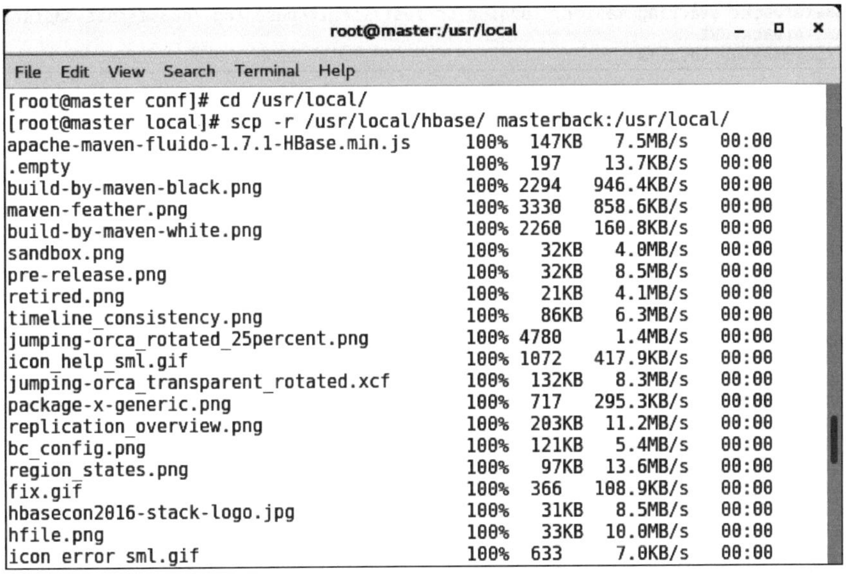

```
root@master:/usr/local
File Edit View Search Terminal Help
[root@master conf]# cd /usr/local/
[root@master local]# scp -r /usr/local/hbase/ masterback:/usr/local/
apache-maven-fluido-1.7.1-HBase.min.js      100%  147KB   7.5MB/s   00:00
.empty                                      100%  197    13.7KB/s   00:00
build-by-maven-black.png                    100% 2294   946.4KB/s   00:00
maven-feather.png                           100% 3330   858.6KB/s   00:00
build-by-maven-white.png                    100% 2260   160.8KB/s   00:00
sandbox.png                                 100%   32KB   4.0MB/s   00:00
pre-release.png                             100%   32KB   8.5MB/s   00:00
retired.png                                 100%   21KB   4.1MB/s   00:00
timeline_consistency.png                    100%   86KB   6.3MB/s   00:00
jumping-orca_rotated_25percent.png          100% 4780     1.4MB/s   00:00
icon_help_sml.gif                           100% 1072   417.9KB/s   00:00
jumping-orca_transparent_rotated.xcf        100%  132KB   8.3MB/s   00:00
package-x-generic.png                       100%  717   295.3KB/s   00:00
replication_overview.png                    100%  203KB  11.2MB/s   00:00
bc_config.png                               100%  121KB   5.4MB/s   00:00
region_states.png                           100%   97KB  13.6MB/s   00:00
fix.gif                                     100%  366   108.9KB/s   00:00
hbasecon2016-stack-logo.jpg                 100%   31KB   8.5MB/s   00:00
hfile.png                                   100%   33KB  10.0MB/s   00:00
icon_error_sml.gif                          100%  633     7.0KB/s   00:00
```

图 3-17　分发 HBase 的安装目录

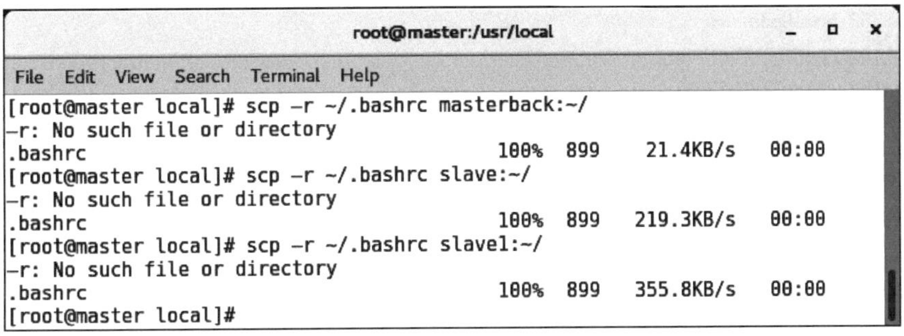

```
root@master:/usr/local
File Edit View Search Terminal Help
[root@master local]# scp –r ~/.bashrc masterback:~/
–r: No such file or directory
.bashrc                                     100%  899    21.4KB/s   00:00
[root@master local]# scp –r ~/.bashrc slave:~/
–r: No such file or directory
.bashrc                                     100%  899   219.3KB/s   00:00
[root@master local]# scp –r ~/.bashrc slave1:~/
–r: No such file or directory
.bashrc                                     100%  899   355.8KB/s   00:00
[root@master local]#
```

图 3-18　分发全局配置文件

第六步：启动服务。

在 master 节点使用 start-hbase.sh 脚本启动 HBase 的服务，之后通过 JPS 在各个节点验证服务进程是否启动成功，命令如下。

```
[root@master local]# start-hbase.sh
[root@master local]# jps
```

效果如图 3-19 ～图 3-23 所示。

```
root@master:/usr/local                          _  □  ×
File  Edit  View  Search  Terminal  Help
[root@master local]# start-hbase.sh
starting master, logging to /usr/local/hbase/logs/hbase-root-master-master.out
Java HotSpot(TM) 64-Bit Server VM warning: ignoring option PermSize=128m; suppor
t was removed in 8.0
Java HotSpot(TM) 64-Bit Server VM warning: ignoring option MaxPermSize=128m; sup
port was removed in 8.0
masterback: starting regionserver, logging to /usr/local/hbase/logs/hbase-root-r
egionserver-masterback.out
slave: starting regionserver, logging to /usr/local/hbase/logs/hbase-root-region
server-slave.out
slave1: starting regionserver, logging to /usr/local/hbase/logs/hbase-root-regio
nserver-slave1.out
masterback: starting master, logging to /usr/local/hbase/logs/hbase-root-master-
masterback.out
[root@master local]#
```

图 3-19 启动 HBase 的服务

```
root@master:/usr/local                          _  □  ×
File  Edit  View  Search  Terminal  Help
[root@master local]# jps
58193 QuorumPeerMain
60763 DFSZKFailoverController
60460 NameNode
62366 HMaster
60863 ResourceManager
63007 Jps
[root@master local]#
```

图 3-20 master 节点服务

```
root@masterback:~                               _  □  ×
File  Edit  View  Search  Terminal  Help
[root@masterback ~]# jps
35456 DFSZKFailoverController
36466 HRegionServer
34919 QuorumPeerMain
35353 NameNode
37003 Jps
36573 HMaster
14158 ResourceManager
[root@masterback ~]#
```

图 3-21 masterback 节点服务

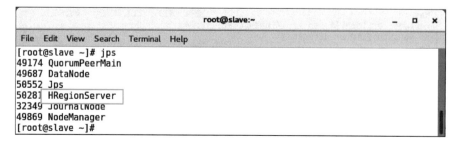

```
root@slave:~                                    _  □  ×
File  Edit  View  Search  Terminal  Help
[root@slave ~]# jps
49174 QuorumPeerMain
49687 DataNode
50552 Jps
50281 HRegionServer
32349 JournalNode
49869 NodeManager
[root@slave ~]#
```

图 3-22 slave 节点服务

root@slave1:~
File Edit View Search Terminal Help
[root@slave1 ~]# jps
50256 QuorumPeerMain
50944 NodeManager
50753 DataNode
33907 JournalNode
51336 HRegionServer
51599 Jps
[root@slave1 ~]#

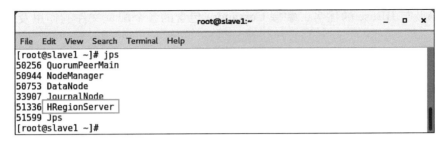

图 3-23　slave1 节点服务

第七步：验证匹配情况。

HBase 服务启动完成后，可在浏览器输入“master:16010”访问 HBase 管理界面进行验证，如果可以访问则说明 HBase 配置成功，反之则失败，访问 HBase 管理界面效果如图 3-24 所示。

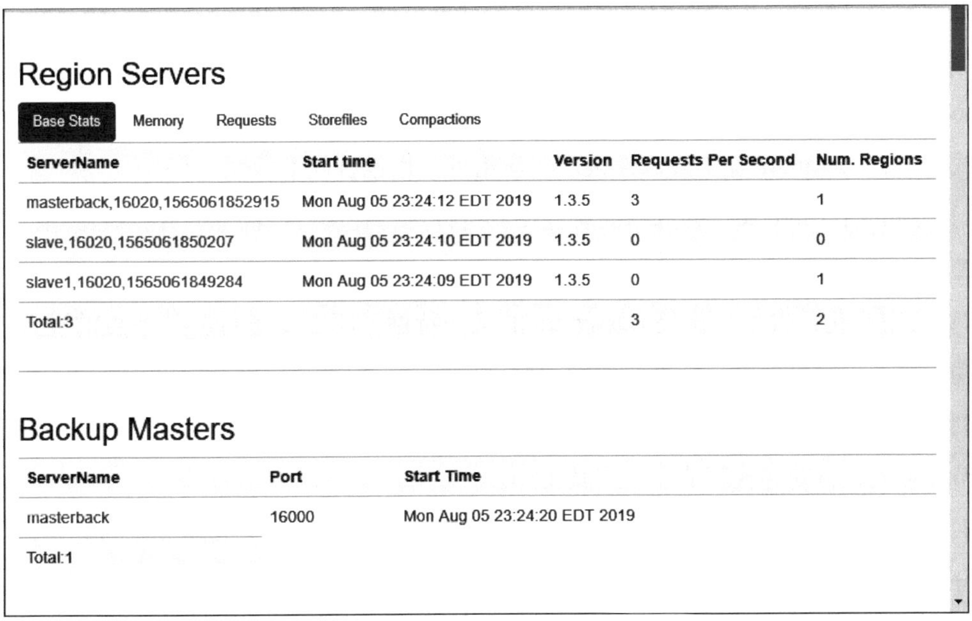

Region Servers
Base Stats
Memory
Requests
Storefiles
Compactions
ServerName
Start time
Version
Requests Per Second
Num. Regions
masterback,16020,1565061852915
Mon Aug 05 23:24:12 EDT 2019
1.3.5
3
1
slave,16020,1565061850207
Mon Aug 05 23:24:10 EDT 2019
1.3.5
0
0
slave1,16020,1565061849284
Mon Aug 05 23:24:09 EDT 2019
1.3.5
0
1
Total:3
3
2
Backup Masters
ServerName
Port
Start Time
masterback
16000
Mon Aug 05 23:24:20 EDT 2019
Total:1

图 3-24　HBase 管理界面

至此，HBase 组件配置完成。

任务 2 Cassandra 配置

任务分析

本任务主要实现 Cassandra 组件的相关配置。在任务实现过程中，了解 Cassandra 的

相关概念以及与 HBase 的优劣，掌握 Cassandra 包含的各个配置文件的作用及文件包含的属性。

任务技能

技能点 1　Cassandra 简介

1．Cassandra 概念

Cassandra（Apache Cassandra）是一个由 Facebook 开发的分布式 NoSQL 数据库系统，主要用于实现收件箱、大型表格等简单数据格式的存储，并于 2008 年开源，在 2009 年 1 月加入 Apache 基金会成为孵化器项目，在 2010 年 3 月成为 Apache 的顶级项目之一。之后被 Facebook、Digg、Twitter 等知名企业所采纳，逐渐成为非常受欢迎的分布式结构化数据存储方式之一。Cassandra 除了开源性被广泛应用外，还包含以下特性。

1）分布式：Cassandra 的分布式特性使其可以运行在多台机器上，并呈现给用户一个一致的整体。

2）去中心化：去中心化是 Cassandra 的又一特性，不需要进行主从节点的设置，每个节点功能相同，解决了单一节点失效的问题。

3）弹性可扩展：Cassandra 通过弹性可扩展特性，可以在不停止集群的情况下将配置好的新节点加入，自动寻找新节点并使其工作。

4）高可用与容错：Cassandra 可以在不中断集群的情况下实现故障节点的替换，并将其数据分布到其他正常使用的节点中，为集群的运行提供保障。

5）面向行：Cassandra 尽管属于 NoSQL 数据库之一，但其并不是面向列的存储结构，而是面向行存储。

6）灵活的数据存储：Cassandra 支持多种数据结构的存储，包含结构化、半结构化和非结构化的数据，并根据需求进行数据结构的更改。

7）快速写入：Cassandra 可以在低性能的主机上运行，能够实现数据的快速写入，达到数百 TB 的规模，而不会牺牲读取效率。

2．Cassandra 与 HBase 比较

Cassandra 与 HBase 同属于 NoSQL 数据库，并且都在分布式场景应用，Cassandra 与 HBase 的异同见表 3-9。

表 3-9　Cassandra 与 HBase 的异同

Cassandra	HBase
Cassandra 是 P2P 架构，无单点失效问题	HBase 是主从结构，可能有单点问题
Cassandra 是 AP 系统，也可以通过调整参数使它成为 CP 系统	HBase 是 CP 系统，具有强一致性，对数据有强一致性需求时使用
Cassandra 是一个数据存储和数据管理系统	HBase 只负责数据管理，它需要配合 HDFS 和 ZooKeeper 来搭建集群
Cassandra 写数据的性能好一些，但读数据性能不会损失太多	HBase 在数据一致性和 scan 的性能比较好，但获取的数据不是 scan 出来的，并且数据不一致
安全方面都提供了比较细粒度的权限	
都适合存放 time-series data，如传感器数据、网站访问数据、用户行为数据	
Cassandra 是基于一致性的哈希存储，所以数据分布得比较均匀，平均读写性能比较好	HBase 的 maseter 节点会将过载的 RegionServer 上的 region 动态分配到压力较低的 RegionServer 上，对热点数据的负载均衡比较好
Cassandra 不支持基于范围的行扫描	HBase 非常适合进行基于范围的扫描
Cassandra 随机分区提供了跨越单行的行复制	HBase 提供跨越一个 HBase 集群的异步复制

技能点 2　环境配置说明

1．Cassandra 下载

Cassandra 同样通过官方网址进行源码包的下载，只需以下几个步骤即可，步骤如下。

第一步：进入 Cassandra 的官网 https://cassandra.apache.org/，如图 3-25 所示。

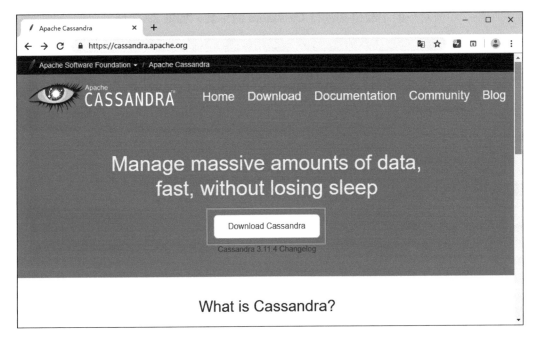

图 3-25　Cassandra 官网界面

第二步：单击 "Download Cassandra" 按钮进入 Cassandra 版本选择界面。

第三步：选择需要的版本，这里选择的是 Cassandra 的 3.11.4 版本，单击"3.11.4"按钮，进入该版本的下载界面，如图 3-26 所示。

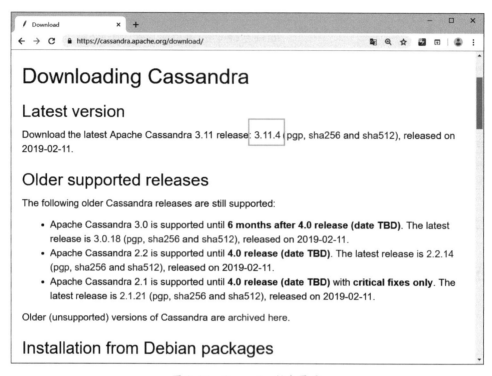

图 3-26　Cassandra 版本界面

第四步：单击对应的下载链接进行 Cassandra 的下载，如图 3-27 所示。

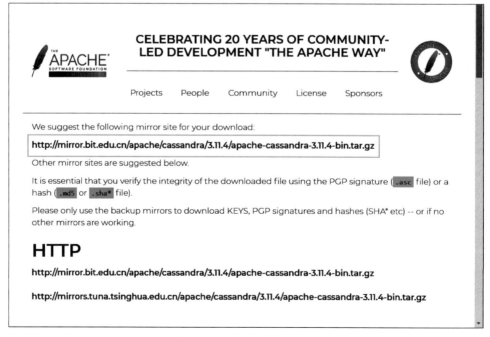

图 3-27　Cassandra 下载界面

第五步：将下载好的安装包放到主机的"/usr/local"目录，解压并将安装文件重命名为"cassandra"，命令如下。

```
// 解压安装包
tar -zxvf apache-cassandra-3.11.4-bin.tar.gz
// 安装包文件重命名
mv apache-cassandra-3.11.4 cassandra
```

效果如图 3-28 所示。

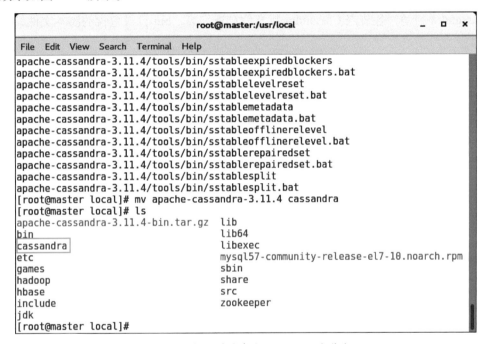

图 3-28　解压并重命名 Cassandra 安装包

2．Cassandra 配置说明

Cassandra 的配置同样是通过修改配置文件完成的，在下载、解压并进入安装包之后，会出现图 3-29 所示的安装包文件。

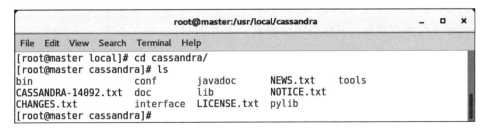

图 3-29　Hadoop 安装包文件

在 Cassandra 中，关于各个文件的解释如下。

● bin：脚本文件存储文件夹。

● conf：配置文件存储文件夹。

- javadoc：包含了 Java 的 JavaDoc 工具自动生成的站点文档。
- tools：Cassandra 工具文件。
- interface：包含 Cassandra 支持的远程调用客户端 API 的介绍文件。
- lib：包含 Cassandra 运行所需的外部库。

其中，Cassandra 较为常用且重要的配置文件和目录有"bin"目录和"conf"目录。

（1）bin 目录

Cassandra 中 bin 目录主要用于存储脚本文件，包含了多个 Cassandra 的内置脚本，可以实现 Cassandra 启动、各节点 Cassandra 状态信息查询等，bin 目录包含的脚本文件如图 3-30 所示。

```
root@master:/usr/local/cassandra/bin                           _  □  ×

File  Edit  View  Search  Terminal  Help
[root@master cassandra]# cd bin/
[root@master bin]# ls
cassandra          cqlsh.py          sstableloader.bat    sstableverify
cassandra.bat      debug-cql         sstablescrub         sstableverify.bat
cassandra.in.bat   debug-cql.bat     sstablescrub.bat     stop-server
cassandra.in.sh    nodetool          sstableupgrade       stop-server.bat
cassandra.ps1      nodetool.bat      sstableupgrade.bat   stop-server.ps1
cqlsh              source-conf.ps1   sstableutil
cqlsh.bat          sstableloader     sstableutil.bat
[root@master bin]#
```

图 3-30 bin 目录包含的脚本文件

在图 1-30 中，包含了很多文件，其中，以".sh"为扩展名的文件为 Linux 脚本文件，以".bat"为扩展名的文件为 Windows 环境命令，见表 3-10。

表 3-10 bin 目录包含的脚本文件说明

脚　　本	描　　述
cassandra	Cassandra 命令行操作
cqlsh	Cassandra Shell 命令窗口
nodetool	Cassandra 工具包

1）cassandra：cassandra 脚本是 Cassandra 的命令行操作，可以实现 Cassandra 服务的启动、Cassandra 版本查看等，其包含多个参数，见表 3-11。

表 3-11 cassandra 脚本包含多个参数

参　　数	描　　述
-F	在前台启动 Cassandra 进程
-h	查看帮助信息
-p 文件名	将进程 ID 记录在指定的文件中
-v	查看 Cassandra 版本
-R	root 用于启动 Cassandra 进程

语法格式如下。

> ./cassandra - 参数

使用 cassandra 启动 Cassandra 服务效果如图 3-31 所示。

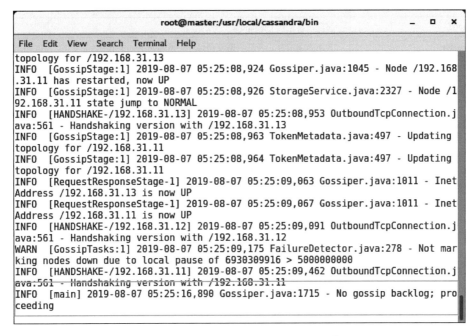

图 3-31　使用 cassandra 启动 Cassandra 服务效果

2) cqlsh：主要用于实现 Cassandra Shell 命令窗口的开启操作，之后可以在这个窗口进行 Cassandra 数据的相关操作，如数据的创建、数据的添加等。cqlsh 脚本的语法格式如下。

> ./cqlsh 集群节点的 IP 地址

重新打开一个命令窗口，进入 bin 目录，使用 cqlsh 脚本开启 Cassandra Shell 命令窗口，效果如图 3-32 所示。

```
root@master:/usr/local/cassandra/bin                _  □  ×

File  Edit  View  Search  Terminal  Help
[root@master bin]# ./cqlsh 192.168.31.10
Connected to AaronTest Cluster at 192.168.31.10:9042.
[cqlsh 5.0.1 | Cassandra 3.11.4 | CQL spec 3.4.4 | Native protocol v4]
Use HELP for help.
cqlsh>
```

图 3-32　开启 Cassandra Shell 命令窗口

3) nodetool：nodetool 脚本是 Cassandra 的工具集合，通过指定的参数可以实现 Cassandra 版本的查看、节点信息的查看、节点的移除等，nodetool 包含的常用参数见表 3-12。

表 3-12　nodetool 包含的常用参数

参　　数	描　　述
version	显示当前 Cassandra 的版本信息
status	显示当前集群各个节点 Cassandra 服务的状态，UN 表示正常，DN 表示死机
stopdaemon	关闭 Cassandra 服务
removenode	移除没有运行 Cassandra 服务的节点
decommission	关闭当前节点，并把数据复制到环中紧邻的下一个节点
snapshot	用于创建快照信息，即数据备份，可用于数据的恢复

语法格式如下。

```
./nodetool 参数
```

使用 nodetool 查看各个节点 Cassandra 服务的状态，效果如图 3-33 所示。

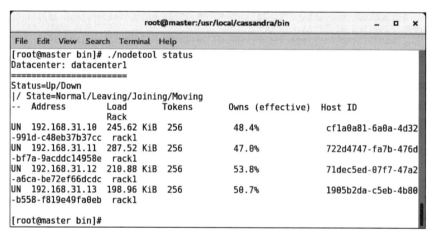

图 3-33　使用 nodetool 查看各个节点 Cassandra 服务的状态

（2）conf 目录

conf 是 Cassandra 的配置文件存储目录，Cassandra 环境搭建所需的相关配置就是通过修改 conf 包含的文件完成的。conf 目录包含的内容如图 3-34 所示。

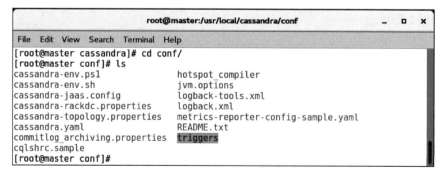

图 3-34　conf 目录包含的内容

其中，cassandra.yaml 文件是最重要的一个，是 Cassandra 的主配置文件，可以对集群节点、主机 IP 地址、数据存储路径等进行配置，cassandra.yaml 包含的配置属性见表 3-13。

表 3-13 cassandra.yaml 包含的配置属性

属　　性	描　　述
cluster_name	设置 Cassandra 集群的名称
initial_token	Cassandra 服务器的初始化 Token 值
authenticator	验证使用 Cassandra 的用户是否合法
data_file_directories	数据文件在磁盘中的存储位置
commitlog_directory	commitlog 文件在磁盘中的存储位置
saved_caches_directory	数据缓存文件在磁盘中的存储位置
seeds	Cassandra 集群中的各节点 IP 地址
concurrent_reads	并发读取的线程数
concurrent_writes	并发写入的线程数
listen_address	Cassandra 集群中服务器与服务器之间相互通信的地址，一般使用本机 IP 地址
rpc_address	Cassandra 服务器对外提供服务的地址，一般使用本机 IP 地址
rpc_port	Cassandra 服务器对外提供服务的端口号
start_rpc	thrift rpc 服务是否开启，默认为 false，不开启

常用属性使用的语法格式如下。

> 属性 : 属性值

任务实施

【任务目的】

通过以下几个步骤，实现 Cassandra 组件的相关配置并通过查看集群各节点 Cassandra 服务状态验证是否配置成功。

【任务流程】

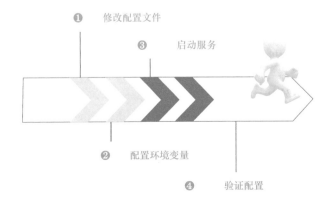

❶　修改配置文件

❸　启动服务

❷　配置环境变量

❹　验证配置

【任务步骤】

第一步：创建目录。

进入 Cassandra 安装文件，分别创建一个名为 data 的数据文件存储目录和一个名为 commitlog 的 commitlog 文件存储目录，命令如下。

```
[root@master local]# cd cassandra/
[root@master cassandra]# mkdir data
[root@master cassandra]# mkdir commitlog
[root@master cassandra]# ls
```

效果如图 3-35 所示。

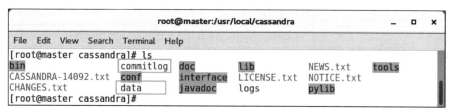

图 3-35　创建目录

第二步：配置 cassandra.yaml 文件。

进入 conf 目录，修改 cassandra.yaml 文件对集群名称、数据存储文件夹路径、集群节点 IP 地址等进行配置，命令如下。

```
[root@master cassandra]# cd conf/
[root@master conf]# vi cassandra.yaml
// 找到对应的属性，修改其属性值，内容如下：

# 修改集群名称
cluster_name: 'AaronTest Cluster'
# 数据文件在磁盘中的存储位置
data_file_directories:
     - /data
#commitlog 文件在磁盘中的存储位置
commitlog_directory: /commitlog
#Cassandra 集群中的各节点 IP 地址
          - seeds: "192.168.31.10,192.168.31.11,192.168.31.12,192.168.31.13"
#Cassandra 集群中服务器与服务器之间相互通信的地址
listen_address: 192.168.31.10
# 开启 thrift rpc 服务
start_rpc: true
#Cassandra 服务器对外提供服务的地址
rpc_address: 192.168.31.10
```

第三步：配置环境变量。

修改 /etc/profile 文件，配置 Cassandra 的安装包路径和其包含的 bin 目录路径，命令如下。

```
[root@master conf]# vi /etc/profile
// 在文件末尾添加如下内容
export CASSANDRA_HOME=/usr/local/cassandra
export PATH=$PATH:$CASSANDRA_HOME/bin

// 使环境变量生效
[root@master conf]# source /etc/profile
```

第四步：分发文件。

将配置好的 Cassandra 安装目录和 /etc/profile 配置文件通过分发的方式发送到集群的各个节点，命令如下。

```
// 分发安装文件
[root@master conf]# scp -r /usr/local/cassandra/ masterback:/usr/local/
[root@master conf]# scp -r /usr/local/cassandra/ slave:/usr/local/
[root@master conf]# scp -r /usr/local/cassandra/ slave1:/usr/local/
# 分发环境变量
[root@master conf]# scp –r /etc/profile masterback:/etc/
[root@master conf]# scp –r /etc/profile slave:/etc/
[root@master conf]# scp –r /etc/profile slave1:/etc/
```

效果如图 3-36 和图 3-37 所示。

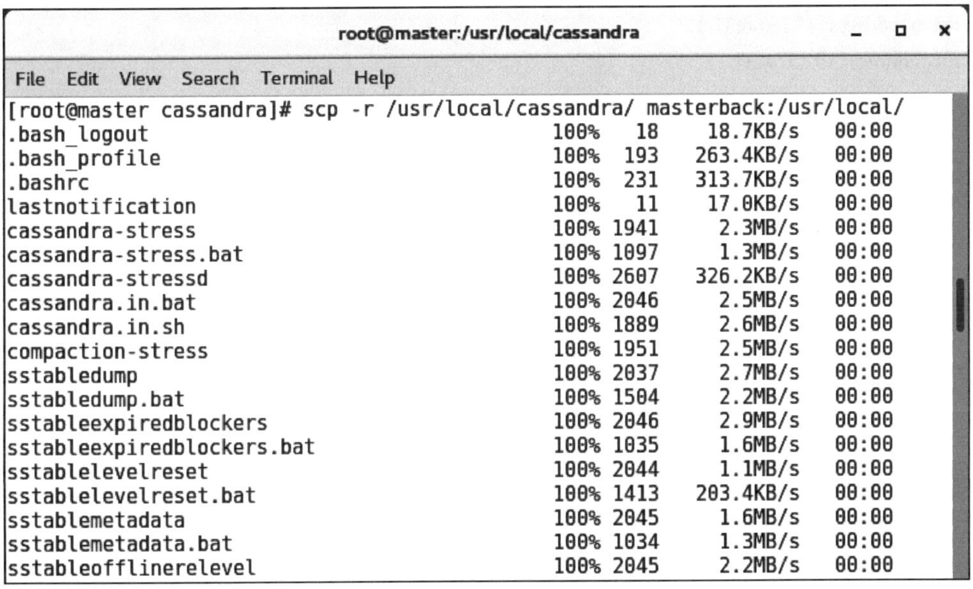

```
                    root@master:/usr/local/cassandra              _  □  ✕

File  Edit  View  Search  Terminal  Help
[root@master cassandra]# scp -r /usr/local/cassandra/ masterback:/usr/local/
.bash_logout                              100%   18     18.7KB/s    00:00
.bash_profile                             100%   193    263.4KB/s   00:00
.bashrc                                   100%   231    313.7KB/s   00:00
lastnotification                          100%   11     17.0KB/s    00:00
cassandra-stress                          100%   1941   2.3MB/s     00:00
cassandra-stress.bat                      100%   1097   1.3MB/s     00:00
cassandra-stressd                         100%   2607   326.2KB/s   00:00
cassandra.in.bat                          100%   2046   2.5MB/s     00:00
cassandra.in.sh                           100%   1889   2.6MB/s     00:00
compaction-stress                         100%   1951   2.5MB/s     00:00
sstabledump                               100%   2037   2.7MB/s     00:00
sstabledump.bat                           100%   1504   2.2MB/s     00:00
sstableexpiredblockers                    100%   2046   2.9MB/s     00:00
sstableexpiredblockers.bat                100%   1035   1.6MB/s     00:00
sstablelevelreset                         100%   2044   1.1MB/s     00:00
sstablelevelreset.bat                     100%   1413   203.4KB/s   00:00
sstablemetadata                           100%   2045   1.6MB/s     00:00
sstablemetadata.bat                       100%   1034   1.3MB/s     00:00
sstableofflinerelevel                     100%   2045   2.2MB/s     00:00
```

图 3-36　分发安装文件

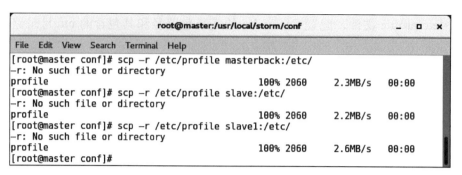

图 3-37　分发环境变量

第五步：其他节点操作。

　　master 节点配置完成并将安装目录分发到其他节点后，分别在其他节点运行 source/etc/profile 命令使配置文件生效，之后进入安装目录对 cassandra.yaml 配置文件的 listen_address 和 rpc_address 属性的值进行修改，将其改为其所在主机的 IP 地址，命令如下。

```
//masterback 节点
[root@masterback ~]# source /etc/profile
[root@masterback ~]# vi /usr/local/cassandra/conf/cassandra.yaml
// 修改内容如下所示
listen_address: 192.168.31.11
rpc_address: 192.168.31.11


//slave 节点
[root@slave ~]# source /etc/profile
[root@slave ~]# vi /usr/local/cassandra/conf/cassandra.yaml
// 修改内容如下所示
listen_address: 192.168.31.12
rpc_address: 192.168.31.12


//slave1 节点
[root@slave1 ~]# source /etc/profile
[root@slave1 ~]# vi /usr/local/cassandra/conf/cassandra.yaml
// 修改内容如下所示
listen_address: 192.168.31.13
rpc_address: 192.168.31.13
```

第六步：启动 Cassandra 服务。

　　分别在集群的各个节点使用 cassandra 脚本将 Cassandra 服务启动，命令如下。

```
[root@master bin]# cassandra -R
[root@masterback ~]# cassandra -R
[root@slave ~]# cassandra -R
[root@slave1 ~]# cassandra -R
```

效果如图 3-38 所示。

```
root@master:/usr/local/cassandra/bin        _  □  ×

File  Edit  View  Search  Terminal  Help
.31.13 has restarted, now UP
INFO  [GossipStage:1] 2019-08-07 12:04:42,727 StorageService.java:2327 - Node /1
92.168.31.13 state jump to NORMAL
INFO  [GossipStage:1] 2019-08-07 12:04:42,728 TokenMetadata.java:497 - Updating
topology for /192.168.31.13
INFO  [GossipStage:1] 2019-08-07 12:04:42,729 TokenMetadata.java:497 - Updating
topology for /192.168.31.13
INFO  [GossipStage:1] 2019-08-07 12:04:42,729 Gossiper.java:1045 - Node /192.168
.31.11 has restarted, now UP
INFO  [GossipStage:1] 2019-08-07 12:04:42,771 StorageService.java:2327 - Node /1
92.168.31.11 state jump to shutdown
INFO  [GossipStage:1] 2019-08-07 12:04:42,773 TokenMetadata.java:497 - Updating
topology for /192.168.31.11
INFO  [GossipStage:1] 2019-08-07 12:04:42,773 TokenMetadata.java:497 - Updating
topology for /192.168.31.11
INFO  [GossipStage:1] 2019-08-07 12:04:42,774 Gossiper.java:1026 - InetAddress /
192.168.31.11 is now DOWN
WARN  [GossipTasks:1] 2019-08-07 12:04:42,863 FailureDetector.java:278 - Not mar
king nodes down due to local pause of 6681391023 > 5000000000
INFO  [RequestResponseStage-1] 2019-08-07 12:04:43,194 Gossiper.java:1011 - Inet
Address /192.168.31.13 is now UP
INFO  [main] 2019-08-07 12:04:48,326 Gossiper.java:1715 - No gossip backlog; pro
ceeding
```

图 3-38 启动 Cassandra 服务

第七步：验证集群配置。

Cassandra 服务启动完成后，可通过查看集群中各个节点的 Cassandra 服务状态判断 Cassandra 是否配置成功，Cassandra 配置成功如图 3-39 所示。

```
root@master:~                    _  □  ×

File  Edit  View  Search  Terminal  Help
[root@master ~]# nodetool status
Datacenter: datacenter1
=======================
Status=Up/Down
|/ State=Normal/Leaving/Joining/Moving
--  Address        Load       Tokens      Owns (effective)   Host ID
                   Rack
UN  192.168.31.10  358.32 KiB  256         48.4%              cf1a0a81-6a0a-4d32
-991d-c48eb37b37cc   rack1
UN  192.168.31.11  236.78 KiB  256         47.0%              722d4747-fa7b-476d
-bf7a-9acddc14958e   rack1
UN  192.168.31.12  303.96 KiB  256         53.8%              71dec5ed-07f7-47a2
-a6ca-be72ef66dcdc   rack1
UN  192.168.31.13  295.73 KiB  256         50.7%              1905b2da-c5eb-4b80
-b558-f819e49fa0eb   rack1

[root@master ~]#
```

图 3-39 验证集群配置

至此，Cassandra 组件配置完成。

小结

本项目通过配置数据存储组件，对 HBase、Cassandra 相关知识有了初步了解，对其所需的配置属性有所了解并掌握，并能够通过所学知识实现 HBase 和 Cassandra 组件的环境配置。

Project 4

项目4
数据处理组件配置

问题导入

小李：我已经把数据存储组件弄懂了，嘻嘻。

小张：是吗，真厉害。那你知道还需要学习什么吗?

小李：还真不知道。快给我说说呗。

小张：嗯，数据存储组件学习完成后，你还需要学习数据处理
组件的配置。

小李：好的，我这就去学习。

学习目标

通过对项目 4 相关内容的学习，了解 Storm 和 Flume 的相关概念，熟悉 Storm 和 Flume NG 架构，掌握 Storm 和 Flume 的相关配置，具有在 Linux 平台上搭建 Storm 和 Flume 环境的能力。

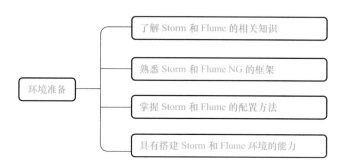

任务 1 Storm 配置

任务分析

本任务主要实现 Storm 组件的相关配置，使集群具有数据实时处理能力。在任务实现过程中，了解 Storm 的概念和架构，掌握 Storm 包含的各个配置文件的作用、包含属性以及可视化监控界面。

任务技能

技能点 1 Storm 概述

随着互联网应用的飞速发展，海量的数据产生了，企业同样积累了大量的数据。如何进行大规模的数据处理成为首要问题。MapReduce 的出现很好地解决了这一问题，但其只能处理一些静态数据，即历史数据，致使数据的实效性降低。为了解决海量数据的实时处理，Storm 应运而生。

1．Storm 简介

Storm 在大数据技术中表示一个分布式的实时数据流处理系统，能够实现大量数据流的处理操作，具有以下几个特点。

1）编程简单。提供了非常简单的编程模型，开发人员能快速、高效地写出高并发的实时处理程序，极大地降低了相关业务的研发成本。

2）高度容错。Storm 存在极其方便的容错机制，当工作节点死机时，Storm 首先尝试重启操作，如果重启失败则重新启动另一个节点继续进行死机节点的工作。

3）无数据丢失。Storm 提供抽象组件保障，即使当前消息队列崩溃，消息数据也能够被至少处理一次，保证了数据的完整性。

4）多语言。Storm 默认使用 JVM 的语言，尽管已经非常简单，但为了满足开发人员的需求，还可以使用其他语言进行编程，如 Java、Ruby、Python 等。

5）低延迟。Storm 使用 ØMQ（也写作 ZeroMQ、0MQ 或 ZMQ）作为底层消息队列的设计保证了消息能得到快速处理，能够每秒处理超过一百万个数据元组。

6）高性能。Storm 的低延迟特性保证了在条件相同的情况下，相同的时间，Storm 能够

处理的数据更多，因此 Storm 性能很高。

7）可扩展。Storm 的实时数据处理是在多个线程、进程和服务器之间并行的。

Storm 的应用非常广泛，如实时分析、在线机器学习、持续计算、分布式 RPC、ETL 等，具体应用如下。

1）日志分析，Storm 可以从海量日志中分析出特定的数据，并将分析的结果存入外部文件中，为决策提供支持。日志分析可视化效果如图 4-1 所示。

2）条件过滤，Storm 最基本的处理方式之一，可以实时地将符合条件的数据过滤出来并保存，如实际应用中很常见的实时查询业务。

3）热度排名，在电商网站中的固定窗口中，通过 Storm 能够实时处理数据进行排名并将需要展示的内容保存。

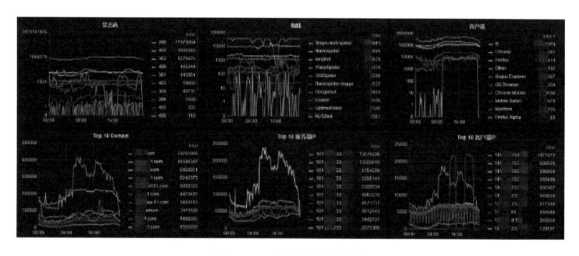

图 4-1　日志分析可视化效果

4）推荐系统，例如，从数据库中获取用户之前的一些点播电影信息，如点播最多的电影类型、最近点播的电影类型以及社交关系中的点播信息，结合本次点播和从数据库中获取的信息，生成推荐数据推荐给该用户，并将该次点播记录提交到数据库中，实现智能推荐。

2．Storm 框架

Storm 采用目前非常流行的 Master/Slave 主从架构，Master 负责接收和分配任务，Slave 负责执行任务。在 Storm 架构中包含控制节点（Master Node）和工作节点（Worker Node）两种，其中，控制节点主要运行 Nimbus 进程，可以实现资源分配和状态监控；工作节点运行 Supervisor 进程，能够对分配工作进行监听，并根据需要实现工作进程启动或关闭。Storm 架构如图 4-2 所示。

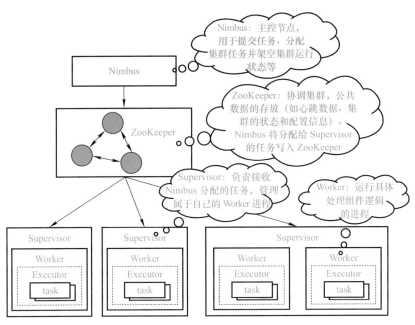

图 4-2　Storm 架构

通过图 4-2 可知，Storm 主要由 Nimbus、ZooKeeper、Supervisor、Worker、Executor 和 task 六个部分组成，其中：

1）Nimbus 表示 Storm 的 master 节点，主要负责分配资源和调度任务。

2）ZooKeeper 是 Storm 所依赖的一个外部资源，能够保存 Nimbus、Supervisor 和 Worker 等的心跳数据，并通过 ZooKeeper 包含的心跳和任务运行状况进行任务调度和资源分配。

3）Supervisor 是 Storm 的 Slave 节点，负责 Worker 的管理以及监听分配的任务，一个 Supervisor 节点中可以包含一个或多个 Worker 进程。

4）Worker 为工作进程，主要负责具体的处理和计算工作，每个工作进程中都有多个任务（task）。

5）Executor 即线程，产生于 Worker 进程内部，能够执行在同一组件内的一个或多个任务（task）。

6）task 即任务，可以通过若干个任务（tasks）实现在 Storm 集群中 Spout 和 Bolt 的执行。并且每个任务都与一个执行线程相对应。其中：

● Spout：一个持续不断生产消息的组件。

● Bolt：封装 Storm 中消息的处理逻辑。

思考阅读

在国家发生一些重大危机的时候，一些人秉承救死扶伤的原则，义无反顾地救人，但

还有一些人在趁此储存大量的物资，发国难财。这些人太看重金钱，从事违法和违纪的事情。在大数据分析阶段，应用大数据分析需要按照一定的标准和流程编写程序，使用数据分析提高对大众的服务质量，提高大众的生活品质，不应进行诸如"大数据杀熟"等违法操作谋取不正当利益。数据分析是一把双刃剑，只有正确使用它们，才能发挥更大的作用。

技能点 2　环境配置说明

1．Storm 下载

Storm 在安装之前同样需要通过官网下载安装目录，下载 Storm 的步骤如下。

第一步：打开浏览器输入 http://storm.apache.org/ 进入 Storm 的官网，Storm 官网界面如图 4-3 所示。

第二步：单击右上角的"Download"按钮，即可进入 Storm 版本选择界面，如图 4-4 所示。

第三步：选择需要的版本，这里选择的是 Storm 的 1.2.3 版本，单击 Storm 1.2.3 版本对应的链接，进入下载界面。

第四步：单击对应的下载链接进行下载，如图 4-5 所示。

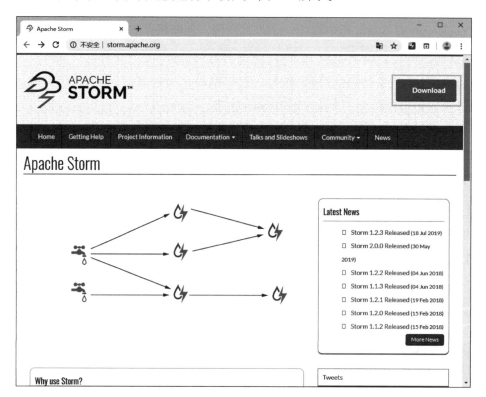

图 4-3　Storm 官网界面

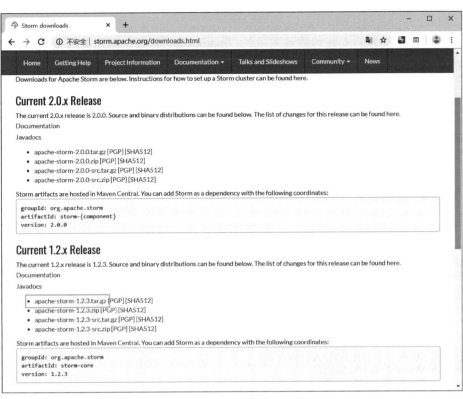

图 4-4　Storm 版本选择界面

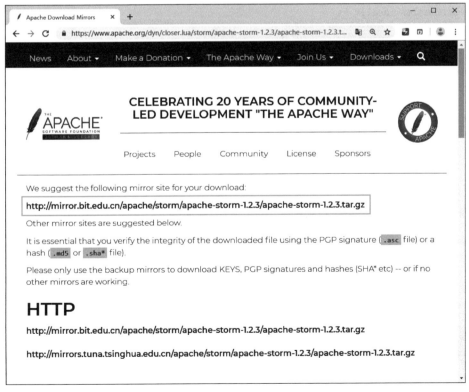

图 4-5　Storm 下载界面

第五步：将下载好的安装包放到主机的"/usr/local"目录，解压并将安装文件重命名为
"storm"，命令如下。

```
// 解压安装包
tar -zxvf apache-storm-1.2.3.tar.gz
// 安装包文件重命名
mv apache-storm-1.2.3 storm
```

效果如图 4-6 所示。

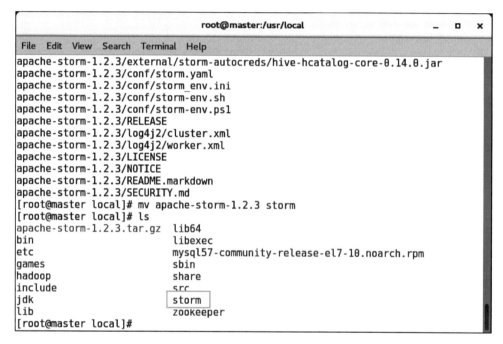

图 4-6 Storm 安装包解压并重命名

2．Storm 配置说明

Storm 在下载、解压并进入安装包之后，会出现如图 4-7 所示的安装包文件。

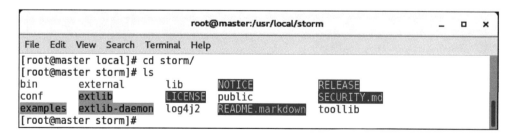

图 4-7 Storm 安装包包含的文件和目录

在 Storm 中，关于各个文件的解释如下。

- bin：脚本文件存储文件夹。

- conf：配置文件存储文件夹。

- external：Storm 外部工具存储文件夹。

- lib：Storm 运行时所依赖 Jar 包的存储文件夹。

- NOTICE：产品信息介绍文件。

- LICENSE：Apache 许可证文件。

- public：Storm UI 所需文件。

- examples：example 文件存储文件夹。

- log4j2：XML 文件存储文件夹。

- toollib：Storm 中 Jar 文件存储文件夹。

其中，Storm 较为常用且重要的配置文件和目录有"bin"目录和"conf"目录。

（1）bin 目录

与大部分组件的 bin 目录功能相同，Storm 的 bin 目录同样用于实现脚本文件的存储，其包含了多个 Storm 内置脚本，能够用于 Storm 相关服务的启动、版本查询等操作，bin 目录包含的脚本文件如图 4-8 所示。

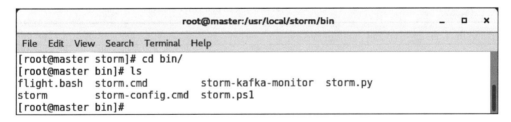

图 4-8　bin 目录包含的脚本文件

在图 4-8 中包含了很多文件，其中，storm 脚本是 Storm 最为常用的一个，通过指定的参数即可实现相关操作，如 Supervisor、UI、rebalance、Nimbus、logviewer 等服务进程的启动，在使用时只需在 storm 脚本后面加入操作参数即可，语法格式如下。

```
./storm 操作参数
```

storm 脚本文件支持的操作参数可通过"storm help"命令进行查看，效果如图 4-9 所示。

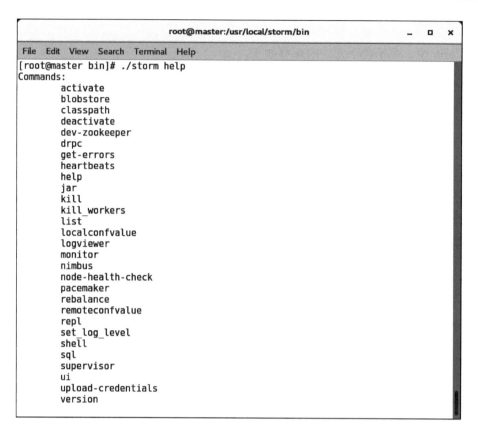

图 4-9　storm 脚本文件支持的操作参数

其中，storm 脚本文件包含的多个操作参数中较为常用的见表 4-1。

表 4-1　storm 脚本文件包含的常用参数

参　　数	描　　述
classpath	打印 Storm 客户端运行命令时使用的类的路径
dev-zookeeper	以 dev.zookeeper.path 配置的值作为本地目录，以 storm.zookeeper.port 配置的值作为端口，启动一个新的 ZooKeeper 服务
drpc	启动一个 DRPC 守护进程
help	打印帮助信息，包含可以命令的列表
jar	运行类的指定参数的 main 方法
localconfvalue	打印出本地 Storm 配置的 conf-name 的值
logviewer	启动 logviewer 服务进程
nimbus	启动 Nimbus 服务进程
rebalance	平衡进程数量和线程数量
shell	执行 Shell 脚本
supervisor	启动 Supervisor 服务进程
ui	启动 UI 服务进程
version	打印 Storm 发布的版本号

使用 storm 脚本启动 Nimbus 服务进程效果如图 4-10 所示。

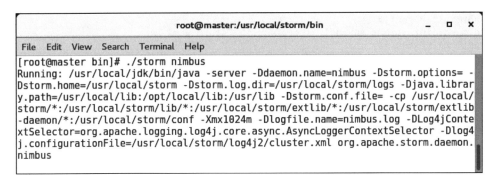

图 4-10　使用 storm 脚本启动 Nimbus 服务进程

但需要注意的是，使用"storm 操作参数"启动的相关进程都是在前台运行的，也就是运行成功后就不能在当前命令窗口继续执行其他命令，这时想要执行其他操作，可重新打开另一个命令窗口。Storm 为了方便开发人员进行开发，提供了一个在后台运行的参数"&"，只需将"&"放到"storm 操作参数"后面即可。使用 storm 脚本在后台启动 Supervisor 服务进程效果如图 4-11 所示。

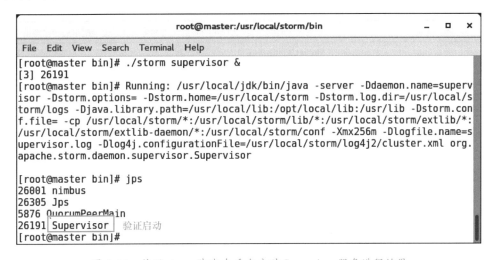

图 4-11　使用 storm 脚本在后台启动 Supervisor 服务进程效果

另外，storm 脚本中并不存在关闭服务进程的脚本参数，使用"storm 操作参数"方式开启的服务进程可以通过关闭进程运行窗口或在运行窗口输入 <Ctrl+C> 关闭。而使用"storm 操作参数 &"方式开启的服务进程只能通过 kill 方式强制关闭。

（2）conf 目录

conf 目录主要用于存储 Storm 的相关配置文件，为 Storm 的环境配置提供支持，conf 目录包含内容如图 4-12 所示。

```
root@master:/usr/local/storm/conf                    _  □  ×
File  Edit  View  Search  Terminal  Help
[root@master storm]# cd conf/
[root@master conf]# ls
storm_env.ini  storm-env.ps1  storm-env.sh  storm.yaml
[root@master conf]#
```

图 4-12　conf 目录包含内容

其中，storm.yaml 是非常重要的一个文件，是 Storm 的主配置文件，可以对 ZooKeeper 服务器列表、Nimbus 服务器地址、Storm UI 服务端口等进行设置，storm.yaml 包含的配置属性见表 4-2。

表 4-2　storm.yaml 包含的配置属性

属　性	描　述
storm.zookeeper.servers	ZooKeeper 服务器列表
storm.zookeeper.port	ZooKeeper 连接端口
storm.local.dir	Storm 使用的本地文件系统目录
storm.cluster.mode	Storm 集群运行模式，值为 distributed 表示分布式运行，local 表示本地运行
storm.zookeeper.root	ZooKeeper 中 Storm 的根目录位置
storm.zookeeper.session.timeout	客户端连接 ZooKeeper 超时时间
nimbus.host	Nimbus 服务器地址
nimbus.thrift.port	Nimbus 的 thrift 监听端口
nimbus.task.timeout.secs	心跳超时时间，超时后 Nimbus 会认为 task 终止并重分配给另一个地址
ui.port	Storm UI 的服务端口
drpc.servers	DRPC 服务器列表，以便 DRPCSpout 知道和谁通信
drpc.port	Storm DRPC 的服务端口
supervisor.slots.ports	supervisor 上能够运行 Workers 的端口列表。每个 Worker 占用一个端口，且每个端口只运行一个 worker。通过这项配置可以调整每台机器上运行的 Worker 数（调整 slot 数 / 每机）
supervisor.heartbeat.frequency.secs	supervisor 心跳发送频率（多久发送一次）
supervisor.monitor.frequency.secs	supervisor 检查 worker 心跳的频率
nimbus.seeds	Nimbus 的节点列表

常用属性使用的语法格式如下。

属性：属性值

其中，Storm 的配置内容有严格的语法格式检查功能，在属性之前需要添加一个空格，之后，在属性值和 ":" 字符之间同样存在一个空格。

3．Storm UI

Storm 中存在一个类似于 HBase Web UI 的管理界面，Storm 的所有信息都在这个页面中，在浏览器输入 "主机名称:8080" 即可进入该界面，如图 4-13 所示。

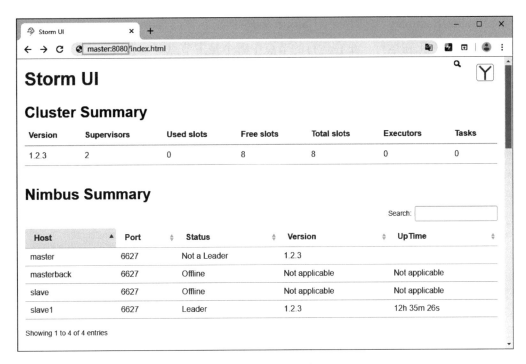

图 4-13 Storm UI 界面

在 Storm UI 界面中，包含了 Cluster Summary、Nimbus Summary、Topology Summary、Supervisor Summary、Nimbus Configuration 五个部分，其中：

1）Cluster Summary 主要用于对 Storm 集群的简要介绍，如 Storm 版本、插槽使用情况、任务个数等，Cluster Summary 部分效果如图 4-14 所示。

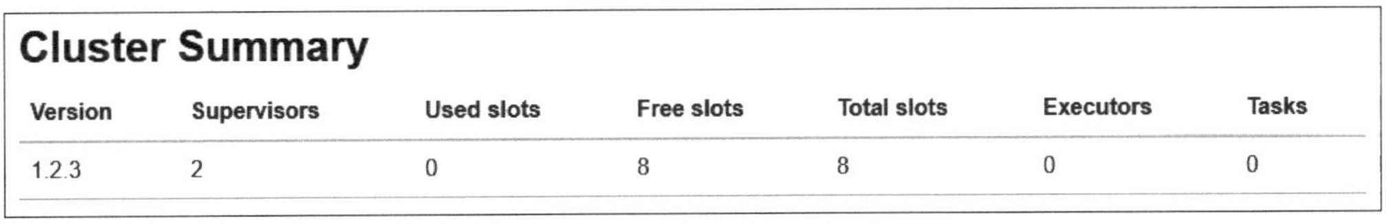

Cluster Summary

Version	Supervisors	Used slots	Free slots	Total slots	Executors	Tasks
1.2.3	2	0	8	8	0	0

图 4-14 Cluster Summary 部分效果

图 4-14 中包含的各项信息属性见表 4-3。

表 4-3 Cluster Summary 中包含的各项信息属性

属　　性	描　　述
Version	Storm 版本
Supervisors	集群中运行 Supervisors 服务的节点数
Used slots	已使用的插槽个数
Free slots	未使用的插槽个数
Total slots	总插槽个数
Executors	正在执行的任务数
Tasks	任务总数

2）Nimbus Summary 主要用于对 Storm 集群中各个节点 Storm 的运行情况进行说明，如节点 Storm 是否正在运行、正在运行的节点中哪个是主节点等，在实际应用时可通过查看 Storm 运行情况确定 Storm 环境是否搭建成功，效果如图 4-15 所示。

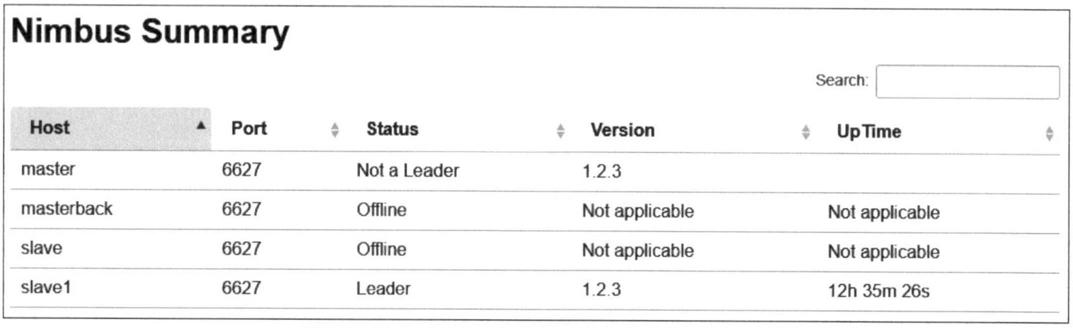

Nimbus Summary

Search:

Host	Port	Status	Version	Up Time
master	6627	Not a Leader	1.2.3	
masterback	6627	Offline	Not applicable	Not applicable
slave	6627	Offline	Not applicable	Not applicable
slave1	6627	Leader	1.2.3	12h 35m 26s

图 4-15　Nimbus Summary 部分效果

图 4-15 中包含的各项信息属性见表 4-4。

表 4-4　Nimbus Summary 中包含的各项信息属性

属　　性	描　　述
Host	集群各个节点的名称
Port	各个节点对应的端口号
Status	Storm 运行情况
Version	节点使用的 Storm 版本
Up Time	节点运行 Storm 的时间

其中，Status 属性包含的属性值见表 4-5。

表 4-5　Status 属性包含的属性值

属　性　值	描　　述
Not a Leader	节点的 Storm 正在运行，但该节点不是主节点
Offline	节点的 Storm 没有运行
Leader	节点的 Storm 正在运行，该节点是主节点

任务实施

【任务目的】

通过以下几个步骤，实现大数据集群中 Storm 的相关配置并启动相关服务后，通过 kill

方式将主节点 Storm 的 Nimbus 服务强制关闭，最后在 Storm Web UI 查看 Storm 的状态，验证 Storm 的高可用性。

【任务流程】

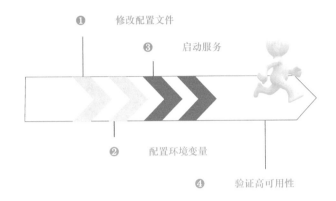

【任务步骤】

第一步：创建目录。进入 Storm 安装文件，分别创建一个名为 storm 的用于存储 Storm 状态文件的目录，命令如下。

```
[root@master local]# cd storm/
[root@master storm]# mkdir storm
[root@master storm]# ls
```

效果如图 4-16 所示。

图 4-16　创建目录

第二步：配置 storm.yaml 文件。进入 conf 目录，修改 storm.yaml 文件对 ZooKeeper 集群主机列表、Nimbus 节点列表、进程端口号等进行配置，命令如下。

```
[root@master storm]# cd conf/
[root@master conf]# vi storm.yaml
// 在文件末尾添加如下内容

#ZooKeeper 集群的主机列表
```

```
    storm.zookeeper.servers:
        - "master"
        - "masterback"
        - "slave"
        - "slave1"
#Storm 的 Nimbus 节点列表
    nimbus.seeds: ["master", "masterback", "slave", "slave1"]
#Storm 状态文件存储目录路径
    storm.local.dir: "/usr/local/storm/storm"
#workers 进程的端口
    supervisor.slots.ports:
        - 6700
        - 6701
        - 6702
        - 6703
```

第三步：配置环境变量。修改 /etc/profile 文件，配置 Storm 的安装包路径和其包含的 bin 目录路径，命令如下。

```
[root@master conf]# vi /etc/profile
// 在文件末尾添加如下内容
export STORM_HOME=/usr/local/storm
export PATH=$STORM_HOME/bin:$PATH

// 使环境变量生效
[root@master conf]# source /etc/profile
```

第四步：分发文件。将配置好的 Storm 安装目录和 /etc/profile 配置文件通过分发的方式发送到集群的各个节点，命令如下。

```
// 分发安装文件
[root@master conf]# scp -r /usr/local/storm/ masterback:/usr/local/
[root@master conf]# scp -r /usr/local/storm/ slave:/usr/local/
[root@master conf]# scp -r /usr/local/storm/ slave1:/usr/local/
# 分发环境变量
[root@master conf]# scp –r /etc/profile masterback:/etc/
[root@master conf]# scp –r /etc/profile slave:/etc/
[root@master conf]# scp –r /etc/profile slave1:/etc/
```

效果如图 4-17 和图 4-18 所示。

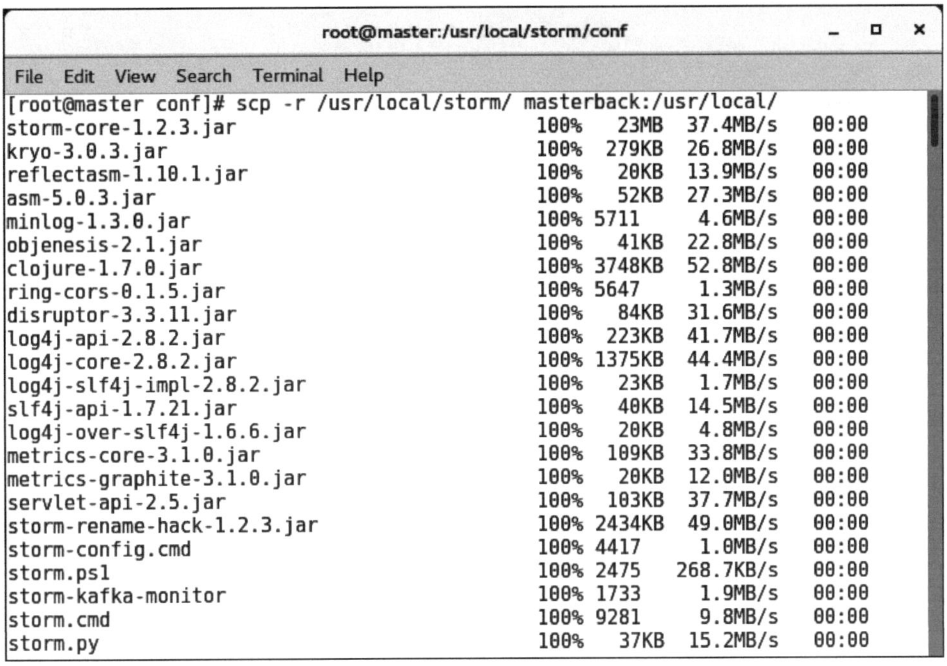

```
root@master:/usr/local/storm/conf
File Edit View Search Terminal Help
[root@master conf]# scp -r /usr/local/storm/ masterback:/usr/local/
storm-core-1.2.3.jar                          100%   23MB  37.4MB/s   00:00
kryo-3.0.3.jar                                100%  279KB  26.8MB/s   00:00
reflectasm-1.10.1.jar                         100%   20KB  13.9MB/s   00:00
asm-5.0.3.jar                                 100%   52KB  27.3MB/s   00:00
minlog-1.3.0.jar                              100% 5711     4.6MB/s   00:00
objenesis-2.1.jar                             100%   41KB  22.8MB/s   00:00
clojure-1.7.0.jar                             100% 3748KB  52.8MB/s   00:00
ring-cors-0.1.5.jar                           100% 5647     1.3MB/s   00:00
disruptor-3.3.11.jar                          100%   84KB  31.6MB/s   00:00
log4j-api-2.8.2.jar                           100%  223KB  41.7MB/s   00:00
log4j-core-2.8.2.jar                          100% 1375KB  44.4MB/s   00:00
log4j-slf4j-impl-2.8.2.jar                    100%   23KB   1.7MB/s   00:00
slf4j-api-1.7.21.jar                          100%   40KB  14.5MB/s   00:00
log4j-over-slf4j-1.6.6.jar                    100%   20KB   4.8MB/s   00:00
metrics-core-3.1.0.jar                        100%  109KB  33.8MB/s   00:00
metrics-graphite-3.1.0.jar                    100%   20KB  12.0MB/s   00:00
servlet-api-2.5.jar                           100%  103KB  37.7MB/s   00:00
storm-rename-hack-1.2.3.jar                   100% 2434KB  49.0MB/s   00:00
storm-config.cmd                              100% 4417     1.0MB/s   00:00
storm.ps1                                     100% 2475   268.7KB/s   00:00
storm-kafka-monitor                           100% 1733     1.9MB/s   00:00
storm.cmd                                     100% 9281     9.8MB/s   00:00
storm.py                                      100%   37KB  15.2MB/s   00:00
```

图 4-17　分发安装文件

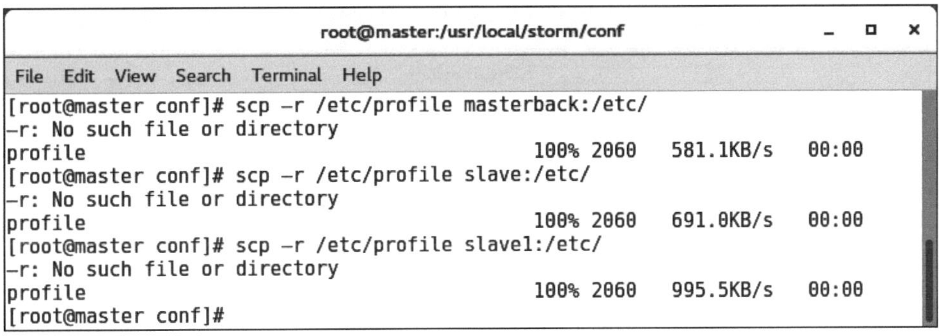

```
root@master:/usr/local/storm/conf
File Edit View Search Terminal Help
[root@master conf]# scp –r /etc/profile masterback:/etc/
–r: No such file or directory
profile                                       100% 2060   581.1KB/s   00:00
[root@master conf]# scp –r /etc/profile slave:/etc/
–r: No such file or directory
profile                                       100% 2060   691.0KB/s   00:00
[root@master conf]# scp –r /etc/profile slave1:/etc/
–r: No such file or directory
profile                                       100% 2060   995.5KB/s   00:00
[root@master conf]#
```

图 4-18　分发环境变量

第五步：启动服务。分别进入各个节点的任意目录，通过 storm 脚本（由于配置了环境变量，因此可以在任意目录下使用）在 master 和 masterback 节点启动 Nimbus、Supervisor、UI 和 logviewer 服务进程，在 slave 和 slave1 节点启动 Nimbus、Supervisor 和 logviewer 服务进程，命令如下。

```
[root@master ~]# storm nimbus
[root@master ~]# storm supervisor
[root@master ~]# storm ui
[root@master ~]# storm logviewer
// 其他节点操作与 master 节点类似
```

效果如图 4-19 ～图 4-22 所示。

```
root@master:/usr/local/storm/bin                    _  □  ×
File  Edit  View  Search  Terminal  Help
[root@master bin]# ./storm nimbus
Running: /usr/local/jdk/bin/java -server -Ddaemon.name=nimbus -Dstorm.options= -
Dstorm.home=/usr/local/storm -Dstorm.log.dir=/usr/local/storm/logs -Djava.librar
y.path=/usr/local/lib:/opt/local/lib:/usr/lib -Dstorm.conf.file= -cp /usr/local/
storm/*:/usr/local/storm/lib/*:/usr/local/storm/extlib/*:/usr/local/storm/extlib
-daemon/*:/usr/local/storm/conf -Xmx1024m -Dlogfile.name=nimbus.log -DLog4jConte
xtSelector=org.apache.logging.log4j.core.async.AsyncLoggerContextSelector -Dlog4
j.configurationFile=/usr/local/storm/log4j2/cluster.xml org.apache.storm.daemon.
nimbus
```

图 4-19 启动 Nimbus 服务

```
root@master:~                    _  □  ×
File  Edit  View  Search  Terminal  Help
[root@master ~]# storm logviewer
Running: /usr/local/jdk/bin/java -server -Ddaemon.name=logviewer -Dstorm.options
= -Dstorm.home=/usr/local/storm -Dstorm.log.dir=/usr/local/storm/logs -Djava.lib
rary.path=/usr/local/lib:/opt/local/lib:/usr/lib -Dstorm.conf.file= -cp /usr/loc
al/storm/*:/usr/local/storm/lib/*:/usr/local/storm/extlib/*:/usr/local/storm/ext
lib-daemon/*:/usr/local/storm:/usr/local/storm/conf -Xmx128m -Dlogfile.name=logv
iewer.log -DLog4jContextSelector=org.apache.logging.log4j.core.async.AsyncLogger
ContextSelector -Dlog4j.configurationFile=/usr/local/storm/log4j2/cluster.xml or
g.apache.storm.daemon.logviewer
```

图 4-20 启动 Supervisor 服务

```
root@master:~                    _  □  ×
File  Edit  View  Search  Terminal  Help
[root@master ~]# storm ui
Running: /usr/local/jdk/bin/java -server -Ddaemon.name=ui -Dstorm.options= -Dsto
rm.home=/usr/local/storm -Dstorm.log.dir=/usr/local/storm/logs -Djava.library.pa
th=/usr/local/lib:/opt/local/lib:/usr/lib -Dstorm.conf.file= -cp /usr/local/stor
m/*:/usr/local/storm/lib/*:/usr/local/storm/extlib/*:/usr/local/storm/extlib-dae
mon/*:/usr/local/storm:/usr/local/storm/conf -Xmx768m -Dlogfile.name=ui.log -DLo
g4jContextSelector=org.apache.logging.log4j.core.async.AsyncLoggerContextSelecto
r -Dlog4j.configurationFile=/usr/local/storm/log4j2/cluster.xml org.apache.storm
.ui.core
```

图 4-21 启动 UI 服务

```
root@master:~                    _  □  ×
File  Edit  View  Search  Terminal  Help
[root@master ~]# storm supervisor
Running: /usr/local/jdk/bin/java -server -Ddaemon.name=supervisor -Dstorm.option
s= -Dstorm.home=/usr/local/storm -Dstorm.log.dir=/usr/local/storm/logs -Djava.li
brary.path=/usr/local/lib:/opt/local/lib:/usr/lib -Dstorm.conf.file= -cp /usr/lo
cal/storm/*:/usr/local/storm/lib/*:/usr/local/storm/extlib/*:/usr/local/storm/ex
tlib-daemon/*:/usr/local/storm/conf -Xmx256m -Dlogfile.name=supervisor.log -Dlog
4j.configurationFile=/usr/local/storm/log4j2/cluster.xml org.apache.storm.daemon
.supervisor.Supervisor
```

图 4-22 启动 logviewer 服务

其他节点启动服务效果与 master 节点相同。

第六步：验证配置情况。所有节点服务启动完成后，通过查看进程确定服务已启动成功，master 和 masterback 节点服务进程如图 4-23 所示，slave 和 slave1 节点服务进程如图 4-24 所示，之后在浏览器中输入"master:8080"访问 Storm UI 界面再次进行验证，通过该界面可以看到，当前集群的所有节点的 Storm 都运行良好，效果如图 4-25 所示。

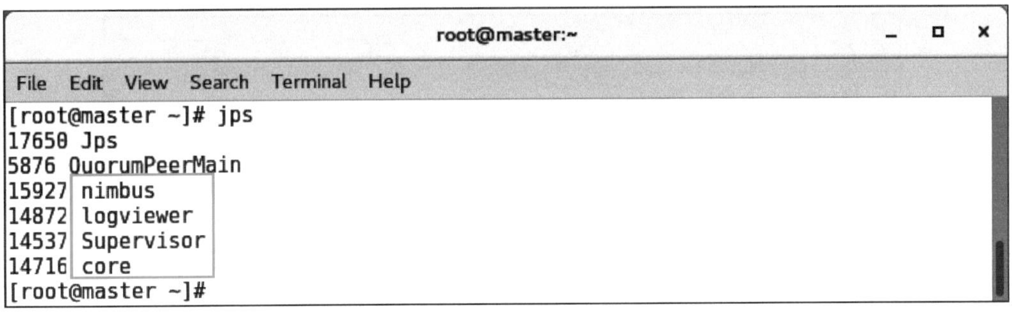

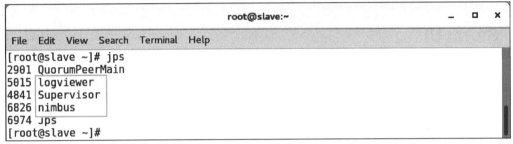

图 4-23　master 和 masterback 节点服务进程

图 4-24　slave 和 slave1 节点服务进程

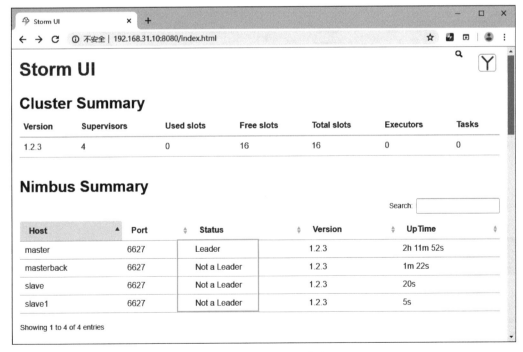

图 4-25　Storm UI 界面

第七步：验证高可用性。集群正常运行后，通过 kill 命令强制关闭主节点 master 的

Nimbus 进程，效果如图 4-26 所示，之后在 Storm UI 界面可以看到，masterback 节点变为主节点，说明 Storm 在节点死机的情况下依然可以稳定地运行，保证了集群的高可用性，效果如图 4-27 所示。

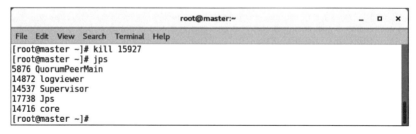

图 4-26　强制关闭主节点 master 的 Nimbus 进程

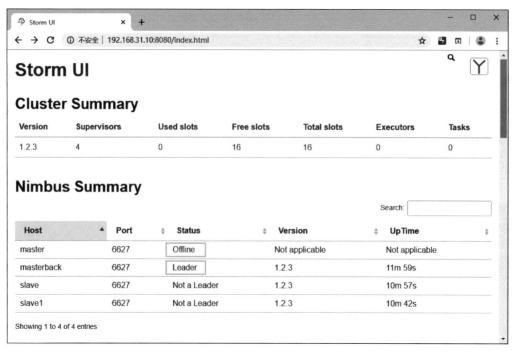

图 4-27　Storm UI 界面

至此，Storm 组件配置完成。

任务 2　Flume 配置

任务分析

本任务主要实现 Flume 组件的相关配置，使集群拥有与其他组件通信的能力。在任务实现过程中，了解 Flume 的概念和 Flume NG 架构，掌握 Flume 包含的各个配置文件的作用及文件包含的属性。

技能点 1　Flume 简介

1．Flume 介绍

Flume 是一个由 Cloudera 开发的分布式、可靠和高可用的海量日志收集和传输系统，在提供数据收集功能的同时还可以对数据进行简单处理并写入文本、HDFS、HBase 等，深受业界的认可与广泛应用。在 2009 年，Flume 加入 Hadoop 中成为其相关组件之一，之后 Flume 不断进行版本升级和内部组件的完善，逐渐提高开发过程中的便利性，现已成为 Apache 顶级项目之一。

Flume 最早的版本被称为 Flume OG（Original Generation，原始版本），随着功能的逐渐增多和完善，其存在的缺点也逐渐暴露出来，Flume OG 部分缺点如下。

1）代码过于臃肿。

2）核心组件设计不合理。

3）核心配置缺乏标准。

4）"日志传输"十分不稳定。

为了解决 Flume OG 的大部分缺陷，Cloudera 对 Flume 的核心组件、核心配置以及代码架构等进行了重构，生成新的 Flume 版本 Flume NG（Next Generation，下一代），给开发人员开发大数据项目带来极大便利的同时，还具有很多优势。

1）Flume 可以将应用产生的数据存储到任何集中存储器中，如 HDFS、HBase 数据库、Hive、Kafka 等。

2）在收集数据并写入时，收集的信息非常大，以至超过系统的写入数据能力，这时，Flume 会在数据收集和数据写入之间作出调整，保证其能够在两者之间提供平稳的数据。

3）提供上下文路由特征。

4）Flume 的管道是基于事务的，保证了数据在传送和接收时的一致性。

5）Flume 是可靠的、容错性高的、可升级的、易管理的、可定制的。

6）Flume 具有实时性，可以将数据进行实时分析或保存在数据库或者其他系统中。

但需要注意的是，由于 Flume 的配置是十分烦琐的，source、channel、sink 的关系在配置文件里面交织在一起，不便于 Flume 的管理。

2．Flume NG 架构

Flume NG 以 Agent 为基础单位，一个 Agent 包含一个或多个 source、channel、sink，其中：

source：主要用于接受外部数据并将数据传入 channel 中。

channel：作用于 source 和 sink 之间，用于数据传输和保存。

sink：发送 channel 传入的数据到目的地。

Flume NG 以多个 Agent 的组合可以分为单 Agent 结构、多 Agent 链式结构和多路复用 Agent 结构。

（1）单 Agent 结构

只包含一个 Agent 的结构，从数据源到数据的存储呈一条线，如图 4-28 所示。

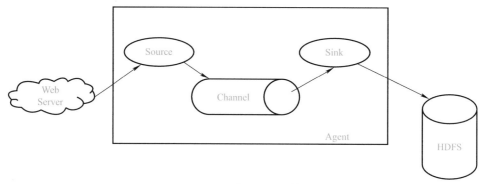

图 4-28　单 Agent 结构

（2）多 Agent 链式结构

由多个单 Agent 结构并行组合，可以实现多个数据源的采集，并将数据输出到同一个目的地，如图 4-29 所示。

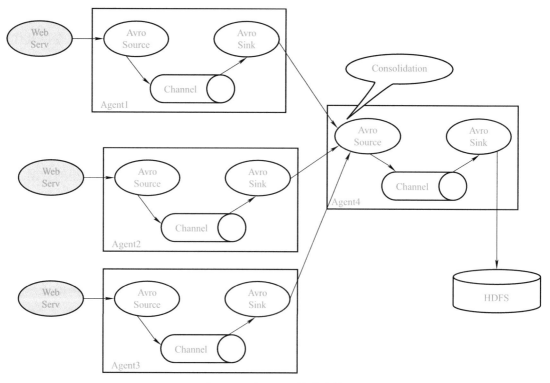

图 4-29　多 Agent 链式结构

（3）多路复用 Agent 结构

从一个数据源采集，将数据分别输出到不同的目的地，如图 4-30 所示。

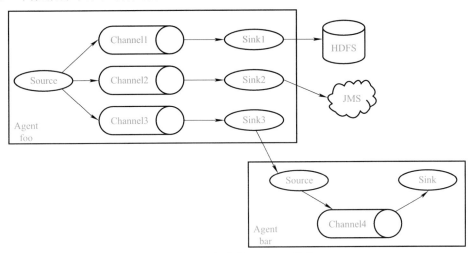

图 4-30　多路复用 Agent 结构

技能点 2　环境配置说明

1．Flume 下载

Flume 的下载操作简单，进入官网后只需几个步骤即可实现，步骤如下。

第一步：进入 Flume 的官网 http://flume.apache.org/，如图 4-31 所示。

图 4-31　Flume 官网界面

第二步：单击"Download"按钮进入 Flume 的版本选择界面，如图 4-32 所示。

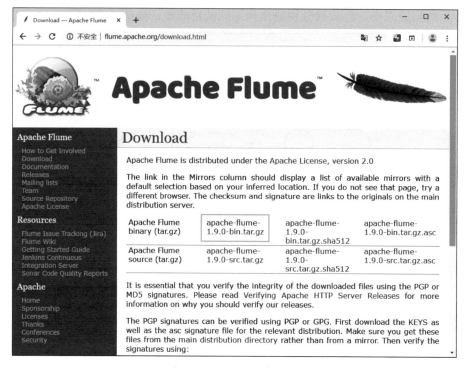

图 4-32　Flume 版本界面

第三步：选择需要的版本，这里选择的是 Flume 的 1.9.0 版本，单击"apache-flume-1.9.0-bin.tar.gz"链接，进入该版本的下载界面。

第四步：单击对应的下载链接进行下载，如图 4-33 所示。

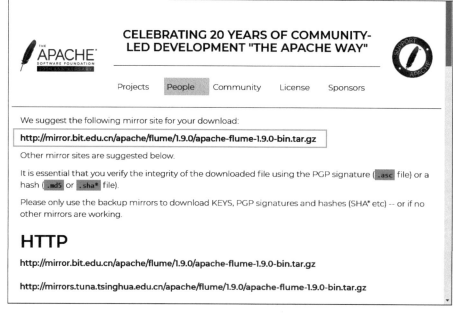

图 4-33　Flume 下载界面

第五步：将下载好的安装包放到主机的"/usr/local"目录，解压并将安装文件重命名为"flume"，命令如下。

```
// 解压安装包
tar -zxvf apache-flume-1.9.0-bin.tar.gz
// 安装包文件重命名
mv apache-flume-1.9.0-bin flume
```

效果如图 4-34 所示。

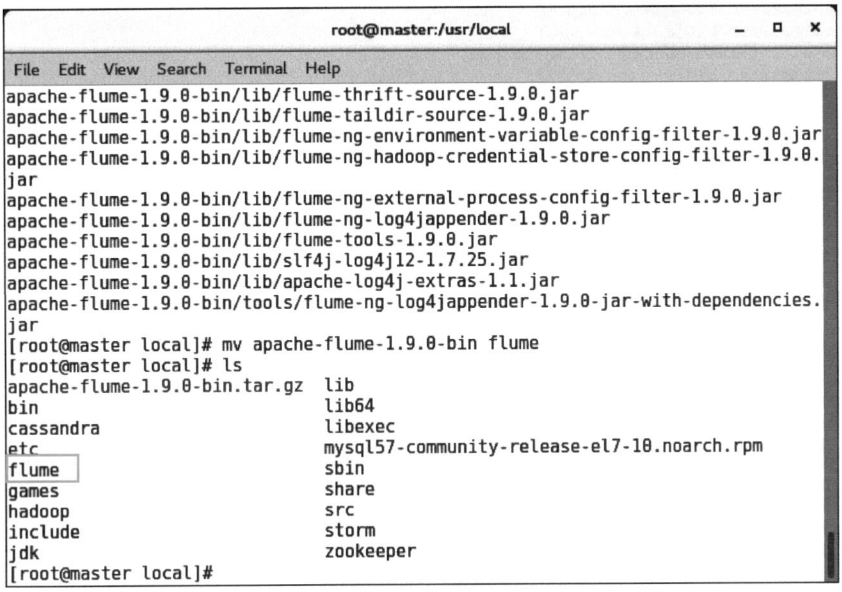

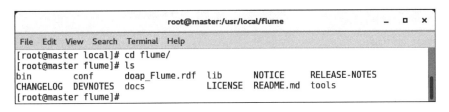

图 4-34　解压 Flume 安装包并重命名

2．Flume 配置说明

Flume 在下载、解压并进入安装包之后，会出现图 4-35 所示的安装包文件。

图 4-35　Flume 安装包包含的文件和目录

在 Flume 中，关于各个文件的解释如下。

- bin：放置 Flume 的启动命令文件。
- conf：放置 Flume 核心的配置文件。
- lib：Flume 运行依赖类库。
- docs：Flume 参考文档存储文件夹。

- tools：Flume 相关 jar 包存储文件夹。

其中，Flume 较为常用且重要的配置文件和目录有"bin"目录和"conf"目录。

（1）bin 目录

bin 目录是 Flume 中用于存储启动 Flume 命令的目录，在该目录中只包含了三个脚本文件，如图 4-36 所示。

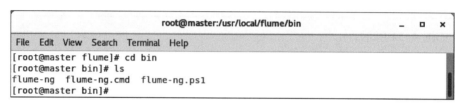

图 4-36　bin 目录包含的内容

在图 4-36 包含的三个脚本文件中，flume-ng 和 flume-ng.cmd 是不同平台 Flume 服务启动的执行脚本，flume-ng 作用于 Linux 平台，flume-ng.cmd 作用于 Windows 平台。在使用时，可直接运行"flume-ng help"查看其能够使用的相关参数，效果如图 4-37 所示。

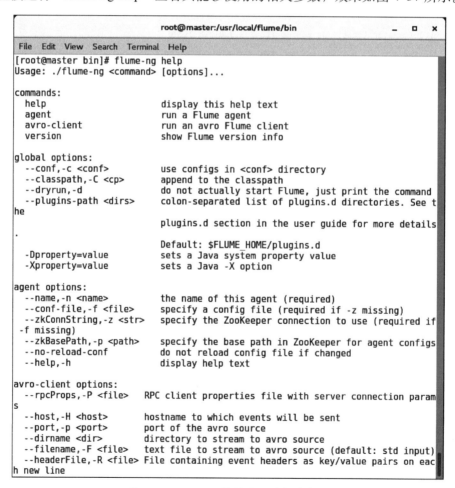

图 4-37　flume-ng 能够使用的相关参数

通过图 4-37 可知，flume-ng 能够支持多个参数，这些参数根据使用的情况可以分为四个类别，其中：

1) commands 部分包含的参数为功能参数，可以指定执行什么操作，见表 4-6。

表 4-6　commands 部分包含的参数

参　　数	描　　述
help	打印帮助信息
agent	执行一个 Flume 程序
avro-client	运行 Flume 客户端
version	打印 Flume 版本

2) global options 部分包含的参数为通用参数，在指定执行操作后，可以通过通用参数进行相关内容的设置，见表 4-7。

表 4-7　global options 部分包含的参数

参　　数	描　　述
--conf,-c	使用 <conf> 目录下的配置
--classpath,-C	添加 classpath
--dryrun,-d	只是打印命令，不执行操作
--plugins-path	以冒号分隔的 plugins.d 目录列表
-Dproperty=value	设置一个 Java 系统属性的值
-Xproperty=value	设置一个 Java -x 选项

3) agent options 部分包含的参数为 agent 的配置参数，在指定执行 agent 操作时可以被使用，见表 4-8。

表 4-8　agent 的配置参数

参　　数	描　　述
--name,-n	agent 的名称
--conf-file,-f	指定一个配置文件
--zkConnString,-z	指定使用的 ZooKeeper 的链接
--zkBasePath,-p	指定 agent config 在 ZooKeeper Base 的路径
--no-reload-conf	验证数据是否改变，不改变则重新加载配置文件

4) avro-client options 部分包含的参数为 avro-client 的配置参数，在指定执行 avro-client 操作时可以使用，见表 4-9。

表 4-9　avro-client 的配置参数

参　　数	描　　述
--rpcProps,-P	远程客户端与服务器链接参数的属性文件
--host,-H	将要发送事件的主机名
--port,-p	avro 源端口
--dirname	指定流到 avro 源的目录
--filename,-F	要传输到 avro 源的文本文件
--headerFile,-R	每个新的一行数据都会有的头信息 key/value

flume-ng 使用的语法格式如下。

flume-ng commands 参数 global options 参数 agent options 参数 /avro-client options 参数

（2）conf 目录

conf 目录是 Flume 配置文件存放目录，其中，flume-conf.properties.template 是主配置文件，可以实现接收器类型、数据存储方式、数据源类型等设置。在使用 flume-conf.properties.template 文件时，需要将其重命名为 flume.conf。重命名效果如图 4-38 所示。

```
root@master:/usr/local/flume/conf                               _  □  ×

File  Edit  View  Search  Terminal  Help
[root@master flume]# cd conf/
[root@master conf]# ls
flume-conf.properties.template   flume-env.sh.template
flume-env.ps1.template           log4j.properties
[root@master conf]# mv flume-conf.properties.template flume.conf
[root@master conf]# ls
flume.conf   flume-env.ps1.template   flume-env.sh.template   log4j.properties
[root@master conf]#
```

图 4-38　flume-conf.properties.template 文件重命名

配置文件重命名后，通过相关的配置参数即可进行配置，目前，Flume 的配置参数根据功能的不同可以分为多种类型，其中常用的有 sources、channels、sinks 三种类型。

1）sources 包含的配置参数主要用于实现数据源的相关配置，如数据源的类型、监听常用的配置参数见表 4-10。

表 4-10　sources 包含的配置参数

参　　数	描　　述
type	source 类型
bind	绑定 IP
port	端口号

语法格式如下。

```
# agent 表示代理名称,可自己定义,s1 同样是自定义值
agent.sources=s1
agent.sources.s1. 参数 = 参数值
```

2)channels 包含的配置参数主要用于实现数据源和数据存储之间通道的相关配置,如通道的选择、最大事件存储个数等,常用的配置参数见表 4-11。

表 4-11　channels 包含的配置参数

参　　数	描　　述
type	通道类型
capacity	通道中存放的最大 event 数
transactionCapacity	通道每次提交的 event 数量

语法格式如下。

```
# agent 表示代理名称,可自己定义,s1 同样是自定义值
agent.channels=s1
agent.channels.s1. 参数 = 参数值
```

3)sinks 包含的配置参数主要用于实现数据采集完成后数据存储的相关配置,如数据存储路径、数据存储文件的格式等,常用的配置参数见表 4-12。

表 4-12　sinks 包含的配置参数

参　　数	描　　述
type	接收器类型
hdfs.path	写入 HDFS 的路径
hdfs.channel	与数据源连接的通道名称
hdfs.writeFormat	写文件的格式
hdfs.round	是否对时间戳四舍五入
hdfs.roundUnit	向下取整值,单位为 s、min 或 h

语法格式如下。

```
# agent 表示代理名称,可自己定义,s1 同样是自定义值
agent.sinks=s1
agent.sinks.s1. 参数 = 参数值
```

任务实施

【任务目的】

Flume 环境的搭建非常简单,只需将安装包解压后,向环境变量中添加 Flume 的相关信息即可,之后通过 Flume 采集通信信息验证 Flume 环境搭建完成。

【任务流程】

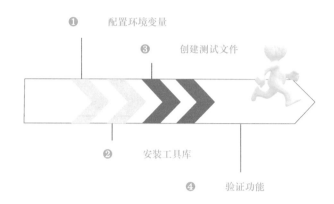

❶ 配置环境变量

❸ 创建测试文件

❷ 安装工具库

❹ 验证功能

【任务步骤】

第一步：配置环境变量。Flume 安装文件解压并重命名后，打开 .bashrc 环境变量配置文件，将 Flume 的环境变量添加到文件的末尾，命令如下。

```
[root@master local]# vi ~/.bashrc
# 添加内容如下
export FLUME_HOME=/usr/local/flume
export FLUME_CONF_DIR=$FLUME_HOME/conf
export PATH=.:$PATH:$FLUME_HOME/bin
[root@master local]# source ~/.bashrc
[root@master local]# flume-ng version
```

第二步：验证环境变量配置。环境变量配置修改并使其生效后，通过查看 Flume 版本，验证环境变量是否配置成功，但查看到版本号时，说明配置成功，反之失败，命令如下。

```
[root@master local]# flume-ng version
```

效果如图 4-39 所示。

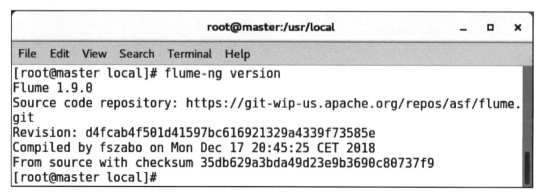

图 4-39　查看 Flume 版本

第三步：安装工具库。Flume 在使用之前，还需要添加一些其运行时所需的工具库，包含 xinetd、telnet-server 和 telnet.*，命令如下。

```
[root@master local]# yum install xinetd
[root@master local]# yum install telnet-server
[root@master local]# yum install telnet.*
```

效果如图 4-40 ～图 4-42 所示。

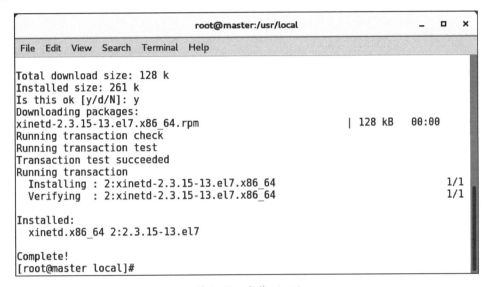

图 4-40　安装 xinetd

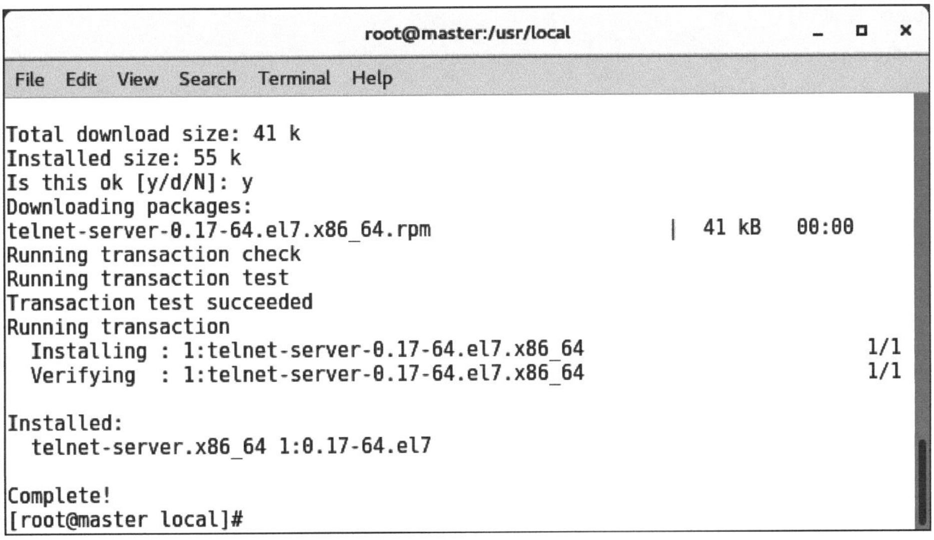

图 4-41　安装 telnet-server

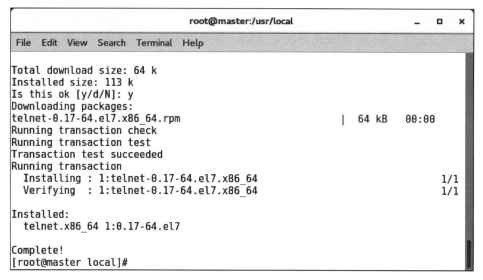

root@master:/usr/local

图 4-42　安装 telnet.*

第四步：创建测试文件。环境安装完成后，进入 Flume 安装目录的 conf 的目录，创建一个名为 test.conf 的测试文件并添加相关的程序配置，命令如下。

```
[root@master local]# cd flume/conf/
[root@master conf]# touch test.conf
[root@master conf]# vi test.conf
// 添加如下配置内容
# agent 组件名称
a1.sources = r1
a1.sinks = k1
a1.channels = c1
# source 配置
a1.sources.r1.type = netcat
a1.sources.r1.bind = localhost
a1.sources.r1.port = 44444
# sink 配置
a1.sinks.k1.type = logger
# 使用内存中 Buffer Event Channel
a1.channels.c1.type = memory
a1.channels.c1.capacity = 1000
a1.channels.c1.transactionCapacity = 100
# 绑定 source 和 sink 到 channel
a1.sources.r1.channels = c1
a1.sinks.k1.channel = c1
```

第五步：测试 Flume 功能。在当前命令窗口，运行定义好的 test.conf 文件后等待，命令如下。

[root@master conf]# flume-ng agent --conf conf --conf-file test.conf --name a1 -Dflume.root.logger=INFO,console

效果如图 4-43 所示。

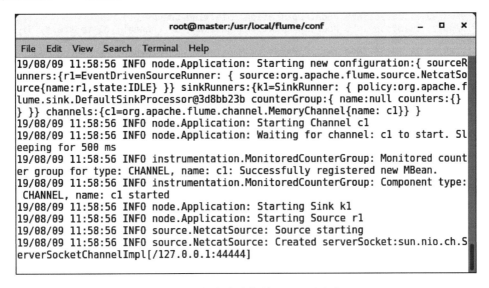

图 4-43　运行定义好的 test.conf 文件

之后，重新打开另一个命令窗口，通过 telnet 命令与上面的命令窗口进行通信，命令如下。

[root@master ~]# telnet localhost 44444
// 输入内容如下
hello flume

效果如图 4-44 所示。

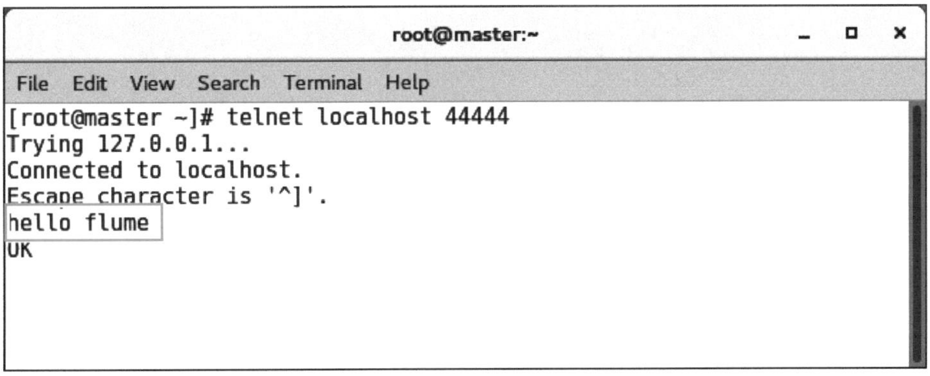

图 4-44　通过 telnet 命令与上面的命令窗口进行通信

最后，返回第一个命令窗口查看输出结果，出现图 4-45 所示内容说明 Flume 采集数据成功。

```
                    root@master:/usr/local/flume/conf          _  □  ×

 File  Edit  View  Search  Terminal  Help
urce{name:r1,state:IDLE} }} sinkRunners:{k1=SinkRunner: { policy:org.apache.f
lume.sink.DefaultSinkProcessor@3d8bb23b counterGroup:{ name:null counters:{}
} }} channels:{c1=org.apache.flume.channel.MemoryChannel{name: c1}} }
19/08/09 11:58:56 INFO node.Application: Starting Channel c1
19/08/09 11:58:56 INFO node.Application: Waiting for channel: c1 to start. Sl
eeping for 500 ms
19/08/09 11:58:56 INFO instrumentation.MonitoredCounterGroup: Monitored count
er group for type: CHANNEL, name: c1: Successfully registered new MBean.
19/08/09 11:58:56 INFO instrumentation.MonitoredCounterGroup: Component type:
 CHANNEL, name: c1 started
19/08/09 11:58:56 INFO node.Application: Starting Sink k1
19/08/09 11:58:56 INFO node.Application: Starting Source r1
19/08/09 11:58:56 INFO source.NetcatSource: Source starting
19/08/09 11:58:56 INFO source.NetcatSource: Created serverSocket:sun.nio.ch.S
erverSocketChannelImpl[/127.0.0.1:44444]
19/08/09 12:04:47 INFO sink.LoggerSink: Event: { headers:{} body: 68 65 6C 6C
 6F 20 66 6C 75 6D 65 0D           hello flume. }
```

图 4-45　输出结果

至此，Flume 组件配置完成。

小结

本项目通过数据处理组件配置的实现，对 Storm、Flume 相关知识有了初步了解，对其所需的配置属性有所了解并掌握，并能够通过所学知识实现 Storm 和 Flume 组件的环境配置。

Project 5

項目5

数据分析组件配置

问题导入

小张：数据处理组件学得怎么样了？

小李：已经基本掌握了。

小张：到现在你已经学习了很多组件的配置了。

小李：是的，但我感觉还有欠缺。快给我说说还有什么需要学习的内容。

小张：别着急，你接下来要学习数据分析组件的配置了。

小李：好的，我这就去学习。

学习目标

通过对项目 5 相关内容的学习，了解 Hive 和 Spark 的相关概念，熟悉 Hive 体系结构和 Spark 的生态系统，掌握 Hive 和 Spark 的相关配置，具有在 Linux 平台上搭建 Hive 和 Spark 环境的能力，在任务实现过程中：

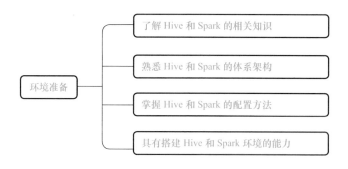

任务分析

本任务主要实现 Hive 组件的相关配置，使集群变得更加易用，支持 SQL 处理数据。在任务实现过程中，简单了解 Hive 的概念、体系结构以及与传统数据库的对比，详细说明 Hive 包含的各个配置文件的作用及文件包含的属性。

任务技能

技能点 1 Hive 概述

1．Hive 简介

Hive 是一个基于 Hadoop 来处理结构化数据的数据仓库工具，能够让精通 SQL 语句但 Java 编程能力相对较弱的数据工程师进行 HDFS 的大规模数据的查询、分析等。

Hive 没有专门的数据存储格式，也不存在索引，用户可以非常自由地组织 Hive 中的表，只需要在创建表时告诉 Hive 数据中的列分隔符和行分隔符。另外，由于 Hive 在静态批处理的 Hadoop 上构建，因此 Hive 没有办法满足大规模数据的低延时快速查询，并且 Hive 的设计严格遵守 Hadoop 的 MapReduce 作业执行模型，能够将用户的查询语句通过解释器转换为 MapReduce 后被提交到 Hadoop 集群并由 Hadoop 对作业的执行过程进行监控最后将结果返回给用户。Hive 在 Hadoop 中能够很好地进行数据分析，其优势如下。

1）易上手。

2）提供统一的元数据管理。

3）存在多个接口，如 Beeline、ODBC、JBCD、Python、Thrift 等。

4）有较高的可扩展性，Hive 可以做到随集群规模扩展且不需要重启服务。

5）用户可根据自己的需求自定义函数。

6）良好的容错性，可以保障即使有节点出现问题，SQL 语句仍可完成执行。

尽管 Hive 的优点很多，但其同样存在着一些缺点，如下。

1）不支持记录级别操作。Hive 不支持记录级别的增删改操作，但可通过查询生成新表

或将结果保存到文件中。

2）延迟较高。因为 MapReduce 的启动耗时较长所以 Hive 的查询延迟也很严重，不能应用在交互查询系统中。

3）调优困难。

4）可调控性差。

2．与传统数据库对比

尽管 Hive 使用了类似于 SQL 的查询语言 HQL，但 Hive 与 SQL 类型的数据库相比有着本质不同，其属于 NoSQL 类型的非关系型数据库。Hive 和传统数据库比较见表 5-1。

表 5-1　Hive 与传统数据库比较

	HQL	SQL
数据存储	HDFS，理论上能够进行无限的拓展	集群存储，容量存在上限，并且其只能适用于数据量较小的情况，对于大规模的半结构、非结构化数据则无能为力
数据格式	用户定义	系统决定
执行引擎	存在 MapReduce、Spark 等多种引擎可被选择	可以选择更加高效的算法执行查询，也可以进行更多优化以实现速度提升
数据更新	不支持	支持
使用方式	HQL，类似于 SQL	SQL
索引	低效	高效
灵活性	元数据存储独立于数据存储之外从而解耦合元数据和数据	灵活性低，数据用途单一
分析速度	计算依赖于集群规模，易拓展，在大数据量情况下，远远快于普通数据仓库，但复杂的关联交叉运算速度很慢，宽表用 HIVE 做比较低效	复杂查询性能高于 Hive，简单大规模（百 TB 级数据）查询性能较 Hive 弱
执行延迟	高	低
处理数据规模	大	小
易用性	需要自行开发应用模型，灵活度较高，但是易用性较低	集成一整套成熟的报表解决方案，可以较为方便地进行数据分析
可靠性	数据存储在 HDFS，可靠性高、容错性高	可靠性较低，一次查询失败需要重新开始。数据容错大部分依赖于硬件的 RAID（磁盘阵列）
可扩展性	高	低
依赖环境	硬件要求较低，可适应一般的普通机器	依赖于高性能的商业服务器，对 x86 服务器的配置统一性要求较高
价格	开源产品	商用价值昂贵

3．体系结构

Hive 体系架构如图 5-1 所示。

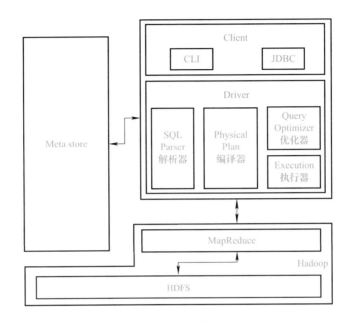

图 5-1　Hive 体系架构图

通过图 5-1 可知，Hive 主要由 Meta store、Client、Driver 和 Hadoop 四个部分组成，其中：

（1）Meta store

元数据服务组件，用来存储 Hive 元数据，包含元数据的表名、表所属的数据库、表的拥有者、列 / 分区字段、表的类型、表的数据所在目录等信息。

（2）Client

用户接口，包含 CLI、JDBC 等，其中：

● CLI：Command Line Interface，命令行接口。

● JDBC：访问 Hive 的接口。

（3）Driver

驱动器，包括 SQL Parser 解析器、Physical Plan 编译器、Query Optimizer 编译器和 Execution 执行器，能将用户编写的 HQL 语句进行编译、解析、生成执行计划，然后调用 MapReduce 进行数据分析。

● SQL Parser 解析器：将 SQL 字符串转换成抽象语法，并对该语法进行分析，一般通过第三方工具库完成。

● Physical Plan 编译器：将解析器生成的语法编译成可执行的语句。

- Query Optimizer 优化器：对可执行语句进行优化。
- Execution 执行器：运行可执行语句。

（4）Hadoop 核心组件，包含 HDFS 和 MapReduce，其中：

- HDFS：进行存储。
- MapReduce：进行计算。

技能点 2 环境配置说明

1．Hive 下载

Hive 在安装之前需要通过官网下载安装目录，步骤如下。

第一步：打开浏览器输入 https://hive.apache.org/ 进入 Hive 的官网，Hive 官网界面如图 5-2 所示。

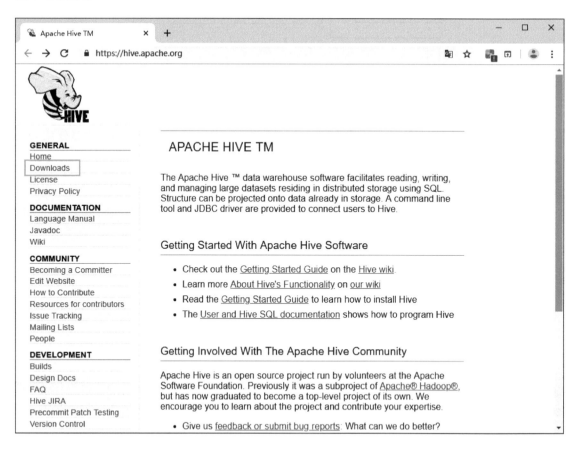

图 5-2　Hive 官网界面

第二步：单击左侧的"Downloads"按钮，即可进入 Hive 版本更新介绍界面，如图 5-3 所示。

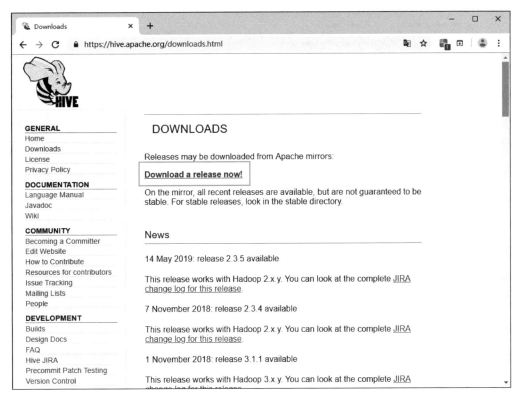

图 5-3　Hive 版本更新介绍界面

第三步：单击"Download a release now!"按钮进入下载地址选择界面，如图 5-4 所示。

图 5-4　Hive 下载地址选择界面

第四步：单击对应的地址链接进入 Hive 版本选择界面，如图 5-5 所示。

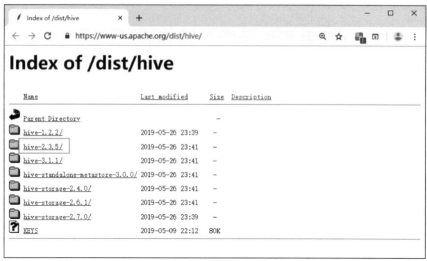

图 5-5　Hive 版本选择界面

　　第五步：选择需要的 Hive 版本，这里选择的是 Hive 的 2.3.5 版本，单击 "hive-2.3.5/"
即可进入 Hive 下载界面，如图 5-6 所示。

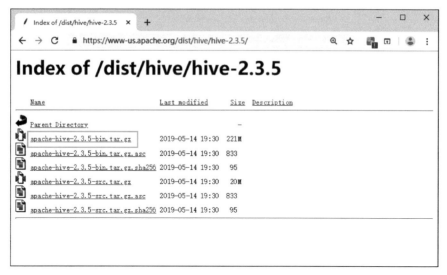

图 5-6　Hive 下载界面

　　第六步：单击对应的安装文件进行下载。

　　第七步：将下载好的安装包放到主机的 "/usr/local" 目录，解压并将安装文件重命名为
"hive"，命令如下。

```
// 解压安装包
tar -zxvf apache-hive-2.3.5-bin.tar.gz
// 安装包文件重命名
mv apache-hive-2.3.5-bin hive
```

效果如图 5-7 所示。

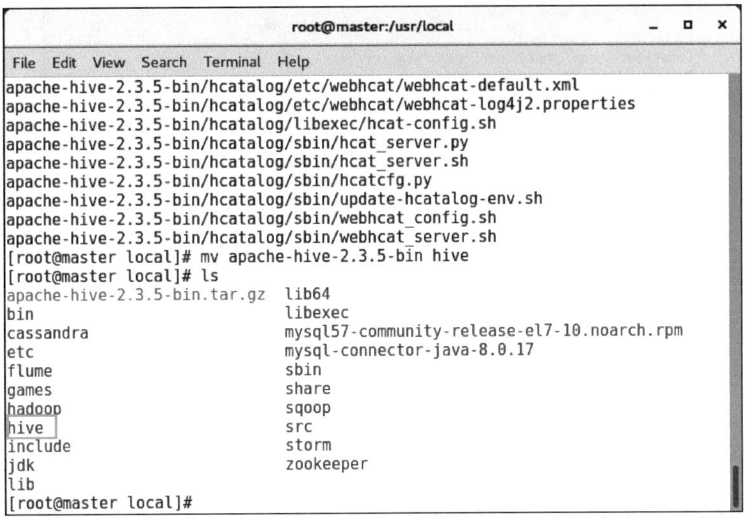

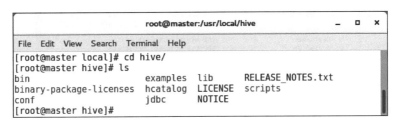

图 5-7　解压并重命名 Hive 安装包

2．Hive 配置说明

Hive 的配置同样是通过修改配置文件完成的，在下载、解压并进入安装包之后，会出现图 5-8 所示的安装包文件。

图 5-8　Hive 安装包文件

在 Hive 中，关于各个文件的解释如下。

- bin：脚本文件存储文件夹。
- conf：配置文件存储文件夹。
- examples：Hive 的相关示例存储文件夹。
- lib：Hive 运行时所需的 Jar 包存储文件夹。
- binary-package-licenses：Hive 版权信息文件存储文件夹。
- hcatalog：Hive 的工具组件，可以使 Hive 以任何格式和任何结构存储数据。
- scripts：Hive 的单元脚本存储文件夹。
- jdbc：用于实现 Hive 的 Jdbc 连接使用 Jar 包的存储。

其中，Hive 较为常用且重要的配置文件和目录有"bin"目录和"conf"目录。

（1）bin 目录

Hive 中 bin 目录同样用于存储脚本文件，其包含了多个 Hive 内置脚本，如 hive、beeline 等操作脚本，bin 目录包含内容如图 5-9 所示。

图 5-9　bin 目录包含内容

在图 5-9 包含的多个脚本中，较为常用的见表 5-2。

表 5-2　bin 目录包含的脚本文件说明

脚　　本	描　　述
beeline	命令行客户端工具
hive	命令行工具
hiveserver 2	客户端服务

1）beeline 是 Hive 提供的一种基于 SQL Line 的命令行客户端工具，支持嵌入模式和远程模式两种运行方式。通过输入"beeline --help"可查看 beeline 工具使用时包含的参数，效果如图 5-10 所示。

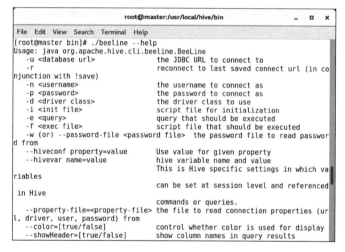

图 5-10　查看 beeline 工具使用时包含的参数

在图 5-10 所示的 beeline 工具参数中较为常用的参数见表 5-3。

表 5-3　beeline 工具参数中较为常用的参数

参　　数	描　　述
-u <database URL>	用于 JDBC URL 连接，beeline -u db_URL
-r	重新连接到最近使用过的 URL，beeline -r
-n <username>	连接时使用的用户名，beeline -n valid_user
-p <password>	连接时使用的密码，beeline -p valid_password
-e <query>	应该执行的查询，beeline -e "query_string"
-f <file>	需要被执行的脚本文件，beeline -f filepath
--hivevar name=value	Hive 的变量名和变量值，beeline --hivevar var1=value1
--autoCommit=[true/false]	允许或者禁止自动事务执行，默认为 false，beeline --autoCommit=true
--showDbInPrompt=[true/false]	在提示符里面展示当前数据库名称，默认为 false，beeline --showDbInPrompt=true

2）hive 是命令行工具，主要用来执行一个 SQL 查询语句或者是一个 SQL 脚本，其包含的脚本参数可通过"hive -help"查看，效果如图 5-11 所示。

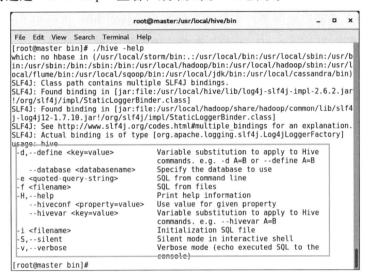

图 5-11　脚本参数查看

在图 5-11 所示的 hive 脚本参数中较为常用的参数见表 5-4。

表 5-4　hive 脚本参数中较为常用的参数

参　　数	描　　述
-d,-define <key = value>.	用于 Hive 的变量替换，-d A = B 或 -define A = B
--database <databasename>	指定要使用的数据库
-e <quoted-query-string>	需要运行的 SQL 语句
-f <filename>	读取外部文件的 SQL 语句
-i <filename>	初始化 SQL 文件

当不添加任何参数时，通过 hive 脚本可以启动 Hive 服务并进入 Hive 相关操作的命令窗口。启动 Hive 服务并进入 Hive 操作窗口，如图 5-12 所示。

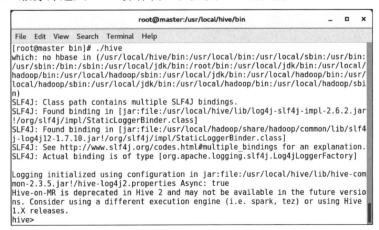

图 5-12　启动 Hive 服务并进入 Hive 操作窗口

之后可以通过 Hive 提供的方法来验证 Hive 是否配置成功。但需要注意的是，Hive 在启动时必须保证 Hadoop 相关服务已经启动。

3）hiveserver2 是客户端服务，主要用于使客户端针对 hive 执行相关的查询操作，其包含的脚本参数可通过"hiveserver2 --help"查看，效果如图 5-13 所示。

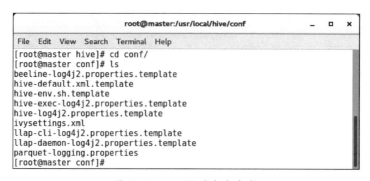

图 5-13　hiveserver2 包含的脚本参数

在图 5-13 所示的 hiveserver2 脚本参数中较为常用的参数见表 5-5。

表 5-5　hiveserver2 脚本参数中较为常用的参数

参　　数	描　　述
--deregister \<versionNumber\>	取消注册的指定实例
-H,--help	打印帮助信息
--hiveconf \<property=value\>	使用指定属性的值

（2）conf 目录

Hive 中 conf 目录的作用与 Hadoop 中的 conf 目录相同，都是用于配置文件的存储，conf 目录包含内容如图 5-14 所示。

```
root@master:/usr/local/hive/conf            _  □  ×

File  Edit  View  Search  Terminal  Help
[root@master hive]# cd conf/
[root@master conf]# ls
beeline-log4j2.properties.template
hive-default.xml.template
hive-env.sh.template
hive-exec-log4j2.properties.template
hive-log4j2.properties.template
ivysettings.xml
llap-cli-log4j2.properties.template
llap-daemon-log4j2.properties.template
parquet-logging.properties
[root@master conf]#
```

图 5-14　conf 目录包含内容

其中，hive-site.xml 和 hive-log4j2.properties.template 文件是配置文件中最重要的两个。hive-log4j2.properties.template 文件主要用于记录器、存放器等内容的设置；而 hive-site.xml 是 Hive 的主配置文件，包含 HDFS 路径、Hive 库表在 HDFS 中的存放路径等配置，在进行配置时，需要将 hive-default.xml.template 文件复制并重命名为 hive-site.xml，效果如图 5-15 所示。

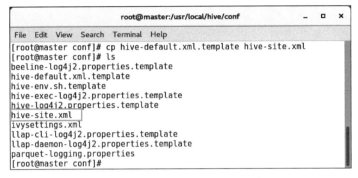

图 5-15　hive-default.xml.template 文件复制并重命名为 hive-site.xml

之后进行 hive-site.xml 中各配置属性的添加或修改即可。hive-site.xml 中可以使用的配置属性见表 5-6。

表 5-6　hive-site.xml 中可以使用的配置属性

属　　性	描　　述
hive.exec.scratchdir	HDFS 路径设置
hive.exec.script.wrapper	Hive 调用脚本时的包装器
mapred.reduce.tasks	每个作业的 reduce 任务数
hive.metastore.warehouse.dir	在 HDFS 中 Hive 库表的存放路径设置
hive.exec.local.scratchdir	作业的本地暂存空间
hive.fileformat.check	加载数据文件时是否校验文件格式
hive.querylog.location	日志文件位置
hive.optimize.index.filter	自动使用索引，默认为 false，不开启
hive.server2.thrift.port	hiveserver2 要监听的 HTTP 端口号
hive.server2.thrift.bind.host	集群的 IP 地址
hive.server2.long.polling.timeout	超时时间
hive.metastore.event.expiry.duration	事件表中事件的过期时间，默认为 0
hive.metastroe.warehouse.dir	数据仓库的位置
hive.metastore.client.connect.retry.delay	客户端连续的重试连接等待的时间，默认为 1
hive.metastore.ds.retry.attempts	当出现连接错误时重试连接的次数，默认为 1 次
javax.jdo.option.ConnectionURL	JDBC 连接字符串
javax.jdo.option.ConnectionDriverName	JDBC 驱动程序类的名称
javax.jdo.option.ConnectionUserName	数据库用户名
javax.jdo.option.ConnectionPassword	数据库密码
datanucleus.validateTables	检查是否存在表的 schema，默认为 false
datanucleus.validateColumns	检查是否存在列的 schema，默认为 false

语法格式如下。

```
<configuration>
    <property>
```

```
            <name> 属性 </name>
            <value> 值 </value>
            <description> 注释 </description>
        </property>
    <property>
            <name> 属性 </name>
            <value> 值 </value>
            <description> 注释 </description>
    </property>
</configuration>
```

任务实施

【任务目的】

通过以下几个步骤，实现大数据集群中 Hive 的相关配置并启动相关服务。

【任务流程】

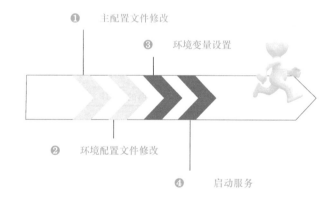

❶ 主配置文件修改

❸ 环境变量设置

❷ 环境配置文件修改

❹ 启动服务

【任务步骤】

第一步：hive-default.xml.template 文件配置。

进入 Hive 安装目录的 conf 目录，复制 hive-default.xml.template 文件并重名为 hive-site.xml，之后对 hive-site.xml 文件进行修改，设置资源的临时目录、作业本地暂存空间和日志文件存储位置等，命令如下。

```
[root@master local]# cd hive/conf/
[root@master conf]# cp hive-default.xml.template hive-site.xml
[root@master conf]# vi hive-site.xml
```

```
# 对以下属性进行修改
<property>
<name>hive.exec.scratchdir</name>
<value>/usr/local/hive/iotmp/hive</value>
</property>
<property>
<name>hive.downloaded.resources.dir</name>
  <value>/usr/local/hive/iotmp<value>
</property>
  <property>
<name>hive.exec.local.scratchdir</name>
<value>/usr/local/hive/iotmp</value>
<property>
  <name>hive.querylog.location</name>
  <value>/usr/local/hive/iotmp</value>
</property>
<property>
  <name>hive.metastore.warehouse.dir</name>
<value>/user/hive/warehouse</value>
</property>
<property>
  <name>hive.server2.thrift.port</name>
  <value>10000</value>
</property>
<property>
    <name>hive.server2.thrift.bind.host</name>
<value>master</value>
</property>
  <property>
    <name>hive.server2.long.polling.timeout</name>
<value>5000</value>
  </property>
<property>
    <name>javax.jdo.option.ConnectionURL</name> <value>jdbc:mysql://master:3306/hive_metadata?createDatabaseIfNotExist=true&amp;useSSL=false</value>
    </property>
    <property>
<name>javax.jdo.option.ConnectionDriverName</name> <value>com.mysql.jdbc.Driver</value>
    </property>
    <property>
<name>javax.jdo.option.ConnectionUserName</name>
    <value>root</value>
    </property>
    <property>
<name>javax.jdo.option.ConnectionPassword</name>
    <value>123456</value>
    </property>
```

第二步：hive-env.sh.template 文件配置。

复制 hive-env.sh.template 并重命名为 hive-env.sh，之后对 hive-env.sh 文件进行配置，包括 Hadoop 工作目录指定、Hive 配置目录指定、外部库文件指定等，命令如下。

```
[root@master conf]# cp hive-env.sh.template hive-env.sh
[root@master conf]# vi hive-env.sh
// 对如下配置进行修改
# 指定 hadoop 工作目录配置前需要加一个空格
 HADOOP_HOME = /usr/local/hadoop
# 指定 hive 配置目录
export  HIVE_CONF_DIR = /usr/local/hive /conf
# 指定配置单元库
export  HIVE_AUX_JARS_PATH = /usr/local/hive/ lib
```

第三步：修改环境变量并启动 Hive。

将 MySQL 驱动包通过 FX 工具上传到 "/usr/local/hive/lib/" 下，修改环境变量并启动 hive，命令如下。

```
[root@master conf]# vi ~/.bashrc
# 配置 hive 的执行目录
export HIVE_HOME=/usr/local/hive
export PATH=$HIVE_HOME/bin:$PATH
[root@master conf]# source ~/.bashrc
[root@master conf]# /usr/local/hive/bin/schematool -initSchema -dbType mysql
# 首次启动需要初始化源数据库
[root@master conf]# hive
```

执行结果如图 5-16 所示。

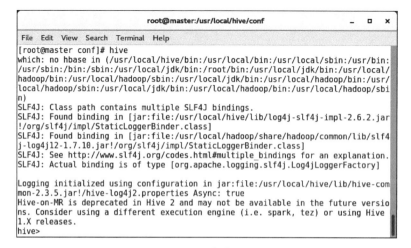

图 5-16　启动 hive

至此，Hive 组件配置完成。

任务 2 Spark 配置

任务分析

本任务主要实现 Spark 组件的相关配置，使集群具有更高的数据处理、分析能力。在任务实现过程中，了解 Spark 的概念、发展历程和生态系统组成，掌握 Spark 包含的各个配置文件的作用、包含的属性以及可视化管理界面。

任务技能

技能点 1 Spark 概述

1．Spark 简介

Spark 是加州大学伯克利分校的 AMP 实验室（Algorithms, Machines and People Lab）基于 Scala 语言所开发的并行计算框架，是为实现大规模数据处理而设计的快速通用计算引擎。与 MapReduce 相比，Spark 不但拥有其所具有的优点，而且 Spark 中 Job 的中间输出结果可以保存到内存中，从而不再需要读写 HDFS，提高了它的读写速度，因此 Spark 能更好地适用于数据挖掘与机器学习等需要迭代的 MapReduce 算法。Spark 依靠其先进的设计理念，迅速成为社区的热门项目。

另外，Spark 是一种基于内存的分布式大数据处理框架，它依靠先进的设计理念和特有优势，成为众多企业标准的大数据分析框架，Spark 的优势如下。

（1）快速

Spark 作为一个面向内存的大数据处理引擎，能够支持其为多个不同数据源的数据提供几乎实时的处理，适用于需要多次操作特定数据集的场景。另外，相比于 MapReduce，Spark 之所以能够快速处理数据，还得益于基于内存迭代、计算模型和优秀的作业调度策略三个方面。

1）Spark 基于内存迭代，而 MapReduce 基于磁盘迭代。

2）Spark 使用 DAG 计算模型，在迭代计算上比 MapReduce 更有效率。

3）Spark 是粗粒度的资源调度，而 MapReduce 是细粒度的资源调度。

（2）简洁易用

Spark 除了在计算性能方面尤为突出，在易用性方面也是 Hadoop 或其他同类计算框架无法比拟的。Spark 不仅能够使用 Scala 语言进行开发，还可以支持 Java、Python 等多种语言，

另外，由于 Scala 是一种面向对象的函数式的静态编写语言，Spark 能够借助其强大的类型推断、模式匹配、隐式转换等功能让 Spark 应用程序代码非常简洁。

（3）多种运行模式

Spark 支持 local、standalone、yarn 和 mesos 四种运行模式，能够满足任意情况的需求。

● local 模式：适用于测试。

● standalone 模式：并非是单节点，而是使用 Spark 自带的资源调度框架。

● yarn 模式：最流行的方式，使用 YARN 集群调度资源。

● mesos 模式：国外使用的多。

2．Spark 发展历史

Spark 作为一个新人，从诞生、开源，到成为 Apache 顶级项目之一，再到如今被许多企业使用，只用了十余年的时间，Spark 的发展历史见表 5-7。

表 5-7　Spark 的发展历史

时　间	事　件
2009 年	Spark 于 UCBerkeley 的 AMP 实验室诞生
2010 年	Spark 开源
2012 年 10 月 15 日	发布 Spark 0.6.0，主要增加了一些新特性，并对 standalone 模式进行了简化
2013 年 2 月 7 日	发布 Spark 0.6.2，解决部分 bug 问题，增强可用性
2013 年 2 月 27 日	发布 Spark 0.7.0，关键特性增加，包含 Python API、Spark Streaming 支持版本等
2013 年 6 月 21 日	Spark 成为 Apache 孵化项目
2013 年 7 月 16 日	发布 Spark 0.7.3，解决部分 bug 问题，Spark Streaming API 更新
2014 年 2 月 2 日	发布 Spark 0.9.0，增加 GraphX、机器学习、流式计算等新特性
2014 年 5 月 30 日	发布 Spark 1.0.0，增加和优化 Spark SQL、MLlib、GraphX 和 Spark Streaming 等新特性以及对安全 YARN 集群的支持
2014 年 7 月 11 日	发布 Spark 1.0.1，增加了对 JSON 数据的支持
2014 年 8 月 5 日	发布 Spark 1.0.2，修复核心 API、Spark Streaming、Python、MLlib 的部分 bug
2015 年 3 月 13 日	发布 Spark 1.3.0，引入 DataFrame API，对于结构型的 DataSet 提供了更方便、更强大的操作运算
2015 年 6 月 11 日	发布 Spark 1.4.0，引入 R API
2015 年 7 月 15 日	发布 Spark 1.4.1，对 DataFrame API、Streaming、Python、SQL 和 MLlib 的 bug 进行修复
2015 年 9 月 9 日	发布 Spark 1.5.0，为 Streaming 增加 operational 特性，并对 Spark R 的相关 API 进行扩展
2016 年 1 月 4 日	发布 Spark 1.6.0，增加新的 Dataset API、大量新的机器学习算法和统计分析算法
2016 年 7 月 26 日	发布 Spark 2.0.0，更新 APIs，支持 SQL 2003 和 R UDF
2016 年 12 月 28 日	发布 Spark 2.1.0，支持 Kafka 0.10
2017 年 5 月 2 日	发布 Spark 2.1.1
2017 年 7 月 11 日	发布 Spark 2.2.0，移除 Structured Streaming 的实验标记（experimental tag），对系统的可用性、稳定性以及代码润色进行更新
2017 年 10 月 9 日	发布 Spark 2.1.2
2017 年 12 月 1 日	发布 Spark 2.2.1
2018 年 2 月 28 日	发布 Spark 2.3.0，增加对 Structured Streaming 中的 Continuous Processing 以及全新的 Kubernetes Scheduler 后端的支持
2019 年 5 月 7 日	发布 Spark 2.4.3

3．Spark 生态系统

Spark 生态系统如图 5-17 所示。

图 5-17　Spark 生态

通过图 5-17 可知，Spark 生态系统由 Spark Core、Spark SQL、Spark Streaming、BlinkDB、MLBase/MLlib、GraphX、SparkR、Alluxio 等组件组成。

（1）Spark Core

Spark 生态系统的核心组件，是一个分布式大数据处理框架，提供了多种资源调度管理，通过内存计算、有向无环图（DAG，一个无回路的有向图）等机制保证了分布式计算任务的计算速度，还通过引入 RDD 的数据抽象保证了其容错性。

（2）Spark SQL

Spark SQL 是 Spark 处理结构化数据的一个组件，不仅提供了 DataFrame API，使用户可以对来自 RDD、Hive、HDFS、Cassandra 和 JSON 等途径的数据源执行各种关系操作，也可以通过使用 HiveQL 解析将其翻译成 Spark 上的 RDD 操作。

（3）Spark Streaming

Spark Streaming 是 Spark 系统中为实现用户流式计算的分布式流处理框架，能够通过指定的时间间隔对数据进行处理，可以很容易地和 Spark SQL、MLlib、GraphX 相结合，共同完成基于实时处理的复杂系统。

（4）MLBase/MLlib

MLBase 是 Spark 中的机器学习组件，它能够降低机器学习的入门门槛，能够让不了解机器学习的人轻松地使用 MLBase 完成机器学习任务。MLBase 分为 4 个部分，MLRuntime、MLlib、MLI 和 ML Optimizer。

（5）GraphX

GraphX 最初是伯克利 AMP 实验室开发的分布式图计算框架，后来成为 Spark 中的一个核心组件，主要用于 Spark 中图和图的并行计算。

（6）SparkR

SparkR 是遵循 GNU 协议的一款免费的开源软件，应用于统计计算和统计制图，但只能

单机运行。

思考阅读

大数据时代，我们一边享受着便利，一边冒着被"窥视"的风险，因为网络安全一旦不到位，大家的个人信息就会呈现"半透明"状态。

大数据的科技公司有很多，其中不乏泄露用户隐私者，如果用户的隐私落在不法分子手中后果将不堪设想。数据泄露会使用户人身财产受到威胁、威胁国家和公司安全、用户思想容易被裹挟。做为一个接触各种数据最多的职业要时刻谨记数据安全，保护他人隐私，严禁使用大数据分析进行有害他人利益的行为。

技能点 2 环境配置说明

1．Spark 下载

进入官网后下载 Spark 安装文件，步骤如下。

第一步：进入 Spark 的官网 http://flume.apache.org/，Spark 官网界面如图 5-18 所示。

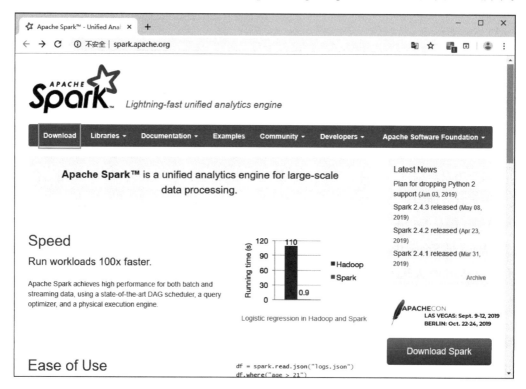

图 5-18　Spark 官网界面

第二步：单击"Download Spark"按钮进入 Spark 版本选择界面，如图 5-19 所示。

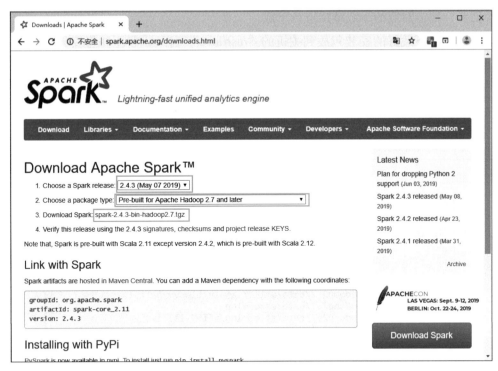

图 5-19　Spark 版本选择界面

第三步：选择需要的 Spark 版本和 Hadoop 版本，这里选择的是 Spark 的 2.3.4 版本和 Hadoop 的 2.7 版本，之后单击"spark-2.4.3-bin-hadoop2.7.tgz"链接，进入该版本的下载界面，如图 5-20 所示。

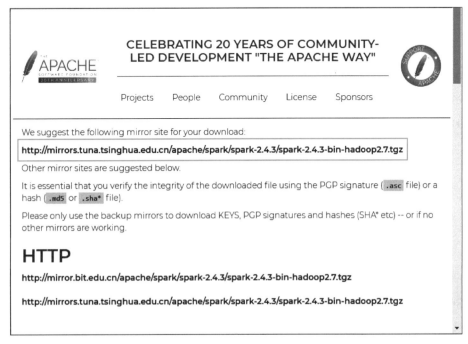

图 5-20　Spark 下载界面

— 181 —

第四步：单击对应的下载链接进行下载。

第五步：将下载好的安装包放到主机的"/usr/local"目录，解压并将安装文件重命名为
"spark"，命令如下。

```
// 解压安装包
tar -zxvf spark-2.4.3-bin-hadoop2.7.tgz
// 重命名安装包文件
mv spark-2.4.3-bin-hadoop2.7 spark
```

效果如图 5-21 所示。

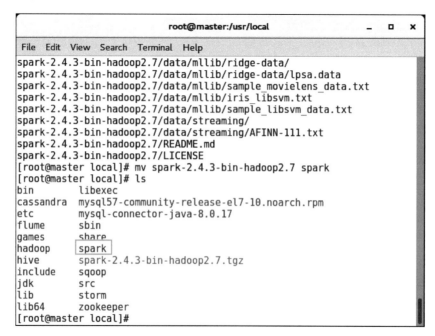

图 5-21　解压并重命名 Spark 安装包

2．Spark 配置说明

Spark 在下载、解压并进入安装包之后，会出现图 5-22 所示的安装包文件。

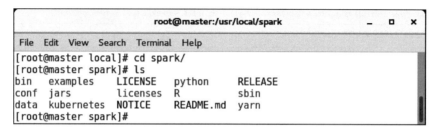

图 5-22　Spark 安装包文件

在 Spark 中，关于各个文件的解释如下。

● bin：脚本文件存储文件夹。

● conf：配置文件存储文件夹。

- examples：Spark 的相关示例存储文件夹。
- jars：Spark 运行时所依赖的 Jar 包存储文件夹。
- data：examples 相关示例所需的数据存储文件夹。
- python：使用 Python 语言开发 Spark 程序所需的文件存储文件夹。
- R：使用 R 语言开发 Spark 程序所需的 Jar 包存储文件夹。
- sbin：服务脚本存储文件夹。
- licenses：license 声明文件存储文件夹。
- kubernetes：在 kubernetes 上运行 Spark 所需的文件。
- yarn：使用 YARN 运行 Spark 程序所需的 Jar 包。

其中，Spark 较为常用且重要的配置文件和目录有 "bin" 目录、"conf" 目录和 "sbin" 目录。

（1）bin 目录

bin 目录是 Spark 中用于存储运行脚本的目录，如示例运行脚本、作业提交脚本等，bin 目录包含的脚本文件如图 5-23 所示。

```
root@master:/usr/local/spark/bin                    _  □  ×

File  Edit  View  Search  Terminal  Help
[root@master spark]# cd bin/
[root@master bin]# ls
beeline              pyspark.cmd         spark-shell
beeline.cmd          run-example         spark-shell2.cmd
docker-image-tool.sh run-example.cmd     spark-shell.cmd
find-spark-home      spark-class         spark-sql
find-spark-home.cmd  spark-class2.cmd    spark-sql2.cmd
load-spark-env.cmd   spark-class.cmd     spark-sql.cmd
load-spark-env.sh    sparkR              spark-submit
pyspark              sparkR2.cmd         spark-submit2.cmd
pyspark2.cmd         sparkR.cmd          spark-submit.cmd
[root@master bin]#
```

图 5-23　bin 目录包含的内容

在图 5-23 中包含了多个脚本文件，其中，以 ".sh" 为扩展名或没有扩展名的文件为 Linux 脚本文件，以 ".cmd" 为扩展名的文件为 Windows 环境命令。常用的 Linux 脚本文件见表 5-8。

表 5-8　常用的 Linux 脚本文件

脚　　本	描　　述
run-example	Spark 自带案例运行
spark-submit	提交作业
pyspark	启动基于 Python 的 Spark Shell 命令窗口
spark-shell	启动基于 Scala 的 Spark Shell 命令窗口
load-spark-env.sh	加载 spark-env.sh 中的配置信息，确保仅会加载一次

关于表中包含各个脚本的具体使用如下。

```
// 使用 run-example 运行简单的示例
./run-example SparkPi 2 > SparkPi.txt
// 使用 spark-submit 提交 examples 文件夹下的文件
./spark-submit examples/src/main/python/pi.py
// 启动基于 Python 的 Spark Shell 命令窗口
./pyspark
// 启动基于 Scala 的 Spark Shell 命令窗口
./spark-shell
// 加载 spark-env.sh 中的配置信息
./load-spark-env.sh
```

（2）conf 目录

conf 目录是 Spark 配置文件存放目录，包含了多个配置文件，如调度策略配置、集群日志模版设置、集群节点配置等。conf 目录包含的配置文件如图 5-24 所示。

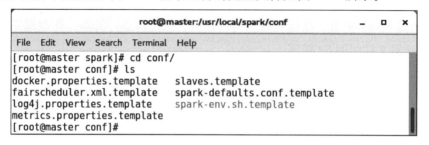

图 5-24　conf 目录包含的配置文件

其中，常用的配置文件见表 5-9。

表 5-9　conf 目录中常用的配置文件

参　　数	描　　述
spark-env.sh.template	环境配置文件
spark-defaults.conf.template	模版配置文件
slaves.template	节点配置文件

1）spark-env.sh.template 是 Spark 的环境变量配置文件，如 Java、Hadoop 安装目录配置等。在使用 spark-env.sh.template 时，需要将其复制并重命名为 spark-env.sh，如图 5-25 所示。

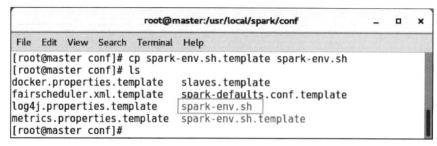

图 5-25　使用 spark-env.sh.template 文件

之后添加相应的配置内容即可，常用的配置属性见表 5-10。

表 5-10　spark-env.sh.template 常用的配置属性

参　数	描　述
SCALA_HOME	Scala 安装目录
HADOOP_HOME	Hadoop 安装目录
HADOOP_CONF_DIR	Hadoop 配置文件的地址
JAVA_HOME	Java 安装目录
SPARK_MASTER_PORT	master 实例绑定的端口，默认为 7077
SPARK_MASTER_IP	master 实例绑定的 IP 地址
SPARK_MASTER_WEBUI_PORT	master Web UI 的端口，默认为 8080
SPARK_LOCAL_DIRS	Spark 的本地工作目录
SPARK_WORKER_CORES	本机上 Spark 应用可以使用的 CPU core 的数量
SPARK_EXECUTOR_CORES	每个 executor 能够使用的 CPU core 的数量
SPARK_WORKER_MEMORY	本机上 Spark 应用可以使用的内存上限
SPARK_EXECUTOR_MEMORY	设置的是每个 executor 分配的内存的数量
SPARK_WORKER_PORT	Spark worker 绑定的端口
SPARK_WORKER_WEBUI_PORT	worker Web UI 端口，默认为 8081
SPARK_WORKER_INSTANCES	每个 slave 机器上启动的 worker 实例个数，默认为 1
SPARK_WORKER_DIR	Spark worker 的工作目录，包括 worker 的日志以及临时存储空间
SPARK_DAEMON_MEMORY	Spark master 和 worker 后台进程所使用的内存
SPARK_HISTORY_OPTS	Historyserver 配置

语法格式如下。

```
export 属性 = 属性值
```

2）spark-defaults.conf.template

spark-defaults.conf.template 是 Spark 的模板配置文件，可以进行 Spark 应用程序的一些配置，如应用程序名称、事件日志记录等，在使用时同样需要进行修改，需要将其复制并重命名为 spark-defaults.conf 后，添加相应的配置内容，常用的配置属性见表 5-11。

表 5-11　spark-defaults.conf.template 常用的配置属性

属　性	描　述
spark.app.name	应用程序的名称
spark.driver.cores	driver 程序运行需要的 CPU 内核数
spark.driver.memory	driver 进程使用的内存数
spark.executor.logs.rolling.maxRetainedFiles	设置被系统保留的最近滚动日志文件的数量
spark.executor.logs.rolling.time.interval	executor 日志滚动的时间间隔
spark.shuffle.compress	是否压缩 map 操作的输出文件
spark.eventLog.compress	是否压缩事件日志
spark.eventLog.dir	Spark 事件日志记录的目录路径
spark.eventLog.enabled	是否记录 Spark 的事件日志
spark.storage.memoryMapThreshold	内存块大小
spark.driver.host	driver 监听的主机名或者 IP 地址
spark.driver.port	driver 监听的接口

语法格式如下。

属性 属性值

3）slaves.template

slaves.template 是 Spark 的节点配置文件，在集群环境中，只要把节点名称放在该文件中就表示是集群的 worker 节点，在使用时，需要复制并重命名为 slaves 文件，之后添加节点名称即可。

（3）sbin 目录

sbin 目录是 Spark 的启停脚本目录，存放 Spark 集群的启动和停止等脚本文件，sbin 目录包含的脚本文件如图 5-26 所示。

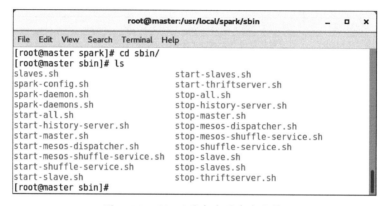

图 5-26 sbin 目录包含的脚本文件

其中，常用脚本文件见表 5-12。

表 5-12 sbin 目录常用的脚本文件

脚　　本	说　　明
start-all.sh	启动所有进程
stop-all.sh	停止所有进程
start-master.sh	启动 Spark 的 master 进程
stop-master.sh	停止 Spark 的 master 进程
start-slave.sh	启动单个节点的 worker 进程
stop-slave.sh	停止单个节点的 worker 进程
start-slaves.sh	启动所有 worker 进程
stop-slaves.sh	停止所有 worker 进程
start-history-server.sh	启动历史记录进程
stop-history-server.sh	停止历史记录进程

1）start-all.sh、stop-all.sh

start-all.sh 脚本主要用于启动 Spark 的全部服务，stop-all.sh 用于将 Spark 全部服务进行关闭。在使用时非常简单，只需执行指定脚本即可，语法格式如下。

```
./start-all.sh
./stop-all.sh
```

启动 Spark 全部服务效果如图 5-27 所示。

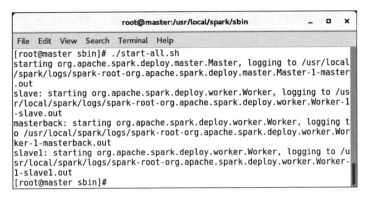

图 5-27　启动 Spark 全部服务效果

之后通过查看当前节点的进程确定服务已全部开启，其中，备用节点和数据节点相同。各节点服务进程如图 5-28 ～图 5-30 所示。

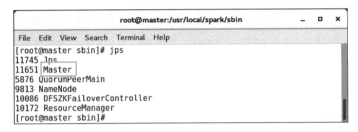

图 5-28　主节点的进程

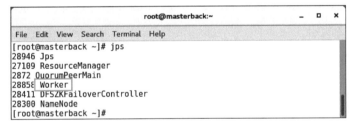

图 5-29　备用节点服务进程

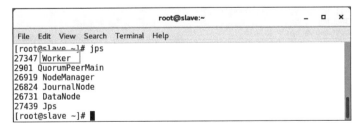

图 5-30　数据节点服务进程

2）start-master.sh 和 stop-master.sh 是两个用于操作 Spark Master 进程的脚本文件，其中，start-master.sh 用于开启，而 stop-master.sh 则用于关闭，语法格式如下。

```
./start-master.sh
./stop-master.sh
```

关闭 Spark 的 Master 进程并查看 Spark 服务进程，确定 Master 进程已经关闭，效果如图 5-31 所示。

```
                    root@master:/usr/local/spark/sbin         _  □  ×

File  Edit  View  Search  Terminal  Help
[root@master sbin]# ./stop-master.sh
stopping org.apache.spark.deploy.master.Master
[root@master sbin]# jps
5876 QuorumPeerMain
9813 NameNode
10086 DFSZKFailoverController
10172 ResourceManager
11455 Jps
[root@master sbin]#
```

图 5-31　关闭 Spark 的 Master 进程

3）start-slave.sh、stop-slave.sh、start-slaves.sh、stop-slaves.sh 是四个用于操作 Worker 进程的脚本，其中，start-slave.sh 可以启动一个指定节点的 Worker 进程，stop-slave.sh 用于停止指定节点的 Worker 进程，start-slaves.sh 能够启动所有节点的 Worker 进程，而 stop-slaves.sh 则是关闭所有节点的 Worker 进程，语法格式如下。

```
./start-slave.sh
./stop-slave.sh
./start-slaves.sh
./stop-slaves.sh
```

关闭 masterback 节点的 Worker 进程，并查看 Spark 服务进程，确定 Worker 是否已经消失，效果如图 5-32 所示。

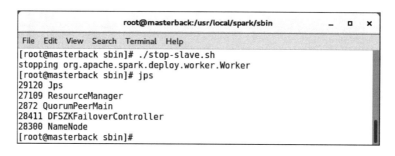

```
                    root@masterback:/usr/local/spark/sbin         _  □  ×

File  Edit  View  Search  Terminal  Help
[root@masterback sbin]# ./stop-slave.sh
stopping org.apache.spark.deploy.worker.Worker
[root@masterback sbin]# jps
29120 Jps
27109 ResourceManager
2872 QuorumPeerMain
28411 DFSZKFailoverController
28300 NameNode
[root@masterback sbin]#
```

图 5-32　关闭 masterback 节点的 Worker 进程

4）start-history-server.sh、stop-history-server.sh 是一对功能相反的脚本文件，start-history-server.sh 用于启动 Spark 的历史记录服务进程，而 stop-history-server.sh 用于关闭 Spark 的历史记录服务进程。但需要注意，在启动历史记录服务进程时，需要在配置文件中进行相关信息的配置，语法格式如下。

```
./start-history-server.sh
./stop-history-server.sh
```

启动所有节点的历史记录服务，效果如图 5-33 所示。

图 5-33　启动所有节点的历史记录服务

之后在主节点查看 Spark 服务进程，确定历史记录服务进程是否存在，效果如图 5-34 所示。

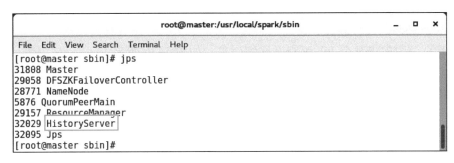

图 5-34　主节点查看 Spark 服务进程

3．Spark Web UI

Spark 在运行时会将自己的一些运行状态以 Web 界面的方式呈现出来，Spark 提供了三个端口来显示不同的监控信息分别为 4040、8080 和 18080 三个端口，其中，4040 端口中包含了多数 Spark 运行任务时的参数，包括任务运行中的状态，该端口在 Spark 正在执行任务时无法访问，只有在正在运行任务时才能够进行访问，如图 5-35 所示。

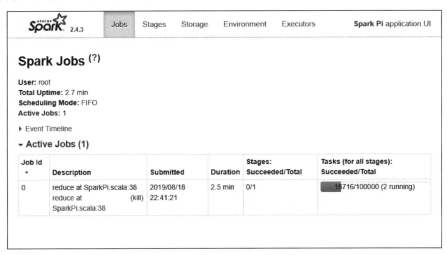

图 5-35　4040 端口页面

（1）Jobs

将任务提交到 Spark 后，日志中会输出一个 tracking URL（任务日志连接）。通过浏览器访问该连接默认进入图 5-35 所示页面，Job 信息属性见表 5-13。

表 5-13　Job 信息属性

属　　性	说　　明
User	Spark 提交任务时使用的用户
Total Uptime	Spark application 的运行时间
Scheduling Mode	在 application 中的 task 的任务调度策略
Completed Jobs	已完成 Job 的基本信息，可单击对应 Job 查看详细信息
Active Jobs	正在运行的 Job 基本信息
Event Timeline	在 application 运行时，对 Job 和 Executor 的增加和删除时间进行图形化展现

（2）Jobs Detail

在 Job 页面中单击某个 Job 可查看详细信息，如图 5-36 所示。

图 5-36　Jobs Detail 页面

Job 详细信息属性见表 5-14。

表 5-14　Job 详细信息属性

属　　性	说　　明
Status	Job 的当前运行状态
Active Stages	正在运行的 Stage 信息，可单击查看 Stage 详情
Pending Stages	队列中的 Stage 信息
Completed Stages	已完成的 Stage 信息
Event Timeline	当前 Job 运行期间 Stage 的信息
DAG Visualization	当前 Job 中所有的 Stage 信息以及各 Stage 间的 DAG 依赖图

（3）Stages

在 Job Detail 页单击进入某个 Stage 后，可以查看某一 Stage 的详细信息，如图 5-37 所示。

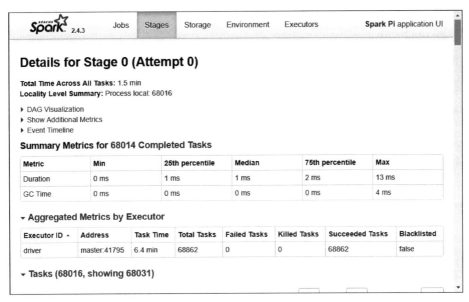

图 5-37　Stage 信息

Stage 的详细信息属性见表 5-15。

表 5-15　Stage 的详细信息属性

属　　性	说　　明
Total time across all tasks	当前 Stage 中所有 task 耗时总和
Locality Level Summary	不同本地化级别下的任务数，本地化级别是指数据与计算间的关系
Input Size/Records	输入数据的字节大小 / 记录条数
Shuffle Write	shuffle 过程中通过网络传输的数据字节数 / 记录条数
DAG Visualization	当前 Stage 中包含的详细的 transformation 操作流程图
Metrics	当前 Stage 中所有 task 的指标统计信息，光标指向指标后会有对应的解释信息
Event Timeline	每个 executor 上的 task 的各个阶段的时间统计信息
Aggregated Metrics by Executor	task 运行的指标信息按 executor 做聚合后的统计信息，并可查看某个 executor 上任务运行的日志信息
Tasks	当前 Stage 中所有任务运行的明细信息

（4）Storage

Storage 页面中能看出 application 当前使用的缓存情况，可以查看 RDD 缓存以及内存资源占用等的情况。如果 Job 在执行时持久化（persist）或缓存（cache）了一个 RDD，那么 RDD 的信息可以在该页面中查看。Storage 页面如图 5-38 所示。

图 5-38　Storage 信息

（5）Environment

Environment 页面提供有关 Spark 应用程序（或 SparkContext）中使用的各种属性和环境变量的信息。用户可以通过这个选项卡得到各种 Spark 属性信息，而不用去翻找属性配置文件。Environment 页面如图 5-39 所示。

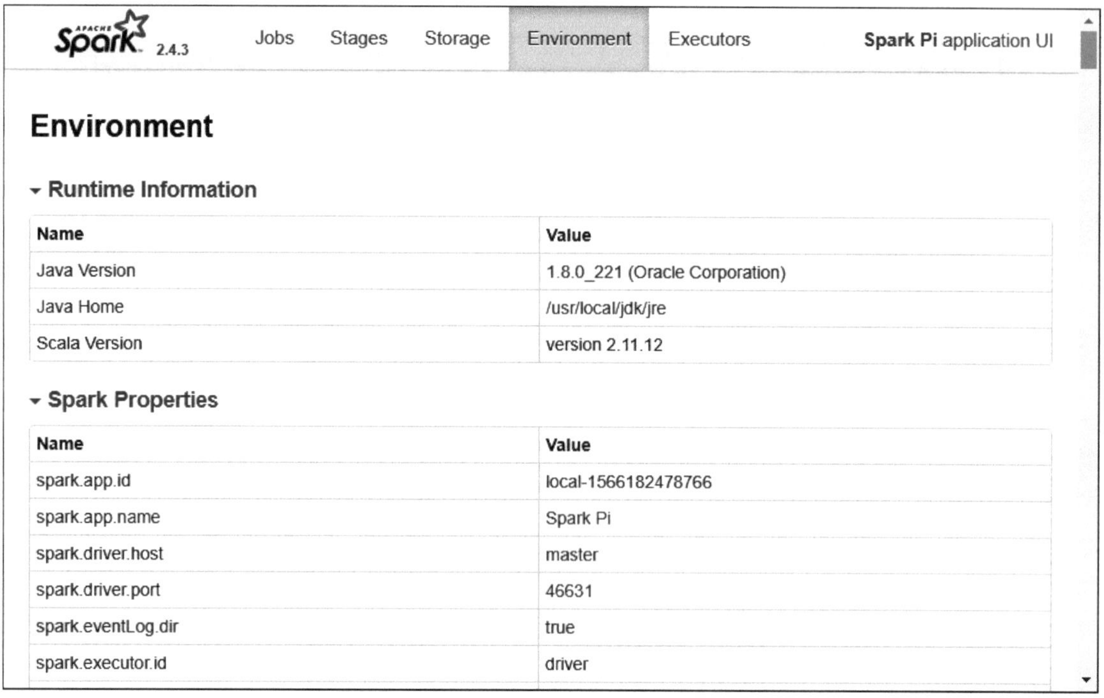

图 5-39　Environment 页面

（6）Executors

Executors 页面提供了关于内存、CPU 核和其他被 executors 使用的资源的信息，这些信息在 executor 级别和汇总级别都可以获取到。一方面通过它可以看出每个 executor 是否发生了数据倾斜，另一方面可以具体分析目前的应用是否产生了大量的 shuffle，是否可以通过数据的本地性或者减小数据的传输来减少 shuffle 的数据量。Executors 页面如图 5-40 所示。

其中：

Summary：该 application 运行过程中使用 executor 的统计信息。

Executors：每个 executor 的详细信息（包含 driver），可以单击查看某个 executor 中任务运行的详细日志。

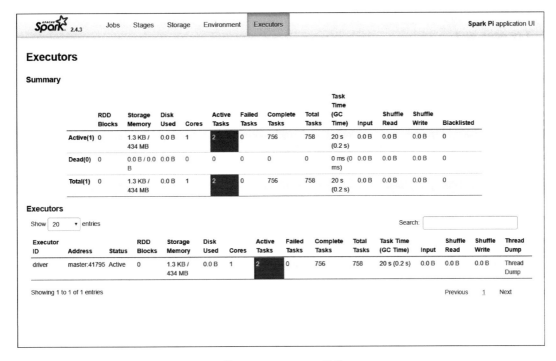

图 5-40　Executors 页面

任务实施

【任务目的】

在上面已经讲解了 Spark 的相关配置，为了巩固所学知识，通过以下几个步骤实现 Spark 的环境搭建，并通过运行 Spark 自带案例测试集群是否搭建成功。

【任务流程】

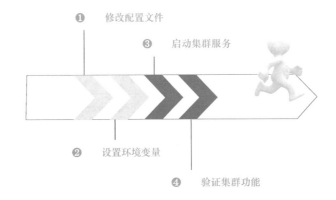

【任务步骤】

第一步：配置 spark-env.sh.template 文件。

进入安装文件的 conf 目录，复制 spark-env.sh.template 文件并重命名为 spark-env.sh，之后进行 Java 安装目录、Mater 实例绑定端口等内容的配置，命令如下。

```
[root@master local]# cd spark/conf/
[root@master conf]# cp spark-env.sh.template spark-env.sh
[root@master conf]# vi spark-env.sh
// 在配置文件末尾添加如下内容
export JAVA_HOME=/usr/local/jdk
export HADOOP_CONF_DIR=/usr/local/hadoop/etc/hadoop
export SPARK_MASTER_IP=master
export SPARK_MASTER_PORT=7077
export SPARK_WORKER_MEMORY=512m
export SPARK_WORKER_CORES=1
export SPARK_EXECUTOR_MEMORY=512m
export SPARK_EXECUTOR_CORES=1
export SPARK_WORKER_INSTANCES=1
```

第二步：配置 slaves.template 文件。

将 slaves.template 文件复制并重命名为 slaves，删除 localhost 并将 slave1 和 slave2 添加到配置文件中，每行代表一个节点，命令如下。

```
[root@master conf]# cp slaves.template slaves
[root@master conf]# vi slaves
// 在配置文件中添加如下配置
masterback
slave
slave1
```

第三步：配置 spark-defaults.conf.template 文件。

将 spark-defaults.conf.template 复制并重命名为 spark-defaults.conf，之后修改任务日志存放目录路径、记录 Spark 的事件日志等内容，命令如下。

```
[root@master conf]# cp park-defaults.conf.template spark-defaults.conf
[root@master conf]# vi spark-defaults.conf
// 在配置文件中修改如下内容
spark.eventLog.dir true
```

效果如图 5-41 所示。

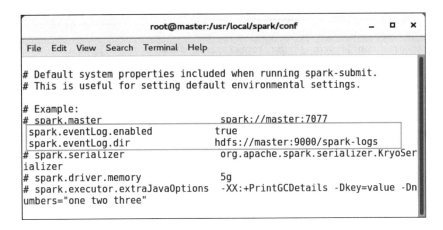

图 5-41　配置 spark-defaults.conf.template 文件

第四步：配置环境变量。

修改 /etc/profile 文件，进行 Spark 的安装包路径和其包含的 bin 目录路径配置，命令如下。

```
[root@master conf]# vi /etc/profile
// 在文件末尾添加如下内容
export SPARK_HOME=/usr/local/spark
export PATH=$PATH:$SPARK_HOME/bin

// 使环境变量生效
[root@master conf]# source /etc/profile
```

第五步：分发文件。

将配置好的 Spark 安装目录和 /etc/profile 配置文件通过分发的方式发送到集群的各个节点，命令如下。

```
// 分发安装文件
[root@master conf]# scp -r /usr/local/spark/ masterback:/usr/local/
[root@master conf]# scp -r /usr/local/spark/ slave:/usr/local/
[root@master conf]# scp -r /usr/local/spark/ slave1:/usr/local/
// 分发环境变量
[root@master conf]# scp –r /etc/profile masterback:/etc/
[root@master conf]# scp –r /etc/profile slave:/etc/
[root@master conf]# scp –r /etc/profile slave1:/etc/
```

效果如图 5-42 和图 5-43 所示。

```
root@master:/usr/local/spark/conf                          _  □  ×
File  Edit  View  Search  Terminal  Help
[root@master conf]# scp -r /usr/local/spark/ masterback:/usr/local/
setup.cfg                              100%   854      56.3KB/s   00:00
resultiterable.py                      100%  1217      55.4KB/s   00:00
shell.py                               100%  2333     191.0KB/s   00:00
heapq3.py                              100%   37KB      2.3MB/s   00:00
join.py                                100%  3994       1.9MB/s   00:00
version.py                             100%    20      10.3KB/s   00:00
rdd.py                                 100%   96KB      3.0MB/s   00:00
java_gateway.py                        100%  9173       3.7MB/s   00:00
find_spark_home.py                     100%  2766       1.3MB/s   00:00
_globals.py                            100%  2282       1.1MB/s   00:00
worker.py                              100%   16KB      6.5MB/s   00:00
accumulators.py                        100%  9505       3.6MB/s   00:00
feature.py                             100%   25KB      1.1MB/s   00:00
random.py                              100%   16KB      5.9MB/s   00:00
recommendation.py                      100%   11KB      5.3MB/s   00:00
fpm.py                                 100%  6732       2.3MB/s   00:00
classification.py                      100%   26KB      9.2MB/s   00:00
KernelDensity.py                       100%  1997     309.5KB/s   00:00
distribution.py                        100%  1263     761.2KB/s   00:00
```

图 5-42　分发安装文件

```
root@master:/usr/local/spark/conf                          _  □  ×
File  Edit  View  Search  Terminal  Help
[root@master conf]# scp -r /etc/profile masterback:/etc/
-r: No such file or directory
profile                                100%  2131      14.1KB/s   00:00
[root@master conf]# scp -r /etc/profile slave:/etc/
-r: No such file or directory
profile                                100%  2131      36.4KB/s   00:00
[root@master conf]# scp -r /etc/profile slave1:/etc/
-r: No such file or directory
profile                                100%  2131      53.1KB/s   00:00
[root@master conf]#
```

图 5-43　分发环境变量

第六步：启动集群。

启动 Spark 集群，注意应先确保 Hadoop 集群已启动，命令如下。

```
[root@master conf]# hadoop fs -mkdir /spark-logs

[root@master conf]# cd ..

[root@master spark]# cd sbin/

[root@master sbin]# ./start-all.sh

[root@master sbin]# jps

[root@masterback ~]# jps

[root@slave ~]# jps

[root@slave1 ~]# jps
```

效果如图 5-44 ～图 5-47 所示。

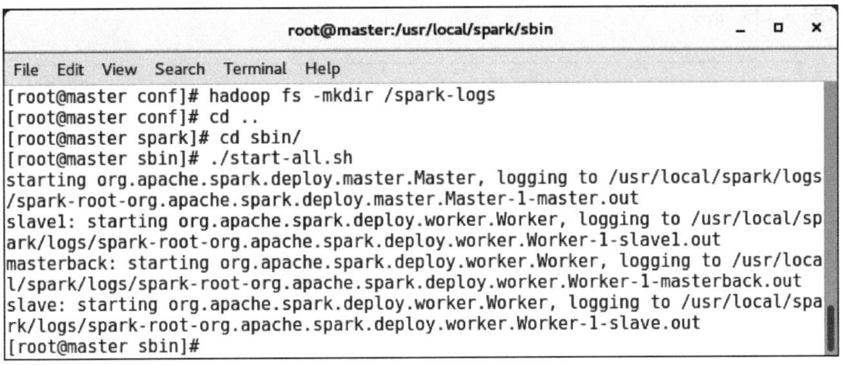

图 5-44　启动 master 节点进程

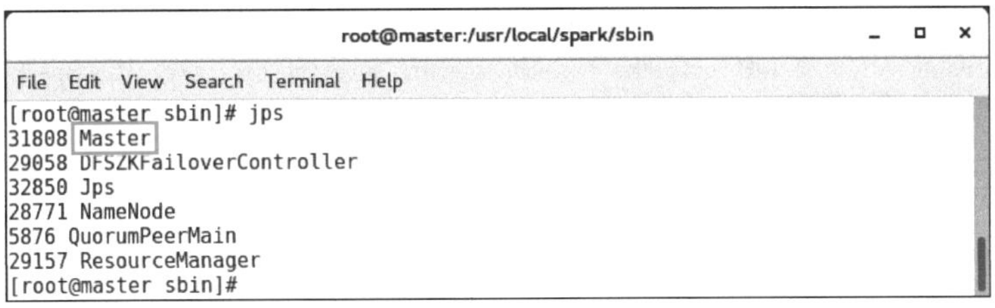

图 5-45　master 节点进程

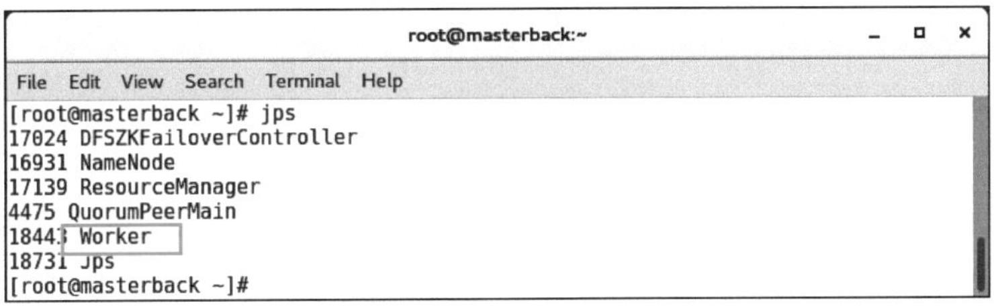

图 5-46　masterback 节点进程

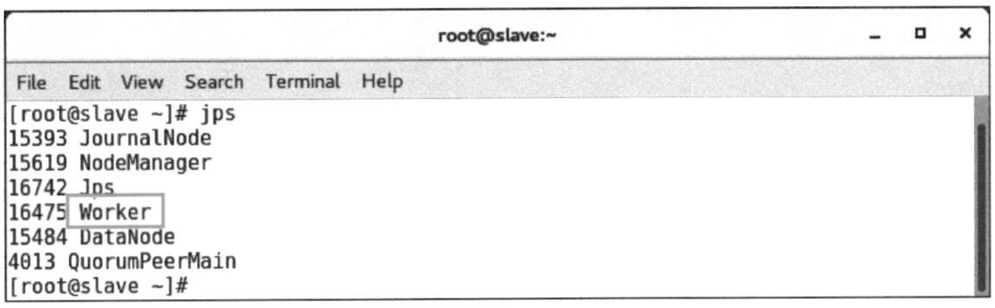

图 5-47　slave 和 slave1 节点进程

第七步：验证集群功能是否能够正常使用，通过 Spark 自带的案例进行测试，命令如下。

```
[root@master sbin]# cd ..
[root@master spark]# cd bin/
[root@master bin]# ./run-example SparkPi 2 > SparkPi.txt
[root@master bin]# cat SparkPi.txt
```

效果如图 5-48 所示。

图 5-48　测试集群功能

至此，Spark 组件配置完成。

小结

本项目通过数据分析组件配置的实现，对 Hive、Spark 相关知识有了初步了解，对其所需的配置属性有所了解并掌握，并能够通过所学知识实现 Hive 和 Spark 组件的环境配置。

Project 6

其他组件配置

问题导入

小张：感觉到困难了吗?

小李：嗯嗯，有点。

小张：你已经学完了大部分组件。

小李：啊，这么快?

小张：是的，差不多了，但还差最后一部分组件了。

小李：是什么?

小张：还有其他类型的组件需要你去学习。

小李：好的，我这就去学习。

学习目标

通过对项目 6 相关内容的学习，了解 Kafka 和 Sqoop 的相关概念，熟悉 Kafka 和 Sqoop 的架构，掌握 Kafka 和 Sqoop 的相关配置，具有在 Linux 平台上搭建 Kafka 和 Sqoop 环境的能力，在任务实现过程中:

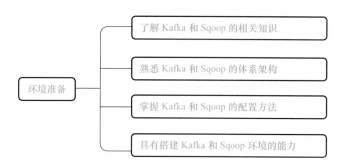

任务 1　Kafka 配置

任务分析

本任务主要实现 Kafka 组件的相关配置，提高集群的数据传输能力。在任务实现过程中，了解 Kafka 的相关概念和架构，掌握 Kafka 包含的各个配置文件的作用及文件包含的属性。

任务技能

技能点 1　Kafka 概述

1．Kafka 简介

Kafka 最初是由 LinkedIn 公司开发的分布式发布－订阅消息系统，之后成为 Apache 的顶级开源项目之一。Kafka 是一种快速、可扩展、分布式、分区、可复制的提交日志服务，能够实现活跃的流式数据的处理。在大数据系统中，常常会碰到这样一个问题，整个大数据是由各个子系统组成，数据需要在各个子系统中高性能、低延迟地不停流转。传统的企业消息系统并不是非常适合大规模的数据处理。Kafka 的应用非常广泛，除了处理流式数据外，还可以应用在一些别的方面，例如：

1）日志收集：用 Kafka 可以收集各种服务的日志，通过 Kafka 以统一接口服务的方式开放给各种用户，如 Hadoop、HBase 等。

2）消息系统：解耦合生产者和消费者、缓存消息等。

3）用户活动跟踪：Kafka 经常被用来记录 Web 用户或者 APP 用户的各种活动，如浏览网页、搜索、单击等活动，这些活动信息被各个服务器发布到 Kafka 的 topic 中，然后订阅者通过订阅这些 topic 来做实时的监控分析，或者装载到 Hadoop、数据仓库中做离线分析和挖掘。

4）运营指标：Kafka 也经常用来记录运营监控数据，包括收集各种分布式应用的数据，并产生各种操作的集中反馈，如报警和报告。

既然 Kafka 与 Flume 都能够用于实现日志数据的收集，那么 Kafka 优势有哪些？

1）高吞吐量、低延迟：Kafka 每秒可以处理几十万条消息，它的延迟最低只有几 ms，每个 topic 可以分成多个 partition，consumer group 对 partition 进行操作。

2）可扩展性：Kafka 集群支持热扩展。

3）持久性、可靠性：消息被持久化到本地磁盘，并且支持数据备份，防止数据丢失。

4）容错性：允许集群中的节点失败（若副本数量为 n，则允许 n-1 个节点失败）。

5）高并发：支持数千个客户端同时读写。

2. 基本概念解释

在 Kafka 中，包含了生产者、消费者、消息、批次、主题、分区等内容，这些内容给 Kafka 的学习会造成困难，为了能够更加深入地理解和学习 Kafka，需要对这些概念进行了解，Kafka 包含的基本概念见表 6-1。

表 6-1　Kafka 包含的基本概念及描述

概念名称	描述
record	消息记录，由一个 key、一个 value 和一个时间戳构成。在生产者中的消息记录称为生产者记录（Producer Record），消费者中的消息记录称为消费者记录（ConsumerRecord）
producer	生产者，用于发布（send）消息
consumer	消费者，用于订阅（subscribe）消息
consumer group	消费者组，具有相同 groupid 的消费者即属于同一个消费者组且每个消费者都必须设置 groupid，每条信息不能被属于同一个消费者组的多个消费者消费，但可以被多个消费者组消费
topic	主题，消息的逻辑分组，用于对消息进行分类，每一类称为一个主题，具有相同主题的消息将被放到同一个消息队列中
partition	分区，以物理形式存在的消息分组，主题会被拆成多个分区，每个分区都是一个顺序的、不可变的并且可以持续添加消息队列。每个分区都有一个唯一的 ID 叫作偏移量（offset），每个分区的偏移量都是唯一的
offset	偏移量，代表已经消费的位置，可自动或者手动提交偏移量
broker	代理，一台 Kafka 服务器就是一个 broker
replica	副本，每个副本都是一个分区（partition）的备份。副本只用于防止数据丢失，不会读取或写入数据
Leader	领导者，每个分区都有一个服务器充当 Leader，producer 和 consumer 只跟 Leader 交互
Follower	追随者，当领导者发生错误或失败时追随者将自动成为新的领导者作为正常消费者，拉取消息并更新其数据存储
ZooKeeper	分布式应用程序协调服务，Kafka 本身代理是无状态的，所以需要借助 ZooKeeper 来维护集群状态，用于管理和协调 Kafka 代理
消息	是 Kafka 的数据单元，消息是由字节数组组成，并没有特别的格式或含义，类似于关系型数据库中的"数据行"或是"一条记录"。消息中可包含一个可选的键（与消息一样并没有特殊的含义），键能够使消息以一种可控的方式写入不同的分区
批次	指为了提高效率，将消息分批次写入 Kafka，一组属于同一个主题和分区的消息称为批次。批次可以解决消息以单独的方式在网络中传输而造成的大量网络开销，不过批次会造成高吞吐量或高延迟，批次越大，单位时间内处理的消息越多，单个消息的传输时间就越长

3．Kafka 架构

Kafka 架构如图 6-1 所示。

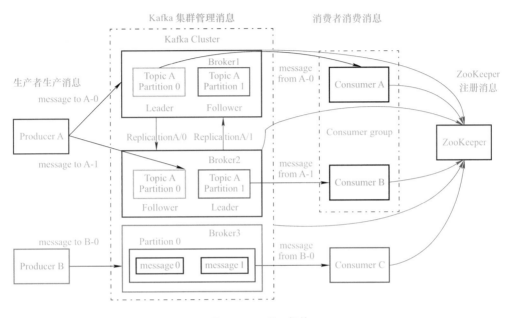

图 6-1　Kafka 架构

通过图 6-1 可知，一个典型的 Kafka 集群中包含若干 Producer（可以是 Web 前端产生的 Page View、服务器日志、系统 CPU、Memory 等）、若干 broker（Kafka 支持水平扩展，一般 broker 数量越多，集群吞吐率越高）、若干 Consumer Group 以及一个 ZooKeeper 集群。Kafka 通过 ZooKeeper 进行集群配置的管理、Leader 的选举以及在 Consumer Group 发生变化时进行负载均衡。Producer 使用 push 模式将消息发布到 broker，Consumer 使用 pull 模式从 broker 订阅并消费消息。

技能点 2　环境配置说明

1．Kafka 下载

Kafka 在安装之前同样需要通过官网进行下载，步骤如下。

第一步：打开浏览器输入 http://kafka.apache.org/ 进入 Kafka 的官网，如图 6-2 所示。

第二步：单击页面下方左侧的 "Download" 按钮，即可进入 Kafka 版本选择界面，如图 6-3 所示。

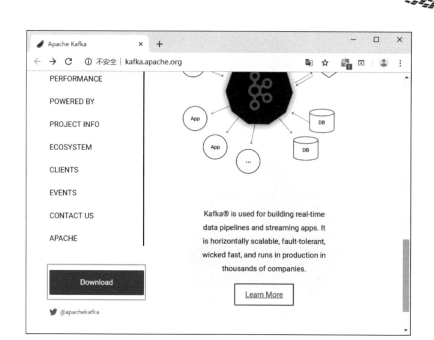

图 6-2　Kafka 官网界面

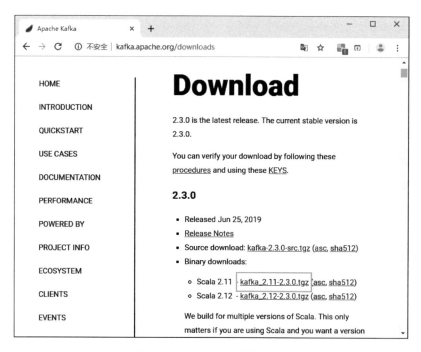

图 6-3　Kafka 版本选择界面

第三步：选择需要的版本，这里选择的是 Kafka 的 2.11 版本，单击 Kafka 2.11 版本对应的链接，进入下载界面。

第四步：单击对应的下载链接进行 Kafka 的下载，如图 6-4 所示。

图 6-4　Kafka 下载界面

第五步：将下载好的安装包放到主机的"/usr/local"目录，解压并将安装文件重命名为"kafka"，命令如下。

```
// 解压安装包
tar -zxvf kafka_2.11-2.3.0.tgz
// 安装包文件重命名
mv kafka_2.11-2.3.0 kafka
```

效果如图 6-5 所示。

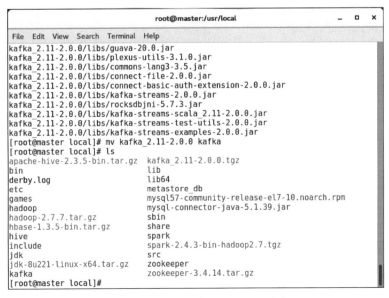

图 6-5　解压并重命名 Kafka 安装包

2．Kafka 配置说明

Kafka 在下载、解压并打开安装包之后，会出现图 6-6 所示的安装包文件。

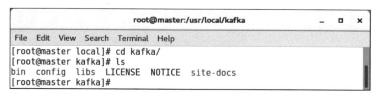

图 6-6　Kafka 安装包包含的文件和目录

在 Kafka 中，关于各个文件的解释如下。

bin：执行本文件存储文件夹。

config：配置文件存储文件夹。

libs：Kafka 运行时所依赖的 Jar 包存储文件夹。

site-docs：Kafka 相关文档存储文件夹。

其中，Kafka 较为常用且重要的配置文件和目录有"bin"目录、"config"目录。

（1）bin 目录

在 Kafka 中 bin 目录主要用于实现执行文件的存储，不但有 Kafka 的执行文件，还包括了 ZooKeeper 的执行文件，如果安装了 ZooKeeper 可以不用使用。bin 目录包含内容如图 6-7 所示。

```
                    root@master:/usr/local/kafka/bin          _  □  ×
File  Edit  View  Search  Terminal  Help
[root@master kafka]# cd bin/
[root@master bin]# ls
connect-distributed.sh            kafka-reassign-partitions.sh
connect-standalone.sh             kafka-replica-verification.sh
kafka-acls.sh                     kafka-run-class.sh
kafka-broker-api-versions.sh      kafka-server-start.sh
kafka-configs.sh                  kafka-server-stop.sh
kafka-console-consumer.sh         kafka-streams-application-reset.sh
kafka-console-producer.sh         kafka-topics.sh
kafka-consumer-groups.sh          kafka-verifiable-consumer.sh
kafka-consumer-perf-test.sh       kafka-verifiable-producer.sh
kafka-delegation-tokens.sh        trogdor.sh
kafka-delete-records.sh           windows
kafka-dump-log.sh                 zookeeper-security-migration.sh
kafka-log-dirs.sh                 zookeeper-server-start.sh
kafka-mirror-maker.sh             zookeeper-server-stop.sh
kafka-preferred-replica-election.sh  zookeeper-shell.sh
kafka-producer-perf-test.sh
[root@master bin]#
```

图 6-7　bin 目录包含内容

在图 6-7 包含的多个执行文件中，较为常用的见表 6-2。

表 6-2　Kafka 常用脚本

脚　　　本	描　　　述
kafka-server-start.sh	启动 Kafka 服务
kafka-server-stop.sh	停止 Kafka 服务
kafka-topics.sh	topic 管理脚本
kafka-console-producer.sh	Kafka 生产者控制台
kafka-console-consumer.sh	Kafka 消费者控制台
kafka-verifiable-consumer.sh	可检验的 Kafka 消费者
kafka-verifiable-producer.sh	可检验的 Kafka 生产者

1）kafka-server-start.sh、kafka-server-stop.sh。kafka-server-start.sh 执行文件通过指定配置文件能够实现 Kafka 服务进程的启动，kafka-server-stop.sh 则主要用于强制关闭当前服务器上所有 Kafka broker，但是这个脚本在执行时，由于 Kafka 依赖较多的 Jar，导致 Kafka 服务不能被关闭，执行结果可能为"No kafka server to stop"，使用 kafka-server-start.sh 启动 Kafka 服务，命令如下。

```
./kafka-server-start.sh 参数 参数值
```

2）kafka-topics.sh 执行文件主要用于实现 topic 的操作，包含 topic 的创建、删除、修改、查询等，在使用时，需要通过参数实现指定的功能，kafka-topics.sh 脚本的常用参数见表 6-3。

表 6-3　kafka-topics.sh 脚本的常用参数

参　　数	说　　明
--create	指定创建 topic 动作
--topic	指定新建 topic 的名称
--zookeeper	指定 Kafka 链接 ZooKeeper 的 URL
--config	指定当前 topic 上有效的参数值
--partitions	指定当前创建的 Kafka 分区数量，默认为 1 个
--replication-factor	指定每个分区的复制因子个数，默认为 1 个

语法格式如下。

```
./kafka-topics.sh 参数 参数值
```

3）kafka-console-producer.sh 执行文件能够实现 Kafka 消费者控制台的开启，之后可以将文件或标准输入的内容发送到 Kafka 集群，kafka-console-producer.sh 脚本的常用参数见表 6-4。

表 6-4　kafka-console-producer.sh 脚本的常用参数

参　　数	说　　明
--broker-lis	表示 broker 地址，多个地址用逗号分开
--topic	表示向那个主题生产消息
--key-serializer	指定 key 的序列化方式
--value-serializer	指定 value 的序列化方式
--batch-size	单个发送的消息数量
--queue-enqueuetimeout-ms	事件入队超时时间
-compression-codec	压缩格式

语法格式如下。

```
./kafka-console-producer.sh 参数 参数值
```

（2）config 目录

Kafka 的 config 目录作用与其他组件的 conf 目录相同，都用于配置文件的存储，config 目录包含内容如图 6-8 所示。

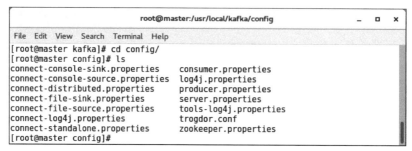

图 6-8　conf 目录包含内容

其中，较为主要的配置文件见表 6-5。

表 6-5　config 目录较为主要的配置文件

属　　性	说　　明
producer.properties	生产端配置文件
consumer.properties	消费端配置文件
server.properties	服务端配置文件

1）producer.properties 是生产端的配置文件，能够实现生产端节点列表、分区处理类、压缩方式等内容的配置，producer.properties 配置属性见表 6-6。

表 6-6　producer.properties 配置属性说明

属　　性	说　　明
metadata.broker.list	指定节点列表
partitioner.class	指定分区处理类
compression.codec	是否压缩
compressed.topics	指定哪些 topic 要压缩消息，默认为 empty（不压缩）
request.required.acks	设置发送数据是否需要服务端的反馈
request.timeout.ms	在向 producer 发送 ack 之前，broker 均需等待的最大时间
queue.buffering.max.messages	在 async 模式下，producer 端允许 buffer 的最大消息量
batch.num.messages	在 async 模式下，指定每次批量发送的数据量，默认为 200

其中，compression.codec 包含的属性值见表 6-7。

表 6-7　compression.codec 包含的属性值

属　　性	说　　明
0	不压缩
1	gzip 压缩
2	snappy 压缩

request.required.acks 包含的属性值见表 6-8。

表 6-8　request.required.acks 包含的属性值

属 性 值	说 明
0	producer 不会等待 broker 发送 ack
1	当 leader 接收到消息后发送 ack
−1	当所有的 follower 都同步消息成功后发送 ack

语法格式如下。

属性 = 属性值

2）consumer.properties 主要用于客户端操作的相关配置，如组的 ID、请求 socket 超时时间等，consumer.properties 中常用的配置属性见表 6-9。

表 6-9　consumer.properties 中常用的配置属性

属 性	描 述
group.id	consumer 的组 ID
zookeeper.connect	consumer 的 ZooKeeper 连接串，要与 broker 配置一致
consumer.id	如果不设置会自动生成
socket.timeout.ms	网络请求的 socket 超时时间
fetch.message.max.bytes	查询 topic-partition 时允许的最大消息的大小
auto.commit.enable	如果此值设置为 true，consumer 会周期性地把当前消费的 offset 值保存到 ZooKeeper
auto.commit.interval.ms	consumer 提交 offset 值到 ZooKeeper 的周期

语法格式如下。

属性 = 属性值

3）server.properties 文件是 Kafka 的主配置文件，可以用于实现服务端的相关配置，包含 broker ID、服务端口、消息体大小、日志清理是否开启等配置，server.properties 文件中常用的配置参数见表 6-10。

表 6-10　server.properties 配置文件参数

参 数	说 明
broker.id	每一个 broker 在集群中的唯一表示，要求是正数
log.dirs	Kafka 数据的存放地址，多个地址用逗号分隔
port	broker server 服务端口
message.max.bytes	表示最大消息的大小，单位是字节
num.network.threads	broker 处理消息的最大线程数，一般情况下数量为 CPU 核心数
num.io.threads	broker 处理磁盘 I/O 的线程数，数值为 CPU 核心数的 2 倍
host.name	broker 的主机地址
log.segment.bytes	topic 的分区是以 segment 文件存储的，用于控制每个 segment 的大小
log.roll.hours	设置 segment 自动生成的时间
log.cleanup.policy	日志清理策略选择有 delete 和 compact
log.retention.minutes	数据文件保留多长时间
log.cleaner.enable	是否开启日志清理

语法格式如下。

属性 = 属性值

任务实施

【任务目的】

通过以下几个步骤，实现大数据集群中 Kafka 的相关配置并启动相关服务。

【任务流程】

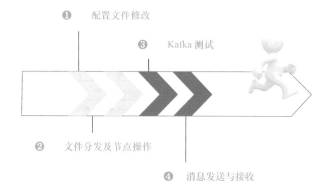

❶ 配置文件修改
❸ Kafka 测试
❷ 文件分发及节点操作
❹ 消息发送与接收

【任务步骤】

第一步：server.properties 文件配置。

将 Kafka 上传到 master 主机的"/usr/local"目录下，解压并修改文件夹名称，之后进行 server.properties 文件的修改，命令如下。

```
[root@master local]# cd kafka/config
[root@master config]# vi server.properties
// 配置修改如下
# 当前机器在集群中的唯一标识
broker.id=0
# 当前 kafka 对外提供服务的端口默认是 9092
port=9092
# 本机地址
host.name=192.168.31.10
# 设置 ZooKeeper 的连接端口
zookeeper.connect=192.168.31.10:2181,192.168.31.11:2181,192.168.31.12:2181,192.168.31.13:2181
```

第二步：文件分发及节点操作。

将 Kafka 分别分发到 masterback、slave1、slave2，并以 masterback 为例对 server.properties 文件的 broker.id 和 host.name 进行修改，slave1 和 slave2 节点也需要进行此修改，命令如下。

```
[root@master config]# scp -r /usr/local/kafka/ masterback:/usr/local/
[root@master config]# scp -r /usr/local/kafka/ slave:/usr/local/
[root@master config]# scp -r /usr/local/kafka/ slave1:/usr/local/
[root@masterback ~]# vi /usr/local/kafka/config/server.properties
// 将 broker.id 改为 1，host.name 改为本机地址
broker.id=1
host.name=192.168.31.11
[root@slave ~]# vi /usr/local/kafka/config/server.properties
// 将 broker.id 改为 2，host.name 改为本机地址
broker.id=2
host.name=192.168.31.12
[root@slave1 ~]# vi /usr/local/kafka/config/server.properties
// 将 broker.id 改为 3，host.name 改为本机地址
broker.id=3
host.name=192.168.31.13
```

结果如图 6-9 所示。

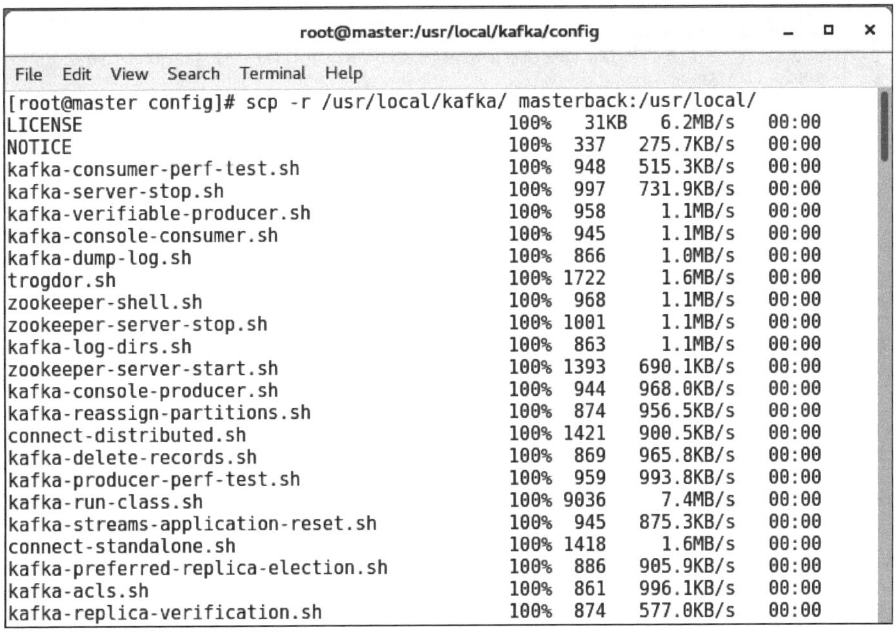

图 6-9　文件分发

第三步：测试 Kafka。

分别在 4 台主机上启动 Kafka 进行测试，并使用 master 创建一个 topic 并启动一个生产者，

创建 topic 时应使用 kafka-topics.sh 脚本，创建生产者时应使用 kafka-console-producer.sh，命令如下。

```
[[root@master config]# cd ..
[root@master kafka]# cd bin/
[root@master bin]# ./kafka-server-start.sh /usr/local/kafka/config/server.properties >/dev/null 2>&1 &
[root@masterback ~]# /usr/local/kafka/bin/kafka-server-start.sh /usr/local/kafka/config/server.properties >/
dev/null 2>&1 &
[root@slave ~]# /usr/local/kafka/bin/kafka-server-start.sh /usr/local/kafka/config/server.properties >/dev/
null 2>&1 &
[root@slave1 ~]# /usr/local/kafka/bin/kafka-server-start.sh /usr/local/kafka/config/server.properties >/dev/
null 2>&1 &
[root@master bin]# ./kafka-topics.sh --create --zookeeper 192.168.31.10:2181 --replication-factor 2
--partitions 1 --topic firsttopic
[root@master bin]#
```

结果如图 6-10 所示。

```
                    root@master:/usr/local/kafka/bin          _  □  ×

File  Edit  View  Search  Terminal  Help
[root@master config]# cd ..
[root@master kafka]# cd bin/
[root@master bin]# ./kafka-server-start.sh  /usr/local/kafka/config/server.prope
rties  >/dev/null 2>&1 &
[1] 37345
[root@master bin]# ./kafka-topics.sh --create --zookeeper 192.168.31.10:2181 --r
eplication-factor 2 --partitions 1 --topic firsttopic
Created topic firsttopic.
[root@master bin]# ./kafka-console-producer.sh --broker-list 192.168.31.10:9092
--topic firsttopic
>
```

图 6-10　启动 Kafka 生产者

第四步：发送与接收消息。

使用 kafka-console-consumer.sh 脚本在 masterback 节点上启动消费者，并在 master 节点的生产者中输入任意字符，消费者节点能够收到相同的信息，命令如下。

```
// 在 masterback 上启动消费者
[root@masterback bin]# ./kafka-console-consumer.sh --bootstrap-server 192.168.31.10:9092  --topic
firsttopic
// 在 master 节点发送消息
>hello
```

结果如图 6-11 和图 6-12 所示。

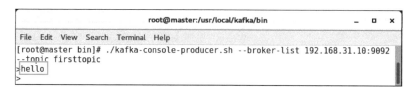

图 6-11　生产者发送消息

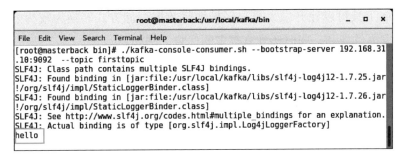

图 6-12　消费者接收消息

任务 2　Sqoop 配置

任务分析

本任务主要实现 Sqoop 组件的相关配置，使数据的批量转移成为可能。在任务实现过程中，了解 Sqoop 的概念和架构，掌握 Sqoop 包含的各个配置文件的作用及文件包含的属性。

任务技能

技能点 1　Sqoop 简介

1．Sqoop 简介

Sqoop 诞生于 2009 年，最开始作为 Hadoop 的一个第三方模块被开发，后来为了提高使用效率和版本迭代，成为 Apache 的一个独立项目，是一种专门为 Hadoop 和如关系型数据库等结构化数据库之间进行高效数据转换的工具，在转换时，主要通过 MapReduce 来实现 HDFS、Hive 和关系型数据库之间数据的传递，如图 6-13 所示。

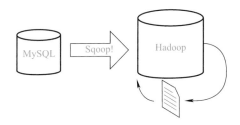

图 6-13　Sqoop 数据转换

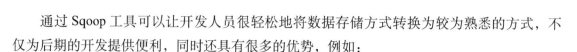

通过 Sqoop 工具可以让开发人员很轻松地将数据存储方式转换为较为熟悉的方式，不仅为后期的开发提供便利，同时还具有很多的优势，例如：

1）提高了资源的利用效率和可控性。

2）能够调整任务数实现任务并行度的控制。

3）可根据数据库中的类型将数据转换到 HDFS 中，也可根据需求自定义设置。

4）支持多种主流数据库，如 MySQL、Oracle、SQL Server 等。

虽然 Sqoop 进行数据迁移优势很大，但其缺点同样不可忽视，其包含的缺点如下。

1）使用命令行操作易出错。

2）数据格式与数据传输的紧耦合导致 connector 只支持部分类型的数据。

3）用户名和密码容易暴露。

4）Sqoop 安装需要超级权限。

2．Sqoop 架构

随着 Sqoop 的不断发展进步，目前，Sqoop 出现两个完全不兼容的版本，即 Sqoop1（1.4.X 之后的版本）和 Sqoop2（1.99.0 之后的版本）。

（1）Sqoop1 架构

Sqoop1 架构如图 6-14 所示。

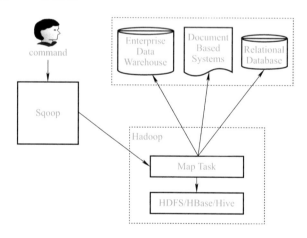

图 6-14　Sqoop1 架构图

通过图 6-14 可知，Sqoop 工具接收到客户端的 Shell 命令或者 Java API 命令后，通过 Sqoop 中的任务翻译器（Task Translator）将命令转换为对应的 MapReduce 任务，而后将关系型数据库和 Hadoop 中的数据进行相互转移，进而完成数据的复制。

（2）Sqoop2 架构

Sqoop2 架构如图 6-15 所示。

相对于 Sqoop1，Sqoop2 引入了 Sqoop Server（具体服务器为 tomcat），对 Connector 实现了集中管理。访问方式多样化，可以通过 Rest API、Java API、Web UI 以及 CLI 控制台方

式进行访问。另外，其在易用性、可扩展性、安全性方面都有很大改进。

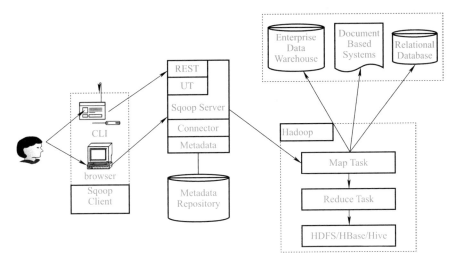

图 6-15　Sqoop2 架构图

技能点 2　环境配置说明

1. Sqoop 下载

Sqoop 作为 Hadoop 的组件之一，其下载方式依然是源代码包下载，步骤如下。

第一步：进入 Sqoop 官网 http://sqoop.apache.org/，如图 6-16 所示。

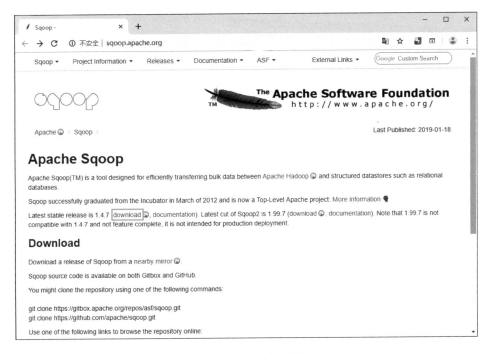

图 6-16　Sqoop 官网界面

第二步：选择需要的版本，这里选择的是 Sqoop 的 1.4.7 版本，单击"download"按钮，进入该版本的下载界面，如图 6-17 所示。

图 6-17　Sqoop 下载界面

第三步：单击对应的链接进入 Sqoop 版本站点。

第四步：单击对应的安装文件链接进行下载，如图 6-18 所示。

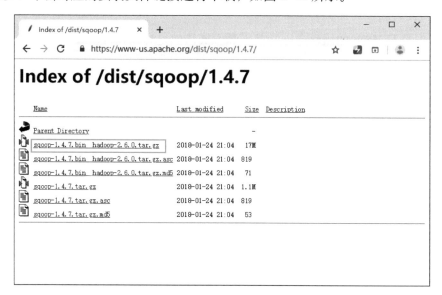

图 6-18　Sqoop 版本站点

第五步：将下载好的安装包放到主机的"/usr/local"目录，解压并将安装文件重命名为"sqoop"，命令如下。

```
// 解压安装包
tar -zxvf sqoop-1.4.7.bin__hadoop-2.6.0.tar.gz
// 安装包文件重命名
mv sqoop-1.4.7.bin__hadoop-2.6.0 sqoop
```

效果如图 6-19 所示。

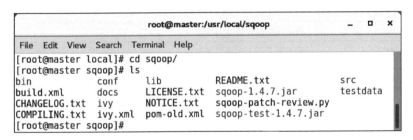

图 6-19　Sqoop 安装包解压并重命名

2．Sqoop 配置说明

Sqoop 的配置同样是通过修改配置文件来完成的，在下载、解压并进入安装包之后，会出现图 6-20 所示的安装包文件。

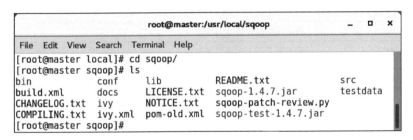

图 6-20　Sqoop 安装包文件

在 Sqoop 中，关于各个文件的解释如下。

● bin：放置 Sqoop 脚本文件。

● conf：放置 Sqoop 相关配置文件。

● lib：Sqoop 相关 JAR 包存储文件夹。

● docs：Sqoop 参考文档存储文件夹。

● testdata：测试的数据文件存储文件夹。

其中，"bin""conf"同样是环境配置时最常用也是最重要的两个目录。

（1）bin 目录

在 bin 目录中，包含了许多 Sqoop 中用于实现指定功能的可执行脚本文件，如数据的导入、导出等。bin 目录包含的脚本文件如图 6-21 所示。

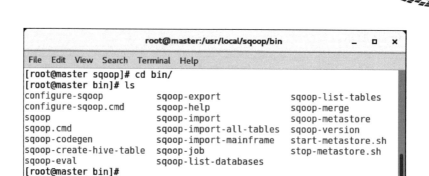

图 6-21　bin 目录包含的脚本文件

在图 6-22 中，包含了多个脚本文件，Sqoop 的功能就是通过脚本文件来实现，目前，较为常用的脚本文件见表 6-11。

表 6-11　bin 目录包含的脚本文件说明

脚　　本	描　　述
sqoop-export	数据导出
sqoop-import	数据导入
sqoop-help	查看 Sqoop 脚本的帮助信息，列出可用命令
sqoop-version	查看 Sqoop 版本信息
sqoop-list-tables	列出数据库中的可用表
sqoop-merge	合并增量导入的结果
sqoop-eval	评估 SQL 语句并显示结果
sqoop-create-hive-table	将定义的表导入 Hive
sqoop-import-all-tables	将表从数据库导入 HDFS
sqoop-list-databases	列出服务器上的可用数据库

在 bin 目录中，除了以上几个脚本文件，还包含了 sqoop 脚本，它是 Sqoop 的主脚本，可以通过参数实现 bin 目录包含的大部分脚本的功能，可通过 sqoop-help 查看，效果如图 6-22 所示。

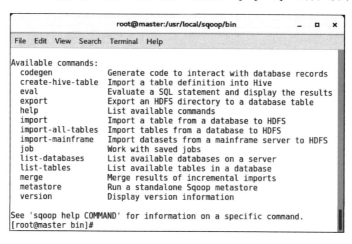

图 6-22　sqoop 脚本参数

图 6-22 中的 sqoop 脚本命令见表 6-12。

表 6-12　sqoop 脚本命令

命　　令	描　　述
export	数据导出，与 sqoop-export 功能相同
import	数据导入，与 sqoop-import 功能相同
help	查看 sqoop 脚本的帮助信息，列出可用命令，与 sqoop-help 功能相同
version	查看 Sqoop 版本信息，与 sqoop-version 功能相同
list-tables	列出数据库中的可用表，与 sqoop-list-tables 功能相同
merge	合并增量导入的结果，与 sqoop-merge 功能相同
eval	评估 SQL 语句并显示结果，与 sqoop-eval 功能相同
create-hive-table	将定义的表导入 Hive，与 sqoop-create-hive-table 功能相同
import-all-tables	将表从数据库导入 HDFS，与 sqoop-import-all-tables 功能相同
list-databases	列出服务器上的可用数据库，与 sqoop-list-databases 功能相同

语法格式如下。

```
sqoop-
```

（2）conf 目录

Sqoop 的配置文件主要存储在 conf 目录中，其中，sqoop-env-template.sh 是 Sqoop 的主配置文件，可以实现 Hadoop、HBase、Hive 等运行目录的设置，在使用时，同样需要将其复制并重命名为 sqoop-env.sh，效果如图 6-23 所示。

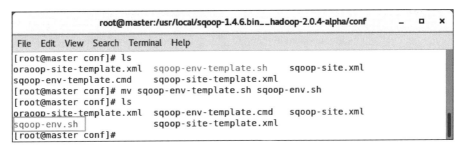

图 6-23　sqoop-env-template.sh 文件重命名

配置文件重命名后，通过相关的配置属性即可进行 Sqoop 的配置，常用的配置属性见表 6-13。

表 6-13　sqoop-env-template.sh 配置文件常用的配置属性

命　　令	描　　述
HADOOP_COMMON_HOME	设置 Hadoop 运行目录
HADOOP_MAPRED_HOME	设置 hadoop-*-core.jar 目录
HBASE_HOME	设置 HBase 运行目录
HIVE_HOME	设置 Hive 运行目录
ZOOCFGDIR	设置 ZooKeeper 运行目录

语法格式如下。

```
export 属性 = 属性值
```

任务实施

【任务目的】

相对于以上组件烦琐的配置文件修改，Sqoop 的环境配置非常简单，只需对主配置文件做简单修改即可。

【任务流程】

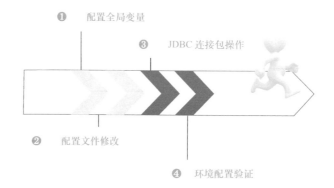

❶ 配置全局变量

❸ JDBC 连接包操作

❷ 配置文件修改

❹ 环境配置验证

【任务步骤】

第一步：配置全局变量。

打开全局变量配置文件 bashrc，配置 Sqoop 的安装目录和包含的 bin 目录，使 Sqoop 的脚本文件可以在任意目录下执行，之后使配置文件修改生效，命令如下。

```
[root@master local]# vi ~/.bashrc
// 在末尾添加如下内容
export SQOOP_HOME=/usr/local/sqoop
export PATH=$PATH:$SQOOP_HOME/bin
// 配置文件修改生效
[root@master local]# source ~/.bashrc
```

第二步：配置 sqoop-env-template.sh 文件。

进入 Sqoop 安装目录的 conf 目录，赋值 sqoop-env-template.sh 并重命名为 sqoop-env.sh，命令如下。

```
[root@master local]# cd sqoop/conf/
[root@master conf]# cp sqoop-env-template.sh sqoop-env.sh
```

效果如图 6-24 所示。

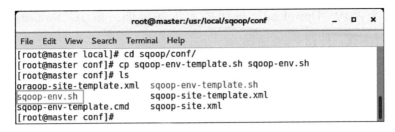

图 6-24 sqoop-env-template.sh 文件重命名

之后通过对 sqoop-env.sh 文件进行修改，配置 Hadoop、HBase、Hive、ZooKeeper 等环境，命令如下。

```
[root@master conf]# vi sqoop-env.sh
// 编辑内容如下

# 设置 Hadoop 运行目录
export HADOOP_COMMON_HOME=/usr/local/hadoop
# 设置 hadoop-*-core.jar 目录
export HADOOP_MAPRED_HOME=/usr/local/hadoop
# 设置 HBase 运行目录
export HBASE_HOME=/usr/local/hbase
# 设置 Hive 运行目录
#export HIVE_HOME=/usr/local/hive
# 设置 ZooKeeper 运行目录
export ZOOCFGDIR=/usr/local/zookeeper
```

第三步：下载 JDBC 连接包。

进入 "https://dev.mysql.com/downloads/connector/j/" 地址，在下拉区域选择 "Platform Independent" 选项，之后选择文件，如图 6-25 所示。

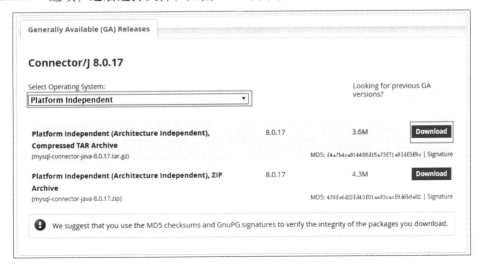

图 6-25 选择文件

单击对应文件的"Download"按钮进入下载界面，单击"No thanks，just start my download."进行下载，如图6-26所示。

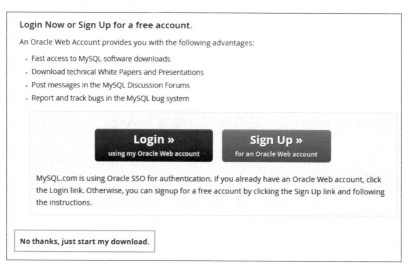

图6-26　JDBC连接包下载

第四步：导入JDBC连接包。

将下载好的JDBC连接包的压缩文件解压，之后进入该文件，将文件中的"mysql-connector-java-8.0.17.jar"复制到Sqoop安装目录的lib目录中，命令如下。

```
[root@master local]# tar -zxvf mysql-connector-java-8.0.17.tar.gz
[root@master local]# cd mysql-connector-java-8.0.17/
[root@master mysql-connector-java-8.0.17]# ls
[root@master mysql-connector-java-8.0.17]# cp mysql-connector-java-8.0.17.jar /usr/local/sqoop/lib/
[root@master mysql-connector-java-8.0.17]# cd /usr/local/sqoop/lib/
[root@master lib]# ls
```

效果如图6-27所示。

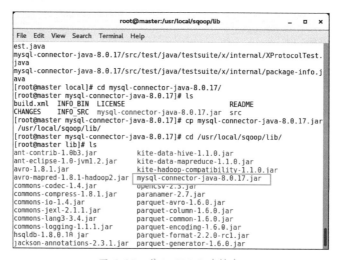

图6-27　导入JDBC连接包

第五步：验证环境配置。

环境配置完成后，通过 sqoop 脚本文件查看帮助信息和版本信息，验证环境配置是否成功，命令如下。

```
[root@master lib]# sqoop version
[root@master lib]# sqoop help
```

效果如图 6-28 和图 6-29 所示。

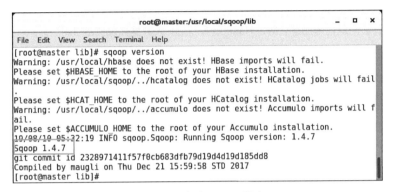

```
root@master:/usr/local/sqoop/lib
File  Edit  View  Search  Terminal  Help
[root@master lib]# sqoop version
Warning: /usr/local/hbase does not exist! HBase imports will fail.
Please set $HBASE_HOME to the root of your HBase installation.
Warning: /usr/local/sqoop/../hcatalog does not exist! HCatalog jobs will fail
.
Please set $HCAT_HOME to the root of your HCatalog installation.
Warning: /usr/local/sqoop/../accumulo does not exist! Accumulo imports will f
ail.
Please set $ACCUMULO_HOME to the root of your Accumulo installation.
19/08/10 05:32:19 INFO sqoop.Sqoop: Running Sqoop version: 1.4.7
Sqoop 1.4.7
git commit id 2328971411f57f0cb683dfb79d19d4d19d185dd8
Compiled by maugli on Thu Dec 21 15:59:58 STD 2017
[root@master lib]#
```

图 6-28　查看 Sqoop 版本

```
root@master:/usr/local/sqoop/lib
File  Edit  View  Search  Terminal  Help
[root@master lib]# sqoop help
Warning: /usr/local/hbase does not exist! HBase imports will fail.
Please set $HBASE_HOME to the root of your HBase installation.
Warning: /usr/local/sqoop/../hcatalog does not exist! HCatalog jobs will fail
.
Please set $HCAT_HOME to the root of your HCatalog installation.
Warning: /usr/local/sqoop/../accumulo does not exist! Accumulo imports will f
ail.
Please set $ACCUMULO_HOME to the root of your Accumulo installation.
19/08/10 05:33:15 INFO sqoop.Sqoop: Running Sqoop version: 1.4.7
usage: sqoop COMMAND [ARGS]

Available commands:
  codegen            Generate code to interact with database records
  create-hive-table  Import a table definition into Hive
  eval               Evaluate a SQL statement and display the results
  export             Export an HDFS directory to a database table
  help               List available commands
  import             Import a table from a database to HDFS
  import-all-tables  Import tables from a database to HDFS
  import-mainframe   Import datasets from a mainframe server to HDFS
```

图 6-29　查看帮助信息

至此，Sqoop 组件配置完成。

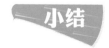

小结

本项目通过配置 Kafka 和 Sqoop 组件，对 Kafka 和 Sqoop 相关知识有了初步了解，对其所需的配置属性有所了解并掌握，并能够通过所学知识实现 Kafka 和 Sqoop 的环境配置。

参考文献

[1] 吴章勇，杨强. 大数据 Hadoop 3.X 分布式处理实战 [M]. 北京：人民邮电出版社，2020.

[2] 张伟洋. Hadoop 大数据技术开发实战 [M]. 北京：清华大学出版社，2019.

[3] 肖睿，雷刚跃，宋丽萍，等. Hadoop & Spark 大数据开发实战 [M]. 北京：中国水利水电出版社，2017.

[4] 温春水，毕洁馨. 从零开始学 Hadoop 大数据分析 [M]. 北京：机械工业出版社，2019.

[5] 黄东军. Hadoop 大数据实战权威指南 [M]. 2 版. 北京：电子工业出版社，2019.

[6] 安俊秀，靳宇倡，郭英. Hadoop 大数据处理技术基础与实践 [M]. 2 版. 北京：人民邮电出版社，2020.

[7] 邓杰. Hadoop 大数据挖掘从入门到进阶实战 [M]. 北京：机械工业出版社，2018.

[8] 米洪，陈永. Hadoop 大数据平台构建与应用 [M]. 北京：高等教育出版社，2018.

[9] 杨力. 大数据 Hive 离线计算开发实战 [M]. 北京：人民邮电出版社，2020.

[10] 胡争，范欣欣. HBase 原理与实践 [M]. 北京：机械工业出版社，2019.